巩固拓展脱贫攻坚成果同乡村振兴有效衔接

优秀案例选

中国扶贫发展中心 组织编写

中国文联出版社

图书在版编目（CIP）数据

巩固拓展脱贫攻坚成果同乡村振兴有效衔接优秀案例选 / 中国扶贫发展中心组编. -- 北京：中国文联出版社，2022.8
ISBN 978-7-5190-4861-7

Ⅰ. ①巩… Ⅱ. ①中… Ⅲ. ①扶贫－案例－中国②农村－社会主义建设－案例－中国 Ⅳ. ①F126②F320.3

中国版本图书馆CIP数据核字(2022)第086888号

组　　编　中国扶贫发展中心
责任编辑　胡笋
责任校对　胡世勋
装帧设计　诗御

出版发行　中国文联出版社有限公司
社　　址　北京市朝阳区农展馆南里 10 号　　邮编　100125
电　　话　010-85923025（发行部）　　010-85923091（总编室）
经　　销　全国新华书店等
印　　刷　北京地大彩印有限公司

开　　本　889 毫米 × 1194 毫米　1/16
印　　张　27.5
字　　数　200 千字
版　　次　2022 年 8月第 1 版第 1 次印刷
定　　价　78.00 元

编　委　会

导 言

Introduction

2021 年 2 月 25 日，习近平总书记在全国脱贫攻坚总结表彰大会上指出："脱贫攻坚战的全面胜利，标志着我们党在团结带领人民创造美好生活、实现共同富裕的道路上迈出了坚实的一大步。同时，脱贫摘帽不是终点，而是新生活、新奋斗的起点。解决发展不平衡不充分问题、缩小城乡区域发展差距、实现人的全面发展和全体人民共同富裕仍然任重道远。我们没有任何理由骄傲自满、松劲歇脚，必须乘势而上、再接再厉、接续奋斗。"[①] 为贯彻落实习近平总书记重要讲话精神，深入了解脱贫地区和乡村振兴先行先试地区在巩固拓展脱贫攻坚成果、全面推进乡村振兴中的特色亮点和做法成效，充分挖掘具有代表性和普适性的经验启示，2021 年 8 月中国扶贫发展中心组织开展了案例征集评选工作，累计征集到各地案例 157 个，最终评选出优秀案例 32 个、入围案例 32 个并汇编出版发行，旨在向全国各地提供模式范例和经验借鉴，搭建交流平台。在中国扶贫发展中心指导下，中国地质大学（武汉）马克思主义学院全程参与了对各地推荐典型案例的遴选、修改、完善、点评和出版发行等系列工作。

① 习近平：《在全国脱贫攻坚总结表彰大会上的讲话》，新华网，2021 年 2 月 25 日。

为方便广大读者查询、阅读和借鉴，我们对优秀案例逐一作了如下简要的内容导读。

北京市门头沟区作为首都的生态涵养区、老矿区和革命老区，围绕乡村振兴战略总要求，以“红色门头沟”党建为引领、以“门头沟小院＋”为支撑、以美丽乡村建设为契机，坚定走好绿色转型发展之路，推进生态振兴，绘就乡村振兴门头沟示范样板。

天津市蓟州区把“农旅融合”作为拓宽农民增收渠道的重要途径，采取坚持规划引领、注重环境提升、强化产业支撑、拓宽资金渠道、严格规范管理、推进提质升级等做法推动休闲农业和乡村旅游发展，打造了以全方位和全区域为特征的全域旅游，推动乡村振兴。

河北省巨鹿县构建以预警机制、“帮扶＋兜底＋增收”机制、再评估和再帮扶机制为核心的“1+3+1”防返贫监测帮扶机制，持续增强防返贫监测和帮扶工作的预警全覆盖、大数据智能化跟踪管理和综合性广领域帮扶水平，有效巩固拓展脱贫攻坚成果。

山西省武乡县岭头村抢抓全国电子商务进农村综合示范县政策机遇，发挥党支部引领带动作用，找准方向，通过选树典型、培育精英、打造品牌等一系列举措，走出了一条发展“整村微商”、巩固拓展脱贫攻坚成果的乡村特色产业致富之路。

内蒙古自治区赤峰市立足融合党建，创新探索5种党组织联建共建方式加强全域组织融合，以党建工作相融为载体引领资源融合，以目标融合打造共建、共治、共享新格局，有效推进了巩固拓展脱贫攻坚成果同乡村振兴的有效衔接。

辽宁省庄河市深入实践“两山”理念，以农村垃圾治理为抓手，聚焦“领、带、控、治、补、建”，通过凝聚共识、创新引领、加大投入、管建并重等方式，建立了长效清洁治理模式，致力垃圾“零增长”，有效推动乡村生态振兴。

吉林省双辽市巨兴村以“强化致富带头人建设”为基础，通过“强设施 + 调结构”“种小麦 + 接下茬”“深加工 + 树品牌”等措施，实现村“两委”成员由“带头致富”向“带领致富”转变，探索出富有巨兴特色的绿色小麦全链条产业发展路径。

黑龙江省泰来县准确定位、因地制宜，始终把就业帮扶作为根本之策，借助“幸福车间”，创建“企业 + 幸福车间 + 农户 + 低收入群体 + 订单”的运营模式，最大限度降低就业门槛，拓展车间新功能，实现了脱贫人口稳定就业的创新探索。

上海市宝山区罗泾镇着眼全局、统一规划，依托“党建联建、产业联合、风貌联盟、设施联通、治理联动”等方式，探索建立“五村联建”模式，着力打造乡村振兴连片发展示范区，实现了村落间组团发展、邻里间资源共享、乡村风气有效改善、基础设施提档升级。

江苏省连云港市黑林镇认真贯彻落实习近平生态文明思想，确立了“绿色发展、生态富民”的新思路，做好特色林果种植、加工和销售一体发展的大文章，打造完整的绿色经济产业链、服务链和价值链，实现了生态保护与经济发展“双丰收”。

浙江省常山县瞄准香柚产业，通过集中盘活农村闲置土地、建设产业基地、打造“共富”工厂、瞄准“双柚”市场、拓展农民就业平台等一系列举措，创新“胡柚 + 香柚”的双柚产业合作发展模式，盘活了闲置土地，拉动了村级经济发展，有效带动农民致富增收。

安徽省岳西县在巩固拓展脱贫攻坚成果同乡村振兴有效衔接的新阶段，坚持将产业振兴作为重要抓手，树牢生态、融合、经营、全域四个理念，立足地方资源禀赋，顺应产业发展规律，推动乡村特色产业发展壮大，以产业振兴助推乡村振兴。

福建省将乐县高唐镇突破以行政村为基本单元设置党组织的方式，以常口村为中心组建联村党组织，通过强化党建创新、做好“山水田”文章、整合优势产业资源、提高基层服务能力等措施，探索出了一条适合当地的全面推进乡村振兴的新路径。

江西省井冈山市茅坪镇狠抓“四个聚焦”，建立“四个长效机制”，有力推进帮扶力量、产业发展、绿色治理、精神文化“四个相衔接”，进而深入实践组织人才、产业、生态、文化“四个振兴”，探索了一条巩固拓展脱贫攻坚成果同乡村振兴有效衔接的“茅坪路径”。

山东省曲阜市稳步推广“幸福食堂”，积极融合多重服务功能，将其建设成为提供老年人健康就餐服务、丰富老年人精神文化生活的重要载体和传播党的声音、培育文明新风、传承优秀文化的综合性阵地，从而更好地满足老年人多元化养老需求，有效结合乡村振兴，使老人老有所养、老有所乐。

河南省光山县槐店乡契合自然资源禀赋，锚定绿色油茶产业，以党建引领凝聚发展合力，以夯实基础破解发展瓶颈，以创新模式拓宽增收渠道，持续推进产业升级优化，实现小油茶到大产业的转变，走出了一条经济发展、农民增收、生态优化的好路子。

湖北省宣恩县通过创新安置点服务方式、社区管理方式和搬迁群众增收方式，实现搬迁群众生活条件、就业条件等全面提升，切实破解了搬迁后“稳得住”“能融入”“如何富”等问题，有效巩固拓展脱贫攻坚成果，有力筑牢乡村振兴基础。

湖南省花垣县十八洞村扛牢“首倡之地当有首倡之为”的政治担当，积极探索文旅融合发展新路径，通过聚焦减贫交流、开展党性教育、挖掘民族特色等措施，深度开发红色文化价值和民族文化价值，在推进乡村全面振兴中谱写了崭新篇章。

广东省广州市对口帮扶梅州市坚持“一盘棋”整体推进，在村村联动、科技赋能、开拓市场等方面实现全产业链帮扶，将“小鸽子”打造成梅州乡村振兴的“大产业”，成功打造了省内对口帮扶的“广梅样本”，形成了巩固拓展脱贫攻坚成果同乡村振兴有效衔接的生动实践。

广西壮族自治区柳州市坚持以工业化理念谋划螺蛳粉产业发展，通过制定标准提升产品质量、树立品牌拓展产品市场、龙头企业带动、追求利益共享等举措，努力打造螺蛳粉全产业链，将“小米粉”发展成为特色经济“大产业”，为乡村振兴注入了发展动力。

海南省琼中黎族苗族自治县什寒村依托“党员驿站”打造党建服务品牌，推行“旅游＋帮扶”模式，构建“政府＋企业＋合作社＋农户”管理模式，大力发展“奔格内”乡村休闲旅游，探索出了生态旅游开发与美丽乡村建设良性互动的“什寒模式”。

重庆市涪陵区是享誉世界的“榨菜之乡”，通过建立一项核心补助制度、打造“两金一链”利益联结机制、构建三产联动融合发展模式等举措，将榨菜打造成为全区促进农业农村经济发展的特色效益产业和富民兴企的第一民生产业，筑牢了产业振兴根基。

四川省大邑县是成都市唯一全域纳入的川西林盘保护修复示范县，着重以川西林盘保护修复为载体，以公园城市理念为引领，坚持“三个结合”，探索“三类模式”，营造“三大场景”，为探索全面推进乡村振兴、建设践行新发展理念的公园城市示范区提供了样本。

贵州省湄潭县始终将茶业作为富民强县的支柱产业，坚持“绿水青山和金山银山一起建”的理念，通过建设基地、培育品牌、拓展市场、延伸链条、强化保障、建立联结等方式，成功打造了茶叶发展“第一县”，走出了一条生态优先、绿色发展的乡村产业振兴之路。

云南省元阳县把哈尼梯田生态系统和文化遗产保护、“稻鱼鸭”综合种养、乡村旅游内源式开发有机结合起来，走出了一条生态效益、经济效益、社会效益共赢的发展路子，深入践行“两山”理念，进一步巩固拓展了脱贫攻坚成果。

西藏自治区拉孜县旁吉村第一书记次仁罗布与村民齐心协力创办农牧民专业合作社，通过多方筹措资金、引进优质种羊、实施人工种草项目、拓展产品销路等举措，成功推动村集体经济和村民收入不断增长，实现了巩固拓展脱贫攻坚成果同乡村振兴的有效衔接。

陕西省宝鸡市准确把握面临的新形势新变化，坚持目标不变、任务不减，精准帮扶脱贫人口，按照“发展拓岗、培训赋能、公岗兜底、多方联动”的思路，聚焦脱贫人口就业问题，探索出一条在新发展阶段推动脱贫人口稳定增收的新路子。

甘肃省徽县把农村厕所革命作为实施乡村振兴战略、改善农村人居环境、促进民生事业发展的重要抓手，通过“强化高位推动、强化政策扶持、强化质量标准、强化长效治理”等举措，有力推动农村环境面貌和农民生活质量得到极大改善，党群干群关系更加融洽。

青海省互助土族自治县班彦村作为易地扶贫搬迁新村，始终牢记习近平总书记的殷殷嘱托，在巩固拓展脱贫攻坚成果和全面推进乡村振兴新阶段，围绕特色产业、人才支撑、乡风文明、美丽乡村、基层党建等全面实施乡村振兴战略，走上脱贫致富的康庄大道。

宁夏回族自治区固原市深入实施“两个带头人”工程，选优配强村党组织带头人、培育壮大致富带头人，探索出“在村党组织领导下，群众跟着带头人走，带头人跟着产业走，产业跟着市场走”的新发展路子，有效实现以人才振兴促进乡村振兴。

新疆维吾尔自治区阿图什市阿孜汗村立足本地资源禀赋，充分发挥无花果特色林果产业优势，探索“无花果＋种植业”“无花果＋加工业”“无花果＋餐饮业”“无花果＋旅游业”的“4+”发展模式，着力打造宜居、宜业、宜游的“仙果新香村”，加速推进乡村振兴。

新疆生产建设兵团第五师89团2连采取民主管理、联农带农、利益联合、促进增收“四轮驱动”发展连队经济，着重选用能人创办合作社，形成“现代化规模种养业＋二三产业融合发展＋劳务工资＋土地流转经营＋入社投资”的“五元”模式，进一步巩固拓展脱贫攻坚成果。

目录
Contents

“小山沟”大生态 美了环境富了百姓

——北京市门头沟区生态振兴的实践与探索

引　　言

2021年9月13日至14日，习近平总书记在陕西榆林考察时指出，要深入贯彻绿水青山就是金山银山的理念，把生态治理和发展特色产业有机结合起来，走出一条生态和经济协调发展、人与自然和谐共生之路。

——《习近平在陕西榆林考察时强调　解放思想改革创新再接再厉　谱写陕西高质量发展新篇章》，新华网，2021年9月15日。

背景情况

门头沟区位于北京西部，总面积1448.25平方公里，山地面积占98.5%，全区常住人口约39.3万人。辖区内有9个镇178个行政村，未拆迁村138个，是典型的“大农村、小农业、少农民”的纯山区。门头沟区历史文化悠久，作为首都的生态涵养区、老矿区、革命老区，为北京的发展建设做出了“一盆火”“一腔血”“一桶金”“一片绿”的历史贡献。

门头沟区坚持以习近平生态文明思想为指导，按照市委书记蔡奇同志2018年以来七次调研指示要求，落实新版北京城市总规赋予的功能定位，坚定践行“两山”理论。围绕乡村振兴战略总要求，以“红色门头沟”党建为引领、以“门头沟小院+”为支撑、以美丽乡

图1　绿水青山门头沟永定楼风景

村建设为契机，坚定走好绿色转型发展之路，圆满打赢“脱低”[①] 攻坚战。积极推进农业农村改革，探索破解乡村振兴用地难题、产业转型、风貌管控的新路径。在聚力脱贫攻坚、全面推进乡村振兴方面，明确思路、创新举措，绘就乡村振兴门头沟示范样板。

门头沟区拥有传统村落 14 个，是北京市古村落最多、乡村风貌保存最完好的区。此外，它还拥有中国最美休闲乡村 5 个，全国“一村一品”示范村 5 个，北京市特色产业示范村 6 个，以及市级星级标准休闲观光园区 12 个。2019 年度门头沟区先后获得“全国村庄清洁行动先进县”和受国务院办公厅通报表彰的“农村人居环境整治激励县”称号。

主要做法

（一）确定一个目标，改善环境、强基补短

过去，农村环境给人“脏乱差”的坏印象，旱厕臭气熏天、污水黑臭横流、垃圾乱投乱放、苍蝇蚊子满天飞。街坊路、路灯、绿化等基础设施建设薄弱，制约了农业农村发展。改善农村人居环境是实施乡村振兴战略的重要举措，也是乡村发展的基础。针对农村环境卫生的突出问题，门头沟区以“改善农村人居环境、补齐基础设施短板”

① 2016 年，北京市出台《关于进一步推进低收入农户增收及低收入村发展的意见》，以 2015 年家庭人均可支配收入低于 11160 元为基本标准，将符合条件的农户认定为低收入农户；将低收入农户数量超过本村农户数的 50% 并达到一定规模、村庄基础设施建设和社会事业发展相对滞后、村集体经济较为薄弱的行政村认定为低收入村。2018 年 5 月 23 日，北京市属国企精准帮扶低收入村“一企一村”结对扶贫签约会在门头沟举行。51 家市属企业与 54 个低收入村签订了“一企一村”结对帮扶协议书，标志着北京市属企业结对帮扶北京低收入村全面打赢“脱低”攻坚战工作正式启动。

为目标，打好实施乡村振兴战略的第一场硬仗。

一是答好保障机制的“必答题”。充分发挥“红色门头沟”党建引领作用，按照“五级书记”抓乡村振兴的要求，成立以区委书记、区长任组长，区农业农村局等 38 个部门为成员单位的工作领导小组，统筹协调推进，纳入重点考核事项。针对村庄清洁行动、规划和实施方案编制、厕所革命等重点领域，相继印发了一系列专项工作方案，强化制度保障。每年拿出 1656 万元作为环境整治月度专项考核奖励资金，实施奖勤罚懒。

二是答好深化整治的“应用题”。结合农村疫情防控和爱国卫生运动，持续在 138 个村集中开展以“六清一改”为重点的村庄清洁行动。建立 138 个村基础设施普查台账，全面推进“厕所革命”、污水治理、垃圾分类，完善农村道路、绿化美化、村内照明等各项农村基础设施建设。坚持建管并重，落实“五有”标准的长效管护机制，确

图 2　炭厂村污水治理成果

图 3　分类推进农村“厕所革命”，实现公厕、户厕改造基本覆盖

保村内及周边无垃圾散落和堆放、无污水横流、无私搭乱建、无乱堆乱放。

三是答好创新考评的“加分题”。创新思路，在综合考评上做文章。建立农村人居环境整治巡查、通报、督办、约谈、曝光、考核和奖惩工作机制，每月分别对 138 个村进行百分制考核。出台《文明农村人居环境综合考评核查办法（试行）》，农村人居环境与创建全国文明城区“擂台赛”同步考核，以两项核查成绩各占 50% 的比例综合排名奖励，并设“红黑榜”通报前、后 20 名成绩，形成多优多奖、有奖有罚的激励机制。答好创城与农村人居环境整治“一张考卷”，互促共赢。

（二）坚定一个方向，绿色发展、生态富民

2005 年起，为落实首都西部生态屏障和西部综合服务区、生态涵养区的功能定位，门头沟区毅然决然关闭全区乡镇煤矿、非煤矿山和砂石企业，大力实施生态修复工程。依托生态沟域、发展特色农业还不足以带动山区经济发展，农民就业、增收比例仍旧不高，吸引不了人才和人力入乡、返乡。为此，在“两山”转化路径探索过程中，门头沟区将发展精品民宿作为推动乡村振兴的突破口，坚定打造“门头沟小院+”田园综合体的产业方向。

一是强化品牌推介。利用“环抱河流，背靠青山”的生态优势及悠久的历史文化底蕴，依托北京精品民宿发展论坛暨“门头沟小院”品牌推介活动，宣传“绿水青山门头沟”城市品牌、“门头沟小院”民宿品牌、“灵山绿产”地方特产品牌。举办“门头沟小院”评星创优擂台赛、“门头沟小院设计大赛”等活动，打响小院品牌，扩大品牌影响力。

二是创新体系建设。用好与西城共同设立支持民宿发展的8亿元乡村振兴绿色产业发展专项资金，推出3.0版本政策服务包，新增“风险补偿基金”政策，吸引优质社会资源集聚。研发“互联网+民宿”小程序平台，依托“大数据”，创新民宿智慧营销。推出“简易低风险”等创新试点改革，34家精品民宿率先完成“一照、两证、一系统”办理。

三是坚持融合共赢。聚焦“门头沟小院+”田园综合体发展，推动村庄向一二三新型融合产业纵深推进。优化利益联结机制，以发展田园综合体“带”和“群”为目标，集观光旅游、农事体验、红色教育为一体，形成协同发展模式。依托“门头沟小院+六大文化”“门头沟小院+百果山”“门头沟小院+户外徒步+红色旅游”等模式，构建连点成片、集群发展的田园综合体。

（三）聚焦四大难题，改革创新、突破瓶颈

针对美丽乡村规划缺少科学引导、乡村建设项目落地难、公共服务配套不足等问题，加强顶层设计，整合部门资源，努力打造规划清晰、推进高效、发展有序的乡村发展格局。解决群众“急难愁盼”，助力乡村振兴发展。

一是创新规划引领模式。注入专业力量，建立美丽乡村建设村庄规划设计公司库。坚持“开门编规划、驻村编规划、统筹编规划”，落实规划师驻镇、驻村机制，实现138个村“美丽乡村村庄规划及实施方案”应编尽编。聘请责任规划师对规划设计及建设全程把关。出台《门头沟区村庄民宅风貌设计导则》，坚持村址不变、宅基地不变、胡同肌理不变、文物古树位置不变、一户一宅不变、老宅院不变的“六不变”原则，确保农房、传统村落、精品民宿建设既能看见发展、体现特色，又“留得住乡愁”。

二是破解农村用地瓶颈。针对耕地、集体产业用地、宅基地“三块地”大多“碎、散、小”的特点，激活配置用地资源，进一步加强农村用地管理，坚决遏制涉地乱象和涉地腐败问题。坚持规划引领、用途管控、以用促管，建立了“村地区管”体系。按照“区级统筹、镇级管理、村级收益、村民增收”原则，出台宅基地建房、“田长制”等工作方案。探索集体产业用地路径，落实刚性管控，有效破解农村用地管理松散、建设无序的问题。

三是突破乡村建设难题。紧盯深山、浅山发展不平衡的实际，参照“村民自主原拆原建”的山区农民搬迁政策，结合局部置换统建模式，大胆创新浅山平原地区及城乡结合美丽乡村建设新模式。在首批3个试点村聚焦产业定位、壮大集体经济、农民增收等方面，与央企、国企接洽，积极引进社会资金推动乡村建设行动。

四是打赢“脱低”攻坚战役。作为全北京市“脱低”任务最重的区县之一，全面落实“六个一”结对帮扶机制，从产业培育、就业帮扶等方面发力，强化兜底保障，聚焦低收入产业项目，壮大集体经济。制定《门头沟区关于促进集体经济薄弱村增收发展壮大农村集体经济的工作方案》，扶持52个经济薄弱村实现稳定持续增收。用好美丽乡村基础设施管护资金，为村民提供就业岗位，增加农民收入。

重要成效

（一）补上基础设施短板，扮靓了村庄美

创建了洪水口村、爨底下村、炭厂村、灵水村等一批环境优美、特色鲜明的美丽乡村，打造了田庄村、赵家台村等15个市级乡村振兴示范村。2018年以来，累计改造农村地区公厕486座、户厕4465户，基本实现农村公厕、户厕改造全覆盖。建设镇级再生水厂9座，农村污水处理设施160座，累计铺设污水管网380公里，农村污水处理设施基本实现全覆盖。与乡村建设行动集成配套，修缮了村内街坊路、安装太阳能路灯，新建改建了村卫生室、体育活动室、休闲广场、停车场等设施，村村通公交、通网络、通服务，逐渐形成以中心村为核心的30分钟公共服务圈。农村供水分户计量设施安装率达到100%。全面完成农村人居环境整治三年行动任务，以“创城”冲刺攻坚为契机，开展行政村“空中飞线”专项整治行动，掀起农村综合整治高潮。农村地区率先实现生活垃圾“不落地”全覆盖。2021年，累计发动农民群众7万余人次，清理农村生活垃圾0.68万吨，拆除私搭乱建1800余平方米，清理乱堆乱放、乱贴乱画1.4万余处。

（二）打响小院民宿品牌，呈现了田园美

门头沟区充分挖掘丰富的传统文化资源和内涵，结合村落特色文化明显、历史文脉明确、风貌形态保存较好的优势，打造了各类主题突出、亮彩纷呈的“门头沟小院 +”田园综合体，实现高质量美丽乡村建设。一是依托“门头沟小院 +”元素，推动了产业串联。盘活闲置院落 380 余套，“门头沟小院 +”项目已覆盖 55 个村，营业院落 237 个。建设了“创艺乡居”“爨舍”“有关”等一批精品民宿，总体接待能力超 2000 人，多家精品民宿成为网红打卡地。2021 年精品民宿接待 8.7 万人次，同比增长 209.6%，“门头沟小院”品牌效应已经显现，走出一条“见绿又生金”的绿色发展之路。二是植入了富民百果山。推动了红头香椿、大樱桃、京白梨等区域传统特色农产品提质增效，引进了高山芦笋、藜麦、奇异莓、铁皮石斛等高附加值农产品的示范推广，丰富了富民增收“百果山”内涵，打响了“灵山绿产”

图 4　“门头沟小院 +”精品民宿

图 5 引进培育铁皮石斛、树莓、龙井茶等新品种

区域性绿色品牌。

（三）巩固“脱低”攻坚成果，缔造了生活美

一是持续促进了农民富裕。2020 年底全区农村低收入人口 4414 户 7848 人实现家庭人均可支配收入 18015 元，同比增长 17.9%，高于全市平均增速 1.1 个百分点，增速在全市排名第二。45 个市级低收入村集体资产总计达 10.8 亿元。全区共计 774 户低收入农户享受民政兜底政策。持续落实公益岗位的就业安置，实现有就业意愿的低收入劳动力就业率 100%。二是发展绿色富民产业。坚持把产业发展作为巩固“脱低”成果、促进乡村振兴的重要举措，截至 2020 年底，共发展 199 个低收入产业项目。在 4 个集体经济薄弱村开展林下经济试点，

完成种植玫瑰、中草药等520亩。围绕“门头沟小院+”，实施“互联网+农村实用人才”行动，给乡村产业“插电上网”，直播推广大樱桃、京白梨等特色农产品，缓解了农产品销售难题，真正让老百姓

图6　扶持藜麦等低收入产业项目

“在好风景里过上好日子”。

（四）守护绿水青山屏障，绘制了生态美

一是激活了生态沟域建设新动能。挖掘整合优势资源，集成了美丽乡村、山区农民搬迁、精品民宿政策，建设了雁翅镇田庄、妙峰山镇玫瑰谷、潭柘寺镇悦心谷等一批重点沟域。发展“门头沟小院+”长城文化带清水花海果香、永定河文化带王平古道农耕、西山永定河苇甸田园综合体3条生态沟域，逐步实现了从“穷山沟”到绿色“生

态谷”的转变，激活了生态建设及产业发展的新动能。二是创新了煤改清洁能源新思路。截至 2021 年底，178 个行政村中已有 63 个完成清洁取暖改造，44 个村采用大市政或村集体集中供暖，其余村庄实现优质燃煤政策全覆盖。探索“政府调整取暖电价、村民自主选购采暖设备”煤改清洁能源新模式，进一步突出政府“引导不包办”的角色定位。创新出台“分类施策加强采暖设备后期长效管护”等举措，确保了新、老设备长效管护的无缝衔接，从而充分保障农民群众切身利益，激发群众煤改清洁能源的积极性主动性，大力提升农村生态环境水平。三是写好了生态文明新篇章。在 2019 年成功创建全市首个“9041”标准“基本无违建区”的基础上，持续巩固创建成果。通过实施绿化美化、环境综合整治、生态造林和京津风沙源治理工程等，提高了植被覆盖率，生态环境改善明显。

经验启示

（一）以高位推进的领导调度机制为保障

区委、区政府主要领导落实“五级书记”抓乡村振兴的要求，把农村人居环境整治、美丽乡村建设等重点工作作为“一把手工程”，强化顶层设计，搭建政策平台，区领导采取各类会议、“四不两直”检查、约谈等方式定期督导调度，狠抓工作落实。

（二）以红色党建的先锋带动机制为引领

充分发挥“红色门头沟”党建引领作用，认真贯彻落实中央、市区文件精神，在农村人居环境整治、美丽乡村建设、脱贫攻坚各项工作中发挥党建引领作用。坚持以“创城”为统领，厘清责任，强化乡村振兴“一盘棋”，发挥“京西铁军、乡村振兴”精神。

（三）以农民主体的群众参与机制为助力

"脱低"攻坚与乡村振兴有效衔接，是民生大事，也是关乎农民切身利益的关键小事，农民主体作用的发挥是推动工作的强大力量。门头沟区将农村人居环境整治、垃圾分类纳入村规民约，促进整治工作的规范化、制度化、常态化，引导群众广泛参与。在建设中充分征求群众意见，知民意解民忧，乡村治理水平不断提高。

（四）以方向明确的产业转型机制为核心

坚持把产业发展作为巩固"脱低"成果、促进乡村振兴的重要举措，结合区域产业定位，强化产业安全保障。门头沟区把发展精品民宿作为"绿水青山"向"金山银山"转化的路径，在"门头沟小院＋"田园综合体产业发展上深耕细作，让农业成为有奔头的产业。

（五）以敢于作为的创新改革机制为主导

坚持以改革为抓手，以创新为动力，集成农村集体建设用地改革、村庄民宅风貌管控机制改革、浅山和城乡接合部乡村建设改革等一系列改革成果，助力乡村振兴、农民持续增收，壮大集体经济。

专家点评

作为首都的生态涵养区，北京门头沟以美丽乡村建设为契机，以颇具特色的"门头沟小院＋"为支撑，走出了一条绿色转型发展之路，绘就了特大城市周边实现乡村振兴和产业转型的"门头沟示范样板"。门头沟将发展精品民宿作为推动乡村振兴的突破口和产业转型的重要方向之一，打造"门头沟小院＋"田园综合体，推动村庄向一二三新型融合产业纵深推进。门头沟在生态修复和产业转型中的最大特色就在于，政府"引导不包办"，突出群众的主体地位，引导群众广泛参与，充分征求群众意见，知民意解民忧，保障农民群众切身利益，激发群众的积极性主动性，从而使乡村治理水平不断提高。门头沟的探索和实践，激活了区域生态建设及产业发展的新动能，逐步实现了从“穷山沟”到绿色“生态谷”的转变。在生态保护和生态修复中，门头沟区农民收入水平大幅提高，农村环境也有了质的飞跃，确实是“富了百姓美了环境”。

刘学敏

北京师范大学地理科学学部教授，北京师范大学资源经济与政策研究中心主任，教育部马克思主义理论研究和建设工程首席专家，博士生导师

拓展阅读

1. 《中央农村工作领导小组办公室农业农村部印发关于通报表扬2019年全国村庄清洁行动先进县深入开展2020年村庄清洁行动的通知》，农业农村部官网，2020年4月16日。
2. 《北京门头沟：乡村振兴谱新曲　绿水青山韵华章》，北京市农业农村局官网，2020年12月3日。

北京市乡村振兴局选送
撰稿人：刘梦，门头沟区农业农村局

大力发展乡村旅游 助力推进乡村振兴

——天津市蓟州区发展全域旅游打造乡村振兴品牌

引　　言

2020年6月8日至10日，习近平总书记在宁夏考察时强调，发展现代特色农业和文化旅游业，必须贯彻以人民为中心的发展思想，突出农民主体地位，把保障农民利益放在第一位。

——《习近平在宁夏考察时强调　决胜全面建成小康社会决战脱贫攻坚继续建设经济繁荣民族团结环境优美人民富裕的美丽新宁夏》，新华网，2020年6月10日。

背景情况

蓟州区乡村旅游始于1994年的农家乐。发展之初，蓟州区乡村大多以种植业为主，农户对旅游业认知较少，生活服务不到位、菜品不够丰富可口、民宿相对分散等问题，严重制约着乡村旅游业的发展。经过26年的探索和实践，截至2021年，乡村旅游已辐射到区内12个乡镇、120个村。全区共创建“全国休闲农业与乡村旅游示范点”“中国美丽田园”“中国最美休闲乡村”12个，中国乡村旅游模范村18个，全国特色景观名镇名村5个，全国乡村旅游重点村14个，全国乡村旅游重点镇2个，培育“市级示范村点”120个。发展农家院（民宿）2475户，持证经营农家院2008户，床位6万张，直接从业人员1.2万人，带动农民就业6万人，受益人口达18万人，形成了“百村创建、千户发展、万人参与”的格局。2010年被评为全国首批休闲农业与乡村旅游示范县（区），2019年被评为全国首批全域旅游示范区。2019年，全区接待游客2800万人次，旅游直接收入33亿元，综合收入165亿元，其中乡村旅游接待708万人次，直接收入11亿元。2020年，全区接待游客1800万人次，旅游直接收入21.6亿元，综合收入108亿元，其中乡村旅游接待446万人次，直接收入7.35亿元。乡村旅游的快速发展，有效促进了全区农业产业结构调整，改善了农村环境面貌，带动了山区农民增收致富，成为天津市旅游扶贫富民的典范。

主要做法

蓟州区牢固树立以人民为中心的发展思想，坚决贯彻落实中央、

图 1　下营镇常州村

市委关于推进乡村振兴的部署要求，把“农旅融合”作为拓宽农民增收渠道的重要途径，大力发展休闲农业和乡村旅游，带动农民收入持续提升。

（一）坚持规划引领

一是在规划上，实行政府主导。区委、区政府高度重视乡村旅游精品村规划工作，突出先规划后建设，聘请高层次团队进行科学创意规划，以确保旅游精品村建设的高品质、高水平，有效解决乡村旅游发展水平低的问题，避免千村一面“同质化”现象。二是在推动上，依托政策保障。2020 年初，区委、区政府制定下发《蓟州区农家院提升改造工程三年行动实施方案》，本着“全面覆盖、分类施策，政府引导、业主自愿，规划先行、突出特色，典型引领、市场运作，上下联动、协同作战”的原则，扎实推进农家院提升改造，促进乡村旅游提质增效，持续巩固国家全域旅游示范区创建成果。三是在推广上，实行典型引路。积极培育以“中国最美休闲乡村”常州村、“全国休闲农业与乡村旅游示范点”毛家峪村、“塞上水乡”郭家沟村、“打造乡野公园”小穿芳峪村为代表的乡村旅游品牌，集中资源打造旅游景区，大力发展乡村旅游产业，积极发挥乡村旅游品牌的模范带动作用。

（二）注重环境提升

始终把保护和改善生态环境作为首要任务。一是在严格保护村庄及周围原有生态和自然景观的基础上，大力实施村庄绿化美化工程，植绿补绿、见缝插绿、栽花种草，突出体现自然生态脉络。二是广泛开展村庄环境综合整治，拆除私搭乱建、欺街占道的违章建筑，整治污水乱泼、垃圾乱倒、粪土乱堆、柴草乱垛、畜禽乱跑等不良现象，

图2 渔阳镇西井峪村

改善和美化农村人居环境。三是配套建设污水处理设施及雨污分流管网、无害化垃圾处理设施及清运系统，实现污水达标收集、达标处理，生活垃圾日产日清。四是推广使用太阳能、沼气等清洁能源及绿色节能技术，全力保持农村碧水蓝天、空气清新、天然氧吧的生态环境。

（三）强化产业支撑

推动乡村旅游转型升级，核心是打造具有吸引力和竞争力的旅游产业体系。一是狠抓乡村旅游全产业链条建设。区委、区政府明确提出，以资源为依托，以市场为导向，以打造品牌为核心，以“吸引人、留住人、促进消费”为目的，突出特色。北部山区依托“黄崖关长城”“梨木台”等景区重点发展生态休闲旅游，打造旅游特色村和核桃、脆枣、甜桃等优质果品采摘园。东部库区主要发展蓝莓园和食用菌大棚，打造休闲农业采摘园。西部地区依托盘山景区发展高端苗木花卉产业，打造休闲农业观光带。南部平原区依托万亩牡丹园、北方江南等乡村旅游龙头项目，打造一批安全放心的“蔬果园”、乡土风情的“游乐园”。二是创新产品销售推介方式增强乡村旅游影响力。举办“蓟州梨园情”旅游文化节、“出头岭安坪”桃花节、毛家峪“山野菜”文化节、“马伸桥”蓝莓节等主题活动，通过媒体、网络平台和直播带货等形式推介当地特色农产品，增强乡村旅游的影响力和带动力，助力乡村产业振兴。

（四）拓宽资金渠道

为破解资金瓶颈，区委、区政府在加强政策引导和资金扶持的基础上，坚持创新为先、多措并举，成功探索建立了以市场运作为主的乡村旅游投融资机制。一是以旅游建设用地收益权作为抵押，向银行申请贷款融资，平衡外部环境建设所需资金。二是以农户信誉作担保，采取公司担保增信、农民联保增信的方式，向银行申请贷款融资，解决农户室内装修所需资金。三是以土地流转经营权作质押，招商引入龙头企业，集约发展高效生态休闲农业，破解产业发展融资瓶颈。四是充分利用农村宅基地试点改革等政策，采取PPP等多种运营模式，开发“联户联保+百分评估”农家院贷款、农家院财产保险和责任保险等多种保障产品。五是制定《蓟州区农家院提升改造贷款贴息补助办法》，按照市农业农村委等有关部门规定，符合条件的农家院可享受1.2万元至1.8万元的贷款贴息。2014年至2020年，已累计发放农家院改造贷款贴息400万元。

（五）严格规范管理

一是重新修订《蓟州区农家院（民宿）管理办法》等一系列文件，完善区政府、职能部门、乡镇、村四级管理体系。二是实施农家院证照办理、服务质量等级评定，组织签订《农家院经营者食品安全承诺书》，发放《规范农家院行业价格行为提醒书》，安装住宿登记系统，实现各部门联合对农家院旅游安全进行监管。三是以经营管理、服务技能、旅游安全为重点，坚持每年培训乡村旅游管理人员和从业人员，积极举办农家乐厨艺大赛，促进乡村旅游整体服务质量提升。

（六）推进提质升级

建立区农家院提升改造工作指挥部、各乡镇领导小组、各旅游村各负其责、上下联动的“区、镇、村”三级农家院提升改造工作领导体系，实施6项重点工程，着力推进全区乡村旅游提质升级。一是实施经营设施改造提升工程，推动全区农家院设置消毒间、布草间，实施明厨亮灶，适当减少床位数量，配备必要的消防设施，向高端精品化、中端舒适化、低端规范化方向发展。二是实施星级标准管理工程，依据国家民宿星级评定标准和地方农家院星级评定标准，对全区民宿和农家院实行“星级化”管理。三是实施村容村貌整治工程，以美丽

图 3　官庄镇砖瓦窑村万格博园民宿

乡村建设和人居环境整治为切入点，选取官庄镇联合村、穿芳峪镇英歌寨村等 12 个重点村，美化村容村貌。四是实施“休闲康养市场规范工程”，以下营镇大平安村、渔阳镇东果园村等 4 个村为重点，丰富乡村康养产品，将低端农家院旅游村打造为乡村休闲养老村。五是实施精品民宿品牌打造工程，积极引进外来公司，利用村内闲置的老宅或农家院，对村庄进行整体包装，打造一批精品民宿，重点有渔阳镇小岭子村、杨津庄镇富民村等 8 个村。六是实施主题文化体系构建工程，挖掘文化内涵，打造主题鲜明的旅游村，发展各具特色的餐饮住宿、休闲娱乐、农耕体验、康体养老、运动健身等乡村休闲旅游产品，实现差异化发展，重点有马伸桥镇西葛岑村、渔阳镇西井峪村等 8 个村。

图 4 穿芳峪镇东水厂村美丽乡村建设

重要成效

（一）推动了农村产业结构调整

乡村旅游的发展，为农副特产提供了巨大消费市场，尤其是围绕旅游“六要素”开展的各种乡村旅游活动，直接带动了蔬菜果品种植业、畜禽养殖业、农产品加工业等多种行业的产业化发展，促使农村产业结构调整取得显著成效。2020 年底，全区有果品采摘园 5200 亩，蔬菜采摘园 1900 亩，乡村旅游购物市场 100 多个。比如，杨津庄镇国色天香牡丹园每年带动周边村民增收 860 万元以上，其中土地流转 360 万元（亩增 400 元），村民务工收入 100 万元（带动农村剩余劳动力就业 100 人左右），村民旅游经营性收入 400 万元。

（二）促进了农村劳动力转移就业

乡村旅游的发展，为农民提供了大量就业机会，有效推动了农村劳动力从第一产业向第三产业转移。截至 2021 年，全区直接从事乡村旅游的从业人员有 1.2 万人，间接从业人员更是达 6 万多人。比如，下营镇是蓟州区最北部的深山区乡镇，辖区内 35 个行政村，6602 户 20420 人，镇域内有黄崖关长城、八仙山、梨木台、九山顶、车神架等自然景区，旅游特色村达 29 个，农家院经营户 1044 户，年旅游接待 260 万人次，旅游综合收入 4.5 亿元。全镇 90% 的农民都在从事乡村旅游经营和农副产品销售等相关服务业。

（三）拓宽了农民增收渠道

乡村旅游的发展，改变了农民单一收入结构，经营性收入、工资性收入、财产性收入成为主要收入来源，实现了乡村旅游产业链的多点增收。2015 年以来，北部山区农民人均纯收入高于全县平均水平，主要得益于乡村旅游的快速发展。比如，每逢小长假、黄金周，郭家沟村、小穿芳峪等典型村的农家院都需提前一个月预订，村人均年纯收入达到 7 万余元，村民都成了有产业、有组织、有岗位、有资产的“四有”新农民。再比如，2020 年孙各庄满族乡种植纸皮核桃 1.2 万亩，年收入 7200 万元，带动村民人均增收 1 万元左右。

（四）改善了村容村貌

为推动乡村旅游发展，市、区两级通过资金扶持和政策引导，修建道路，整治村容，翻修农舍，使得村容村貌焕然一新，形成了独具特色的乡村风景线。比如，西井峪村是天津市唯一的中国历史文化名村，其最大的特色就是石头，处处可见石头墙、石头路、石头房。过去因为没有科学规划，部分群众为追求效益，房子越盖越高，破坏了村庄的整体面貌，降低了乡村旅游的吸引力，造成旅游收入难以提高。

通过引进九略公司对西井峪村进行规划设计，依托农家老宅打造高端民宿和优选农舍，提升乡村民宿档次，收入由 2015 年之前每人每天 100 多元的价格上升到 2021 年的超过千元，同时，也吸引了众多摄影爱好者慕名前来采风。

经验启示

常州村、郭家沟村、小穿芳峪村等典型旅游村，它们起步有先有后，条件大不相同，经验各具特色，但都有可学习可借鉴的相通之处。

（一）因地制宜、创新发展是前提

从常州村的思路决定出路、路径决定命运的艰难抉择，到郭家沟

图 5　渔阳镇西井峪村打造民俗摄影村

村“吃别人嚼过的馍没味道”的深刻经验体悟，再到小穿芳峪村深挖文化底蕴、立足村情实际，打造高级乡村旅游、提供高端旅游产品的发展定位，都充分说明，因地制宜、创新发展对于乡村旅游十分重要，只有借助地域优势和自然禀赋，乘势而上，拓宽思路，积极创新，才能在全面推进乡村振兴中取得先机。

（二）集中经营、统一管理是基础

蓟州区乡村旅游产业最初是由一家一户的分散经营逐渐发展起来的，为了改进乡村旅游低层次、低水平的传统发展模式，避免千篇一律建农家院、一家一户单打独斗和恶性竞争，必须通过整合资源，统一经营管理，采取“公司＋合作社＋农户”“集体＋公司＋农户”等模式，加快乡村旅游产业化进程。同时，污水处理、垃圾处理系统等公共设施建设，也需要统一建造和运营。

（三）做好规划设计、善于借助外力是关键

大力发展乡村旅游，统一规划至关重要。“规划引领、一村一品，市场运作、资金平衡，农企捆绑、集约经营”的发展模式，是蓟州区休闲农业与乡村旅游发展的一个重要方向。同时，借助外力和外脑也是一个重要的动力，小穿芳峪村委托天津城建设计院、北京都市意匠城镇规划设计中心编制村庄发展规划和乡村旅游发展规划，还借助天津社科院的智力资源建立了“天津社会科学院智库实践基地”，综合利用外力外脑发展乡村旅游，取得了很好的效果。

（四）抓实支部、选人用人是保障

“村看村，户看户，群众看支部，支部看支书。”选好人、用好人，充分发挥党支部的战斗堡垒作用和支部书记的“领头雁”作用非常关键。蓟州区积极探索加强农村基层组织建设的有效途径，大力实施以选好配强村党支部书记为重点的“能人治村”工程，积极选配“能人”作为村级带头人，着力提升基层组织的创造力、凝聚力和战斗力，“能人治村”比例达84%，先后涌现出王宝义、李锁、胡金领、孟凡全等一批致富带头人，打造了常州、毛家峪、郭家沟、小穿芳峪等一批“明星村”。

（五）以人民为中心、增收致富是落脚点

蓟州区发展乡村旅游一直坚持“以人民为中心”。一方面，牢固树立“绿水青山就是金山银山”的理念，依托山水历史文化资源，保证看得见山水、留得住乡愁。另一方面，把带领村民致富作为落脚点，建立健全利益联结机制，保证农民群众能够分享乡村旅游发展成果和效益。同时，把更好地满足人民日益增长的美好生活需要同发展乡村旅游结合起来，通过持续不断地提升乡村旅游发展质量，实现美丽乡村建设和乡村旅游发展相互促进、同步提升。

专家点评

蓟州区位于天津市的最北部，属燕山山脉与华北平原的过渡地带，地处北京、天津、唐山、承德的腹心。这种独特的地理区位，为依托大城市、特大城市而发展乡村旅游提供了绝好的便利条件。经过多年的探索和实践，蓟州区充分利用这种特殊的地理区位，大力发展休闲农业和乡村旅游，把“农旅融合”作为区域产业的发展特色，以此带动了农民收入的持续提升，促进了乡村振兴。蓟州区发展“农旅融合”的特色在于：一是坚持规划引领，做好顶层设计，强化政策推动，有效解决了乡村旅游发展中水平低、层次低的问题，避免了乡村旅游中常见的“千村一面”——旅游同质化现象；二是特别注重乡村环境提升，始终把保护和改善生态环境作为首要目标，不仅严格保护村庄及周围原有的生态和自然景观，突出体现自然生态脉络，还广泛开展村庄环境综合整治，改善和美化农村人居环境，使旅游者能够充分领略和享受农村的碧水蓝天、清新空气。

刘学敏

北京师范大学地理科学学部教授，北京师范大学资源经济与政策研究中心主任，教育部马克思主义理论研究和建设工程首席专家，博士生导师

拓展阅读

1. 《第二批全国乡村旅游重点村名单公告发布 天津市11个村入选》，中国农业农村信息网，2020年7月13日。
2. 《天津郭家沟村：升级旅游体验　发展永不止步》，中华人民共和国旅游部官网，2020年10月30日。

天津市乡村振兴局选送
撰稿人：金昊，蓟州区文化和旅游局

建立精准防贫机制 巩固脱贫攻坚成果

——河北省巨鹿县“1+3+1”
防返贫监测帮扶机制

引 言

2020 年 3 月 6 日，习近平总书记在决战决胜脱贫攻坚座谈会上指出：“要加快建立防止返贫监测和帮扶机制，对脱贫不稳定户、边缘易致贫户以及因疫情或其他原因收入骤减或支出骤增户加强监测，提前采取针对性的帮扶措施。”

——《习近平在决战决胜脱贫攻坚座谈会上的讲话》，新华网，2020 年 3 月 6 日。

背景情况

2018年以来，随着脱贫攻坚不断深入，如何有效防止新的贫困人口产生，破解边脱贫、边返贫，边脱贫、边致贫的困境，从源头上化解致贫返贫问题，巩固拓展脱贫攻坚成果，成为许多地区面临的新问题。河北省是在全国较早开展防止返贫探索实践的省份之一，从2017年开始，按照省委、省政府“一手抓脱贫，一手抓防返贫”的安排部署，在魏县、巨鹿县先行先试，总结提炼经验做法，并在全省有序推广。河北省先后制定了《关于建立健全脱贫防贫长效机制的意见》《关于做好防贫监测部门筛查预警工作的通知》《关于健全防止返贫动态监测和帮扶机制的工作方案》等一系列政策文件，明确了防贫工作“省负总责、市县抓落实”的工作机制，建立健全了省市县互通、多部门参与的监测帮扶机制，构建了“月分析、季调度、年考核”的常态化调度制度，走出了一条具有河北特点的精准防贫路子。截至2021年底，河北省共有防止返贫监测对象4.56万户10.73万人，其中2.82万户6.53万人经过帮扶已消除风险，户占比、人占比分别为61.8%、60.8%。2020年以来全省未发生返贫致贫现象。中央领导同志对河北省的防贫做法予以充分肯定，原国务院扶贫办将河北省有关文件转发全国学习借鉴。河北省先后在全国扶贫开发工作会议、国新办防止返贫专题新闻发布会上做典型发言。2021年以来，河北省两次在全国防止返贫工作部署调度会议上作典型发言。

巨鹿县是河北省防贫工作的积极先行者和突出代表。从该县防贫工作的探索实践看，一是群众有需求。据统计，巨鹿县2017年至2018年共计致贫返贫89户198人，其中因病、因残、因意外致贫返贫的占到总数的95%以上。这说明少部分群众还存在一些困难和问题，必须有针对性地进行帮扶，防止这部分群众的收入下滑到贫困线以下，成为新的贫困人口。二是政策有指引。2015 年 10 月 16 日，习近平总书记在 2015 减贫与发展高层论坛上指出：“全面小康是全体中国人民的小康，不能出现有人掉队。”这就要求我们在精准扶贫的同时，必须高度关注脱贫不稳定户、低收入户等易致贫返贫群体，确保他们生活稳定。巨鹿县地处平原，较之某些山区贫困县条件更好，在考虑如何打赢打好脱贫攻坚战的基础上，如何按照上级关于防返贫监测帮扶的指导要求，有效应对新贫困人口的出现，实现好“三个转变”，即由以扶贫为主向扶贫与防返贫并重转变、由消除绝对贫困向治理相对贫困转变、由强化脱贫攻坚向全面实施乡村振兴战略转变，持续提升脱贫攻坚质量，这要求巨鹿县必须积极调整思路和目标。三是实施有基础。防返贫监测帮扶的关键点、难点在于动态掌握群众真实生活状态，且要做到“早发现、全覆盖、无遗漏”。巨鹿县充分运用自身优势和基础，依托已建成的智慧巨鹿大数据中心，探索开发了“防贫预警和管理系统”、手机端 APP、微信自主申报小程序，全面高效整合扶贫、社保、防贫保险、社会救助等政策资源，实现有效链接、高效运转，从源头上筑起了“截流闸”和“拦水坝”，为防返贫监测帮扶奠定了基础。

主要做法

巨鹿县认真贯彻落实习近平总书记系列重要讲话精神，坚持把防返贫和脱贫攻坚摆在同等重要位置，提早谋划，审势而动，以“不让一户脱贫群众返贫、不让一户普通群众致贫”为目标，经过反复研究、改革设计，在全国率先探索建立了“1+3+1”[①]防返贫监测帮扶机制，通过信息预警、防返贫措施实施、跟踪评估3个阶段，持续提升全县防返贫监测帮扶工作的全覆盖预警监测、大数据智能化跟踪管理和综合性广领域帮扶水平。

（一）着力构筑全覆盖预警机制，确保做到第一时间发现、第一时间纳入帮扶范围

动态预警、快速监测、摸准底数是防贫工作的基础，直接决定防贫工作成效。巨鹿县致力于不断完善动态监测和响应体系，切实做到早发现、早预防。

第一，划定重点人群。除脱贫不稳定户、边缘易致贫户外，巨鹿县在全国第一个将因意外致使收入骤减、支出骤增的农户作为重点监测对象。同时，巨鹿县又进一步将重点监测对象细分为因病、因灾、因学、因意外、因交通事故、因安全生产事故、因残、因智障、因房、因判刑收监（实刑一年以上）和其他等11类情形，尽全力实现重点对象监测全覆盖。

第二，开展网络预警。巨鹿县主要通过三种方式实现对重点人群的防贫预警：一是网格员走访预警，全县291个行政村每村设立防贫预警网格员，每半月遍访群众，随发现随通过手机APP防贫预警软件向村委会推送信息预警；二是部门筛查预警，县医保、卫健、交警等24个部门设立防贫预警信息员，根据职责定期开展数据筛查，通过大数据比对监测，对触碰预警线的疑似对象，通过巨鹿县防贫预警及管理系统及时发布防贫预警信息，并向村委会推送；三是农户自主申报，农户可通过扫描微信二维码，利用微信小程序进行自主预

① 第一个“1”即预警机制，“3”即“帮扶＋兜底＋增收”机制，第二个“1”即再评估、再帮扶机制。

警，或者书面向所在村提出预警申请。根据这三方面的信息，村委会当日走访核实预警对象，对符合条件的，履行“一评议两公示”审核程序，纳入监测对象范围，实行动态管理。同时，在征求当事人同意后，签订个人经济信息查询授权书，并于当日向乡镇汇总信息，乡镇进行初步审核登记，当日上报县防贫中心，确保群众一旦有返贫或致贫风险，都能够第一时间发现。截至 2021 年 10 月，全县共设立网格员 2330 名，信息员 70 名，全部进行了系统培训。

第三，精准核实比对。县防贫中心将预警对象直接推送至审计局，进行大数据比对，符合条件的，经县防贫中心会商研究后，确定启动防贫机制。

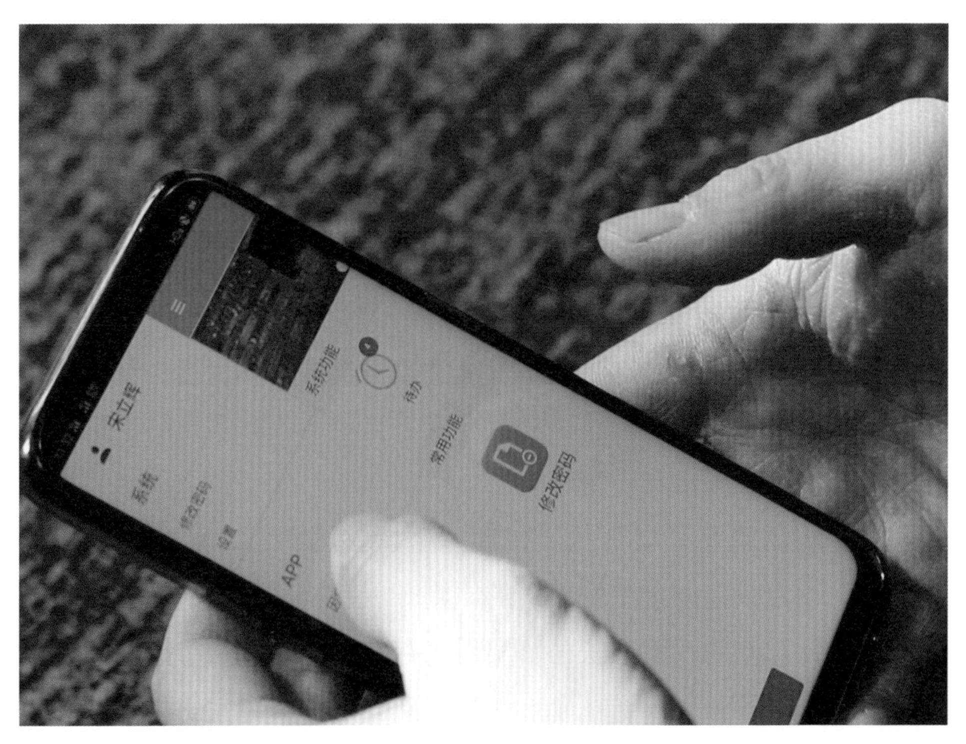

图 1　网格员通过手机 APP 上报预警信息

图2　巨鹿县防贫中心召开防贫工作会商会议

（二）构筑广领域帮扶机制，着力实现精准快速帮扶、应帮尽帮

精准帮扶、确保成效是防贫工作的核心和关键。巨鹿县坚持“缺什么补什么”的原则，研究制定了具体帮扶标准和程序，着力提供多层次、复合式的防贫帮扶。一是精准设计帮扶流程。围绕“三类对象”[①]，区分因病、因灾、因学等11类致贫返贫情形，逐一制定帮扶机制流程图，通过政策帮扶、社保兜底、自主增收，实现防贫帮扶的科学规范、综合施治和应帮尽帮。

二是因需施策开展帮扶。按照“坚持够用即可，防止过度保障，激发内生动力，强调自主发展”的原则开展帮扶。首先，靶准致贫原因，开展针对性的政策帮扶；落实后仍存在风险的，给予低保兜底保

① 脱贫不稳定户、边缘易致贫户、因病因灾因意外事故等刚性支出较大或收入大幅缩减导致基本生活出现严重困难户。

图3　巨鹿县八里庄村监测对象赵一曼获得防贫补充保险理赔

障、医疗救助；仍有风险的，再启动以防贫补充保险[①]、长期护理险[②]、一元民生保险[③]、防返贫保障保险[④]等“四险”为主要内容的保险体系。

三是着力实现稳定增收。经综合分析会商，在政策帮扶和防贫补充保险理赔基础上，还需进一步巩固提升的农户，继续进行培训就业、

① 按照全县30万农村人口的10%框定防贫补充保险投保人，由县财政出资150万投保，对可能出现返贫或致贫的群众，制定不同的帮扶措施，有针对性地进行帮扶。

② 巨鹿县将失能、半失能人群，也是最需要保障的困难群体纳入保障范围，着力消除“一人失能、全家受累”“一人失能、全家致贫”的隐患。

③ 县财政每年出资40余万元，为全县群众每人投保1元，对因灾、因意外造成损失的，每户最高获赔5万元。

④ 出资150万投保，为全县建档立卡脱贫人口、监测人口1.5万人，每人购买两年商业保险，因意外、因病等出现返贫或致贫风险的开展针对性帮扶。

图 4　巨鹿县光伏发电产业帮扶

发展产业、资产收益、社会帮扶、人文关怀等 5 项措施的帮扶。

巨鹿县将产业和就业作为关键举措，通过构建“3+6+N”[①] 产业帮扶机制，培育“扶贫车间”、“微工厂”、开发就业帮扶公益岗、建立创业孵化基地等，不断夯实群众脱贫基础，增强自身发展动力，逐步实现稳定增收，从根本上防范返贫和致贫风险。

（三）构筑无缝隙跟踪评估机制，着力筑牢最后防线、不落一人

跟踪评估是防贫工作的再保险、再巩固。为确保万无一失，巨鹿县再加设一道防线，整个帮扶机制完成后，县乡村相关部门和人员对帮扶措施进行全面“回头看”，以“月”“季”“年”为时间节点对防贫效果进行综合评估。第一次是一个月，随后是每季度对帮扶对象进行走访座谈，全面了解生产生活情况。对通过综合评估以及后期走访

① “3”即金银花、枸杞、杏；“6”即菊花、葡萄、草莓、食用菌、设施蔬菜、国槐苗圃；“N”即根据群众个人意愿发展的 N 种特色种养产业。

图 5　巨鹿县金银花产业帮扶

了解，极个别仍有返贫致贫风险的，进行再帮扶，确保防贫对象持续稳定增收。对于通过跟踪评估，已经实现稳定增收 1 年以上的，消除风险后经农户认可，按照程序标注风险消除，调整出防贫监测台账，实现能进能出、动态调整。

通过信息预警、防贫措施实施、跟踪评估 3 个阶段，最终形成不符合帮扶条件台账、正在实施防贫机制台账、解除风险台账、再帮扶台账、需跨年度连续帮扶台账等 5 本台账。通过台账式管理，确保实现底数清、监测准、信息全、帮扶实。

重要成效

在习近平总书记关于扶贫工作重要论述指引下，在省市党委政府领导和省乡村振兴局指导下，巨鹿县“1+3+1”防返贫监测帮扶机制在充分发挥本县的优势条件基础上，有效回应了群众的迫切需求和防返贫的现实挑战，取得了良好的成效。2021 年上半年，巨鹿县防返贫动态监测和帮扶工作位列邢台市第一，典型做法得到国家乡村振兴局等国家部委和省、市有关部门及领导的充分肯定和认可。

（一）构建了系统完备的防返贫监测帮扶机制和体系

“1+3+1”防返贫监测帮扶机制具有系统操作简洁性、帮扶路径精准性、帮扶介入及时性、帮扶落实高效性、帮扶效果兜底性、帮扶实施连续性、帮扶对象关联性、防贫机制长期性等八大特征和优势，为巨鹿县的防返贫监测帮扶提供了强有力的体制机制保障，不仅有效地实现了防返贫监测帮扶的既定目标，而且为形成持续巩固拓展脱贫攻坚成果同乡村振兴有效衔接的长效机制作出了有益探索。

（二）实现了对全县农户的防返贫监测和对重点群体的有效帮扶

“1+3+1”防返贫监测帮扶机制创建以来，通过常态跟踪监测、联防联动帮扶，避免了群众生活水平出现断崖式下降，截至 2021 年 10 月，巨鹿县建起了覆盖全县农户的防返贫监测帮扶数据库，全县对 1740 户 5153 人进行动态监测，累计防贫预警 5978 人，救助帮扶 753 人，落实各类救助帮扶资金 824.53 万元[①]。2021 年防贫预警 3257 人，完成防贫救助帮扶 235 人，落实各类帮扶资金 263.71 万元，其中防贫补充保险赔付 31 人、29.34 万元。

（三）形成了良好的社会影响和对其他地区的带动效应

巨鹿县防止返贫动态监测和帮扶工作不仅对邢台市的其他县具有示范引领作用，而且对全国防止返贫动态监测和帮扶工作具有参

① 其中，防贫补充保险理赔 224 人、138.67 万元；医疗救助 514 人、644.56 万元；教育救助 9 人、2.13 万元；民政临时救助 66 人、15 万元；残疾补贴 23 人、1.42 万元；红十字会社会救助 2 人、0.6 万元。

考价值，得到了中央、省、市相关部门的充分肯定。2021 年 5 月 18 日，原国家乡村振兴局党组书记、局长王正谱在健全防止返贫动态监测和帮扶机制工作部署会议上指出，河北省巨鹿县依托审计数据平台、开展部门数据比对和信息预警的有效做法，值得互相学习借鉴。此外，新疆、江苏等 3 个省（自治区），徐州、秦皇岛等 11 个地（市），魏县、阜平等 30 多个县（市）先后到巨鹿县学习考察，中央电视台、《人民日报》、《焦点访谈》等多家中央和国家级媒体先后报道，形成了广泛的社会影响。

经验启示

巨鹿县建立起“1+3+1”防返贫监测帮扶机制，有效避免了“边减贫、边返贫、边增贫”现象，推进了巨鹿县巩固拓展脱贫攻坚成果同乡村振兴有效衔接，也为其他地区开展相关工作带来了有益启示。

（一）防返贫动态监测和帮扶工作要坚持重点群众与全面覆盖相结合

不让一个群众在全面小康的路上掉队，既要突出对重点群众的精准监测，也要防止普通群众返贫致贫。巨鹿县坚持对划定重点人群全覆盖监测，并实施网格预警，第一时间发现群众返贫或致贫迹象，精准设计救助流程，及时、准确启动防贫机制，拉起了立体式、全方位的保障网。

（二）防返贫动态监测和帮扶工作要坚持常态帮扶与特殊救助相结合

防返贫是一项长期工程，不可能一劳永逸，必须通过连续性、不间断的帮扶，确保群众高标准稳定脱贫。对于常规帮扶不能保证防止致贫返贫的群众，就要进行二次帮扶、多渠道帮扶。通过建立系列产业帮扶机制，开展有针对性的政策救助、低保兜底、医疗救助等，对仍有风险的，启动防贫补充保险、长期护理险等，持续跟踪实施再帮扶，不断巩固精准防贫的防线。

（三）防返贫动态监测和帮扶工作要坚持政府投入与市场机制相结合

在加大政府投入的同时，通过市场化运作的方式，能够起到事半功倍的效果。通过“政府 + 市场”的方式，建立防贫保险机制，如建立防贫补充保险、长期护理险、一元民生保险、防返贫保障保险等，可以有效降低群众因病、因残、因意外等致贫风险，让政府和群众都能承受，也避免了过度保障的现象。

（四）防返贫动态监测和帮扶工作要坚持现代信息手段与群众路线相结合

通过大数据对比监测，建立防贫监测数据库，能够保证预警的及时性、高效率。同时，坚持群众路线，设立网格员实地查看走访，组织召开会议听取群众意见呼声，精准核实审核，能够真正做到应保尽保，不断提升防返贫的质量和效果。

专家点评

河北省巨鹿县以“预警机制”“帮扶 + 兜底 + 增收机制”和“再评估再帮扶机制”为核心的“1+3+1”防返贫监测帮扶机制，依托已建成的智慧巨鹿大数据中心，探索开发出“防贫预警和管理系统”、手机端 APP、微信自主申报小程序，全面高效整合扶贫、社保、防贫保险、社会救助等政策资源，实现有效链接、高效运转，从源头上筑起“截流闸”和“拦水坝”，为防返贫监测帮扶奠定了基础。巨鹿县的做法启示我们，做好防返贫动态监测和帮扶工作，要坚持重点群众与全面覆盖相结合，坚持常态帮扶与特殊救助相结合，坚持政府投入与市场机制相结合，坚持现代信息手段与群众路线相结合。

叶兴庆
国务院发展研究中心农村经济研究部
部长、研究员

拓展阅读

1. 《河北：13 项硬措施　建立长效脱贫防贫机制》，中央电视台新闻联播，2020 年 3 月 18 日。
2. 《河北巨鹿建防贫综合体系〈排查致贫风险 联防联动救助〉》，《人民日报》2019 年 10 月 10 日。
3. 《河北建好防贫监测和帮扶机制：早发现早介入 减支出增收入》，《人民日报》2020 年 10 月 23 日。

河北省乡村振兴局选送
撰稿人：李立飞，巨鹿县乡村振兴局

“整村微商”的脱贫奔康实践

——山西省武乡县岭头村电商产业探索之路

引 言

2020年4月20日至23日，习近平总书记在陕西考察时指出，电商作为新兴业态，既可以推销农副产品、帮助群众脱贫致富，又可以推动乡村振兴，是大有可为的。

——《习近平在陕西考察》，新华网，2020年4月23日。

背景情况

岭头村位于山西省武乡县中南部丘陵山区，地处小米种植的核心区，辖3个自然村，村域总面积4平方公里，耕地面积1385亩。全村190户494人散居在三岭两沟之间。截至2014年底，全村有52户145人生活在贫困线以下。2016年，随着全县脱贫攻坚战的全面打响，岭头村发生了翻天覆地的变化，不仅顺利脱贫，而且在巩固拓展脱贫攻坚成果中走出了一条自我创新之路。

脱贫后，岭头村认真贯彻落实习近平总书记关于扶贫工作重要论述和视察山西重要讲话精神，抢抓全国电子商务进农村综合示范县政策机遇，充分发挥党支部引领带动作用，依托自身资源禀赋，通过宣传发动、夯实基础、健全机制、覆盖网络、铺设网点、畅通物流、培育典型、打造品牌等一系列举措，鼓励村民“家家开微店，户户做微商”，岭头村微商由星星之火迅猛发展为燎原之势，岭头村的“整村微商”扶贫模式在全省、全国推广，被武乡县委、县政府表彰为“巩固脱贫攻坚模范村”，被国内电商专家誉为“三晋微商第一村”。

主要做法

（一）建立“一号三群”[①]，破冰信息闭塞

2016年清明节，岭头村组织了“记住乡愁·凝聚血亲”寻根问祖活动，并召开岭头籍在外工作人士座谈会，即日“岭头新视界”微信公众号上线运营，并成为展示岭头发展变化的一个窗口。2016年

① “一号三群”指“岭头新视界”微信公众号，岭头交流群、岭头微店创业精英群、基层党建学习群。

4月，在岭头村首届梨花节举办期间，“岭头新视界”发挥重要作用，微信点击量超过50000次，吸引3000多位游客前来赏花观景，取得了良好的社会效益和经济效益。在互联网新媒体带来的信息力量影响下，村民张小英、王成胜等自发组织了包括岭头村在外人员的“岭头交流群”，浓郁的乡情乡愁极大地激发大家为家乡发展献计献策的热情，凝聚起推动岭头村快速发展的巨大能量。县电商办副主任郝旭东倡导组织了“岭头微店创业精英群”，学员和讲师随时在群内互动学习交流，手把手指导，从朋友圈一个错别字到与客户交流的沟通技巧，搭建起了永不下课的“网上课堂”，同时创业成功的学员发挥示范引领作用，用其学识专长、亲身创业经验引领身边人都来搞电商，创业增收。驻村第一书记史小兵带头组建“基层党建学习群”，通过精心管理，认真设计，定期在群里推送党的政策、市场信息和电商创业成功案例，让党员及时了解政策动态、掌握市场信息、带头创业致富的网上“党员之家”。岭头村“一号三群”的建立，凝聚了人心、汇聚了力量、增强了发展的动力，打破了以往信息闭塞的局面，为网销小米搭建了互联互通的平台。

（二）树立一个典型，激发创业热情

郭晋萍，网红“郭姐”，58岁，岭头村的脱贫户，一位只上过三年小学的农村妇女。每天下地劳动、操持家务曾是她一成不变的生活。2016年岭头村开始电商创业培训后，郭晋萍的生活发生了天翻地覆的变化：不会使用智能手机，就不厌其烦地请教别人；不会说普通话，就买下拼音表贴在墙上一个一个地学。经过微营销培训，2016年9月郭姐开了自己的微店，第一单生意就卖到了广州，净赚900元。开店五年多来，微店每年的销售额稳定在6万元左右，利润高达40%至50%。武乡县委、县政府及时树立典型，奖励郭晋萍价值5200元的真

空包装机一台、三轮快递车一辆。郭姐这个不起眼的农村妇女通过一部小小的手机赚到了真金白银，实现脱贫致富。岭头村的创业激情被激活，村民纷纷学电商、开微店，拓宽收入来源，实现经济增收。

（三）培育一批精英，创业活力倍增

2017 年，率先脱贫的岭头村如何巩固拓展脱贫攻坚成果，严防脱贫人口返贫成为岭头村人思考的头等大事。岭头村认为电商创业“零投资、零成本、零风险，溢价高”，是未来发展的好路子。基于此，岭头村建起村级电商公共服务站、打造了村民电商培训教室。武乡县委、县政府制定出台《武乡县电子商务进农村扶持政策》和《打造微商村实施方案》，夯实岭头村脱贫基础。

在此背景下，岭头村涌现出一批高素质、有文化的“80 后、90 后”微商精英。近 50 岁的脱贫户魏宝玉，常年在外务工，压根不相信在手机上能卖东西。可一次重病让他干不了重活，看到邻居郭姐挣了钱，魏宝玉有了信心。2016 年，他开始尝试着做微商卖小米，第一单 10 斤小米，挣了 150 多元！这下，魏宝玉迷上了电商，不管走到哪，都举着手机拍，“城里人爱看村里的事儿，我的粉丝有几十万人”。魏宝玉高兴地说，他的直播种地还上了央视。特别是 2019 年，魏宝玉靠电商卖小米挣了 10 万多元，其中有一单小米，卖到了法国，这让魏宝玉更加有了信心，他说：“我要把武乡小米卖到全世界！”当年春节期间，魏宝玉用自己挣的钱，为村里每户村民送上了一桶食用油。除此之外，他还办起了“创客小院”，为愿意学习微商的村民传授经验、帮助他们了解市场信息、免费真空包装小米，他自己还做起了微商讲师，不仅在武乡给农民朋友们讲课，还到长治市、平顺县讲课。魏宝玉“致富不忘乡亲”的精神和“一人富不算富，大家富才是富”的理念，让他成为一名真正的农民“网红”，并被岭头村党支部吸纳为一名光荣的中国共产党员。

村级电商服务站“热心姐”脱贫户张晓英，在便民店摆起了岭头农产品的“龙门阵”，“这簸箕小米是张叔的，那柳筐土鸡蛋是王婶的，还有这些手工布鞋和绣花枕头是张青春的……”作为村中唯一的电商线下小店，摆满了村民的各色产品，通过线上线下销售，2020 年收入达到了 15 万元。村里首创“母女心”大礼包的脱贫户李润红，一家 7 口人，上有老下有小，公公婆婆 70 多岁了，三个女儿最小的才七八岁。两个老人身体都不太好，住的老房子也没钱翻修，丈夫常年在外地打工，这么多年来，她一直在家里既当爹，又当妈的，既下地，又顾家，照顾老的，拉扯小的，是典型的农村家庭妇女。2017 年，当“农村电商培训班”办到家门口时，李润红横下一条心，一边照看家务，一边学习电商，从陌生到熟悉，开始尝试着在手机上开微店，并学会“直播 + 销售”的方式，把自己的小米、核桃、鸡蛋等农产品在网络上售卖，从“电商小白”成长为“专业卖家”。特别是在 2018 年迎新春期间，李润红借助消费扶贫的快车，将小米、黑花生、蜂蜜、辣椒酱、小杂粮等 8 样产品打包成“母女心”大礼包，向爱心人士讲述自己带着三个幼女创业的励志故事，深深地打动了消费者，一下就接了个 6 万元的大订单。这几年下来，不仅自家新增了几十万元的收入，还帮助村里的贫困户和其他村民将农产品销往全国各地。2019 年 1 月，在武乡县城举行的农村电商年会上，李润红被评为全县“十大网红”。在这批微商的带动下，在外的岭头村民，也纷纷参加到这支创业大军中。

张泉午，一名“80 后”小伙，在太原市清泽铭教育科技有限公司做网络运营工作。2018 年，他利用业余时间先后为岭头村制定了《岭头村乡村旅游扶贫规划》《岭头村微商服务中心规划》等，并组建

图 1　武乡县岭头乡学院启动开班首届培训会

了泉午种植专业合作社，以每年每亩 400 元、每年递增 100 元的价格，流转脱贫户土地 20 亩，种植黄花菜；众筹资金 15 万元，购置机器设备，制作粗粮窝窝面、梨干、杏干。1981 年出生的张淑波，在北京开办了公司，从事广告代理、设计、宣传。当她得知家乡在打造微商村时，第一时间为村里设计了微商村标识，并将村标挂在了公司网站的首页。此外还有一些在外的学子和成功企业家的加入，极大地提升了岭头村微店创业的活力。岭头村 190 户人中，开微店的达 100 余家，几乎“家家开网店，户户有电商”，2020 年，线上线下全村年销售农产品突破 500 万元大关。

（四）政府大力支持，全村家家微店

岭头村微店创业的发展，引起了北京微店总部 CEO 王珂的浓厚兴趣，他深入岭头村实地考察，在微店流量、农民培训和技术指导等方面给予了实质性支持，岭头村开始积极探索整村微店模式。2017年以来，武乡县政府先后为岭头村配备邮政三轮车1台，增设2座信号塔和300米WiFi覆盖区，投入50余万元建设了电商创客中心、微店培训室、产品展示中心；实行“三带两免一扶持”[①]政策；制定了《岭头微店村“十有”标准》《第一书记推进微店村“123456”实施路径》等一系列的规章制度；以岭头微店村建设为案例，编写了国内第一部微店村建设手册——《第一书记微店村工作手册》，详细介绍微店村组织构架、设施建设、人员培训、产品销售、奖惩机制等，成为指导微店村建设的重要依据。2018年岭头村成为全县微店创业第一村，被中国社科院信息化研究中心主任、电商专家汪向东教授誉为“三晋微商第一村”。2019年武乡县开始在全县复制、推广“整村微商”脱贫模式，并提出了在全县打造“百村微店、百名网红”的目标。

（五）直播拓展销路，创出知名品牌

2017年11月10日，由央视财经频道和国务院扶贫办、商务部主办的“厉害了我的国·中国电商扶贫行动”第十站走进了岭头村，京东、苏宁等15家知名电商平台和央视财经微博等30家网络直播平台同步直播，围绕电商扶贫开展了一场大型媒体直播网销小米活动。直播活动期间，全县微店累计接到小米订单224118单，据不完全统计，全县当天网销小米996472斤，销售额9267189元，武乡小米成为当之无愧的“网红”。

除专业网红团队进行直播销售外，岭头村微商通过做直播、拍短视频进行推广、销售小米等土特产。岭头村脱贫户魏宝玉，在2017

① “三带”指能人带头、专家带领、平台带动，“两免”指免费培训、免费设计推广，“一扶持”指网络物流补贴扶持政策。

年听完老师授课后，回到家就在手机上下载了直播软件，边整地，边拍摄。随着点击量上升，一夜间他“圈粉”23万人，成了名副其实的“网红”，被冠上了“直播达人”的美誉。在他的带动下，岭头村直播带货逐渐形成规模，“家家开微店，人人做直播”的销售模式逐步走向成熟，消费者买得放心、吃得放心，无形中拓展了销路，创出了品牌。

2020年岭头村全力建设武乡“羊肥小米”基地，与京东集团合作，打造山西首家“羊肥小米”京东农场。京东农场从优选品种、全方位品控、产品品质到品牌形象的提升和市场的推广，整个环节进行严格的流程把控。这样的严格流程化管理为消费者买到优价优质的美味放心产品提供了保障。岭头村的“羊肥小米”也名声大振。2020年5月16日，央视新闻推出“秦晋之好”公益带货直播活动。在短短2

图2　魏宝玉给电商农户传授直播经验

分36秒中，武乡“羊肥小米”关注量达21万人，31266个订单，销售额达129万余元。

（六）首创“岭头乡学院”，启动乡村振兴新模式

在整村微商的带动下，岭头村成为远近闻名的电商典范村，吸引全国各地电商创业团队组团参观考察、学习取经，据不完全统计，从2017年开始，岭头村每年接待各种省、市、县考察100多次，平均每三天一次。为顺应新形势，抢抓电商流带来的人流商机，2021年3月岭头农民微商代表魏宝玉发起“兴办农民自己的电商学院”的号召，让全国农民朋友通过电商实现创业增收。在魏宝玉等一群带头人的倡导下，在县电商办和村委会的共同努力下，2021年7月2日，太行山上第一所由农民自己创办的农村电商学院——“岭头乡学院”正式挂牌成立，乡学院建设有多功能教室、公社食堂、公共澡堂和农家学员宿舍，同时可容纳50多名学员在村吃、住、学。农家学员宿舍，建在农家，每户每晚能净收入30—60元。7月3日，岭头乡学院迎来了第一批游学学员，山西省大宁县和永和县43名学员，通过5天的学习，农家学员宿舍每户赚到了100元到300元不等的收入。乡学院的开班启动，将电商链拓宽延长，进而带动乡村旅游产业发展，既有助于巩固拓展脱贫攻坚成果，也为乡村振兴开辟了新思路和新途径。

重要成效

2016年至2020年，岭头村以打造“三晋微商第一村”为主线，以“整村微商”为抓手，走出了一条电商产业发展从无到有，从小到大，由弱到强的创业之路，也闯出了一条巩固拓展脱贫攻坚成果，助力乡村振兴发展的领航之路。

（一）带动特色产业发展壮大

发展电商前，岭头村以种植业为主，靠天吃饭、靠雨养农，收入极不稳定，土地撂荒严重。发展电商后，为增加网销品种，村民纷纷扩大小米等小杂粮种植面积，2017 年小杂粮种植面积超过了 500 亩，占全村耕地总面积 1380 亩的 36.23%；随着信息的畅通，2018 年岭头村成立了武乡县玉锦盛乡村旅游专业合作社，与上海迁思集团达成合作协议，种植养生艾草 300 多亩；2019 年大力发展林果产业，种植核桃 100 亩、大黄梨 300 亩；2020 年投资 120 万元成立了果蔬制品加工企业，年加工果蔬 200 吨。同时以“电商”为媒，每年举办一次岭头梨花节，大力发展乡村旅游，修复了造雷英雄郭大海故居和抗战地道，新建了岭头村抗战支前展览馆和百孔窑洞橱窗文化展览墙，挖掘整理了以焦爷坟、焦爷井等为主要内容的焦爷文化，传承了手工布老虎、手工布鞋、玉米皮编织等非物质文化遗产。2017 年，新华社以《百年梨树开新花：岭头村的“美丽经济”》为题，2018 年新华社图片新闻以《岭头村农民的微商“生意经”》为题，2021 年以《岭头村：手机打开致富门》为题，分别进行了深度报道。

（二）村容村貌明显改观

随着“整村微商”名声大振，慕名而来的访客越来越多，促使岭头村大力实施村庄整治行动，深入开展美化、净化、亮化、硬化工程，加大改厨、改厕、改圈和危房改造力度，先后对 90 座旱厕、34 户危房进行了改造，村容村貌发生了较大变化。同时，实施“户户通”工程，硬化路面 25 公里，安装路灯 25 盏，建立了卫生保洁机制，配备卫生保洁员，新建了垃圾池，解决了农村垃圾无人管的难题。2015 年前“房屋随意建，柴草门前堆；污水到处流，垃圾满天飞”的现象得到了根本改变，如今的岭头村已是“村民入住新房，垃圾按时收集；

图 3　岭头村新样貌

门前鲜花盛开，屋后果蔬满山"。

（三）精神面貌焕然一新

在推进"整村微商"中，不仅改变了人们的物质生活条件，也潜移默化地影响着人们的精神生活。岭头村深入推进卫生村、文明村和星级文明户创建活动，成立移风易俗理事会、文明乡风促进会，开展"五好家庭""星级农户"等群众性评比活动，形成了崇尚科学、崇尚文明的新风尚。农村基层组织建设、民主法制建设和精神文明建设进一步加强。党群关系、干群关系融洽，精神面貌发生明显变化。

经验启示

5 年多来，武乡县坚持走"互联网 + 扶贫"的路子，不仅探索了

"整村微商"的脱贫模式，而且为探索巩固拓展脱贫攻坚成果同乡村振兴有效衔接的现实路径，提供了有益启示。

（一）党的领导是巩固拓展脱贫攻坚成果的根本

坚持和加强党的领导为巩固拓展脱贫攻坚成果提供坚强组织保障。强党须固基，根深方叶茂。党的力量来自组织，组织力量根在支部。岭头村脱贫攻坚能够取得优异的成绩，得益于武乡县坚持加强农村党支部建设，在岭头村构建起坚强的党支部。将"支部建在村上"，挑好了"指挥员"，选优配强村"两委"班子；派驻"生力军"，第一书记为全村注入"源头活水"。

（二）脱贫人口的内生动力是巩固拓展脱贫攻坚成果的基础

2017 年 6 月 23 日，习近平总书记在深度贫困地区脱贫攻坚座谈会上指出："我在福建宁德工作时就讲'弱鸟先飞'，就是说贫困地区、贫困群众首先要有'飞'的意识和'先飞'的行动。没有内在动力，仅靠外部帮扶，帮扶再多，你不愿意'飞'，也不能从根本上解决问题。"在巩固拓展脱贫攻坚成果过程中，岭头村坚持可持续发展的电商产业，通过电商自主创业激发脱贫群众的内生动力，让"手机成为新农具，直播成为新农活，流量成为新农资"。农产品销售搭上电商快车，依托电商这项新技能，通过"网上"连"田间"，让农业产业链发生了翻天覆地的变革。

（三）脱贫人口的主体性是巩固拓展脱贫攻坚成果的保障

发挥脱贫人口主体性，关键是坚持走群众路线，做好群众的教育引导工作。岭头村在发展电商脱贫过程中，倾听群众呼声，了解群众诉求，尊重群众意愿，发挥群众的创造精神和主体作用。事实证明，只要坚持一切为了群众、一切依靠群众，群众脱贫致富的热情就能充分激发。

（四）特色产业发展是巩固拓展脱贫攻坚成果的路径

没有产业发展，巩固拓展脱贫攻坚成果就失去了坚实的物质基础，就会成为无源之水、无本之木。岭头村扬长避短，挖掘特色、创造特色、放大特色，坚持把发展电商产业作为一项战略性产业来培育，走出了一条适合本地的特色发展之路。只要找准产业方向，并且长期坚持，就能形成后发优势，把特色产业做大做强、产业链做宽做长，从而实现脱贫群众稳定增收。

图 4　武乡农产品走进成都社区助农专柜

专家点评

山西省武乡县岭头村利用全国电子商务进农村综合示范县政策机遇，依托自身资源禀赋，通过宣传发动、夯实基础、健全机制、覆盖网络、铺设网点、畅通物流、培育典型、打造品牌等举措，鼓励村民“家家开微店，户户做微商”。他们通过建立“岭头新视界”微信公众号、岭头交流群、岭头微店创业精英群、基层党建学习群，凝聚人心、汇聚力量，打破信息闭塞的局面。通过树立网红典型，激发创业热情，带动村民学电商、开微店。通过建立村级电商公共服务站、打造村民电商培训教室，培育出一批高素质、有文化的“80后、90后”微商精英。微商的发展，带动了当地特色产业发展壮大，改变了村容村貌和农民精神面貌，使该村走上振兴之路。

叶兴庆
国务院发展研究中心农村经济研究部
部长、研究员

拓展阅读

1. 《网络智库:“山西微商第一村”的启示》，黄河新闻网，2017年3月13日。
2. 《山西岭头村农民直播种粮食》,《北京青年报》，2017年6月18日。

山西省乡村振兴局选送
撰稿人：郝旭东，武乡县商务发展和企业服务中心

融合党建
引领全面脱贫和乡村振兴

——内蒙古自治区赤峰市
推进组织振兴的探索

引 言

2019年7月15日至16日，习近平总书记在内蒙古考察时指出，我们党有9000多万党员和400多万个基层党组织，只要始终守初心、担使命，那就无坚不摧。

——《习近平在内蒙古考察，强调了这些大事》，《人民日报》2019年7月17日。

背景情况

赤峰市，是内蒙古自治区的 9 个地级市之一，位于内蒙古自治区东南部，蒙冀辽三省区交汇处，东南与辽宁省朝阳市接壤，西南与河北省承德市毗邻，东部与内蒙古通辽市相连，西北与内蒙古锡林郭勒盟交界。全市总面积 90021 平方公里，下辖 3 区 7 旗 2 县。赤峰是农牧业大市，也是内蒙古脱贫攻坚主战场。近年来，赤峰市“三农三牧”工作呈现出农村牧区变美、农牧业变强、农牧民变富的良好势头，但对照乡村振兴目标的实现仍存在诸多困难挑战。

一是农村牧区基层党建面临挑战。一方面，赤峰市部分嘎查村党组织有形式没力量，个别组织软弱涣散，以至于正常组织活动都难以开展。另一方面，部分嘎查村党组织虽然有服务群众的意愿但经费保障不足，集体经济相对薄弱、来源单一，说话没人听、办事没人跟。此外，在家庭农牧场、专业合作社、龙头企业、产业化联合体等新型农牧业经营主体中，“两个覆盖”质量还不够高，党建引领作用发挥不够充分。

二是农牧业发展水平较低。赤峰市部分农村牧区农牧业发展水平较低，土特产品“藏在深山人未知”。有的地区“跟风严重”“贪大求快”，主导产业多而不优、大而不强，产品“同质化”现象突出，竞争力低下。现有农牧业产业化联合体“有产业、无体系”“有链条、不畅通”“有要素、不协同”，存在组织低效、经营负效、凝聚人心难、拓展市场难、申请贷款难等问题。

三是农牧民不能适应现代农牧业发展趋势。赤峰市多数农牧民组织化程度低，缺资金、缺技术、缺经营能力，对新型农牧产业的认识，主要停留在“办不了、办不好、办了不合算”的层面。一些政策红利、奖补收益主要让处于“龙头”的企业或“龙身”的公司、合作社获取，处于“龙尾”的农牧户的利益被变相“蚕食”。部分农牧业产业化联合体与农牧民利益联结松散，仍存在“富了老板、丢了老乡”的现象。

四是“条块分割、协同不力”难题有待破解。随着社会经济结构的多元化发展，基层党建工作的环境、对象、方式也发生了深刻变化，这对基层党组织的引领能力提出了更高要求。在赤峰市部分农村牧区很多领域的党组织设置结构不够优化、体系不够健全，关系互不隶属、工作互不联系，条块分割的问题十分突出，缺乏系统谋划和统筹协调。

主要做法

（一）全域发力组织融合，推动党的基层组织设置和活动方式创新

赤峰市为加强党组织的政治功能和组织力，以“全面脱贫和推进乡村振兴”的共同愿景和需求为纽带，打破条块隶属限制，探索 5 种党组织联建共建方式。一是跨领域联建共建。突破“块块分割”，推动农村牧区党组织与街道社区、机关单位等各领域党组织横向联结。2018 年 6 月，元宝山区建昌营村党支部与非公企业、机关等 6 个领域的 26 个党组织共同成立赤峰和润农业产业党建联合体，以区域农业产业结构提档升级助力脱贫攻坚和乡村振兴。

二是跨行业联建共建。突破“条条限制”，推动“党政军民学”各行各业党组织跨界“联姻”，积极参与扶贫开发，促进了社会帮扶与精准扶贫有效对接。如林西县、喀喇沁旗等地推行“税地企”“银企村”等党组织联建模式，把税务、金融、行政审批等相对封闭的行业部门党组织联结在一起，整合项目、资金、人才等向设施农业、特

色种养等重点扶贫领域倾斜。

三是跨层级联建共建。突破层级隶属，推动市、县、乡、村四级党组织纵向联通。2020 年，市、县两级 1100 多个机关单位分别与 1 个嘎查村联建共建，围绕脱贫攻坚、乡村振兴整合各类发展资源，引领群众增收致富。

四是跨地域联建共建。突破地域限制，推动市内党组织与京蒙对口帮扶地区、发达地区等市外党组织辐射联动。2020 年 6 月，喀喇沁旗美林镇党委与北京市、河北省、内蒙古自治区 3 省区市 8 个党组织成立党建联合体，共同发展旅游产业。

五是跨产业联建共建。突破城乡壁垒，推动一二三产业链上的党

图 1　新什南协作扶贫党建联合体开展空中党课主题党日活动

组织贯通联合。2018 年 6 月，巴林左旗十三敖包镇笤帚苗产业党建联合体由 9 个脱贫村党组织、1 个产业协会党支部、28 家产业发展相关部门党组织联建共建组成。截至 2020 年底，共带动 6000 多名贫困人口稳定脱贫。

（二）党建引领资源融合，推动各类资源向脱贫攻坚与乡村振兴一线倾斜

赤峰市探索党建联合体 5 种工作相融载体，真正让党组织和党员成为脱贫攻坚与乡村振兴的主心骨、贴心人。一是党员共管，推动工作力量下沉。对成员单位党员实行“一方隶属、多重管理”，通过共同组织学习、共同民主评议等方式，实现了关系在支部、学习在日常、工作在岗位、奉献在区域。

二是活动共联，推动党建力量下沉。联建共建党组织轮流主导，与嘎查村党组织共同开展互动式、开放式、体验式主题党日，组织党员挂牌、承诺践诺、设岗定责等活动，为党员发挥作用创造了条件。

三是资源共享，推动服务力量下沉。整合信息、阵地、文化、服务等资源，采取共用共享、交流互动等方式增强共建实效。2020 年，建成市、县、乡、村“1+15+191+N”四级党群服务中心体系，创新开展就业创业、居家养老照料、代办送达等服务，打通了服务群众“最后一公里”。

四是难题共解，推动治理力量下沉。如翁牛特旗海拉苏镇政法党建联合体，织密建强干部包联网格到户、人民调解纵向到底、“三调联动”横向到边调解网络，调解成功率由 2017 年的不足 50% 提升到 2018 年的 90% 以上。

五是文化共融，推动政策资金下沉。通过组织连接、利益连接、情感连接，把党建联合体打造成为责任共同体、利益共同体、脱贫共

图 2　林西县官地镇新民村党支部领导班子带领党员宣誓

同体，推动各项政策向基层倾斜、各项资金向基层流动。

（三）共享共赢目标融合，汇聚全面脱贫和乡村振兴新动能

一是把农村牧区其他各类组织统筹起来提升号召力。赤峰市创新实施“乡村党组织服务能力提升”项目，打造以“党建联合体 + 龙头企业 + 合作社 + 家庭农牧场 + 种养殖大户 + 社会化服务组织 + 脱贫户”为主要组织形式的“党建引领产业发展共同体”，广泛开展党建引领生产合作、供销合作、信用合作的“三位一体”综合合作发展和“三变改革”工作。

二是把广大党员干部组织起来提升战斗力。赤峰市建强县乡领导班子、嘎查村“两委”干部、驻村干部“三支队伍”。2019 年至 2021 年 5 月，新任苏木乡镇党政正职中有扶贫工作经历的 428 名，嘎查村书记“一肩挑”比例达到100%，选派12651名驻村干部，选派4103名机关干部担任第一书记，2.5万名能人党员与4.7万户脱贫户结成产业增收联合体，为巩固拓展脱贫攻坚成果、全面推进乡村振兴提供了强劲动力。

三是把各方面人才凝聚起来提升推动力。赤峰市实施“一嘎查村班子一大学生”计划，探索“乡招村用”做法。2020年，招考2172名大学生到嘎查村服务锻炼，统筹403个事业编制用于从优秀村党组织书记中招录选拔乡镇领导干部。实施本土人才“1+X”帮带行动，到2020年底，培养各类“土专家”“田秀才”以及党员能人3.2万名，引导5.85万名农村牧区实用人才到各地区开展服务，示范带动9.6万群众发展致富产业。

四是把全体农牧民动员起来提升凝聚力。2019年7月，组织实施发展壮大嘎查村集体经济四年行动，动员农牧民积极参与，探索资产盘活、产业带动等13种发展模式，整合投入各类资金近20亿元，全部用于发展壮大村级集体经济，带动越来越多的群众感党恩、跟党走。

重要成效

（一）基层党组织战斗堡垒夯基固本

赤峰市嘎查村集体经济实现大幅增长。截至2020年底，嘎查村集体经济总收入达5.41亿元，2059个嘎查村全部达到10万元以上，提前两年、翻番完成了自治区明确的发展目标。紧紧围绕巩固拓展脱贫攻坚成果、全面推进乡村振兴，不断增加先进支部、提升中间支部、整顿后进支部。2019年至2021年，累计整顿提升软弱涣散嘎查村党组织288个，其中2019年277个，2020年11个，2021年清零，同时调整“不胜任、不尽职”的嘎查村党组织书记50名。2020年底，全市一类嘎查村党组织已达85%以上，有效破解了党组织工作弱化、虚化、边缘化等问题。

（二）农牧业产业发展质量显著提升

赤峰市通过打造政治功能强、党建意识强、发展动力强的党建联合体，实现了基层党建对产业选择、政策资金、能力培训、技术服务、组织方式、产销对接、利益联结等要素的统筹调配和优化配置，并有力保障群众在产业链、利益链中的环节和份额，真正把支部建在脱贫链、让党员聚在脱贫链、使群众富在脱贫链。截至2021年，赤峰市132个苏木乡镇全部创建“乡镇统筹、两体共融、联村兴产、带贫富民”党建引领产业发展共同体，融合各级党组织2710个、龙头企业311个、农牧民合作社1541个、家庭农牧场和种养大户12582户，引领特色种植、畜牧养殖、乡村旅游等6类主导产业集中、集聚、集约发展，带动1725个嘎查村集体经济增收7824万元，30万户农牧民增收致富，促进了产业规模从粗放量小向集约规模转变、产业结构从单一种养殖向一二三产业融合发展转变、经营主体从各自为战向形成紧密相连的产业发展共同体转变、经营方式从提篮小卖向现代商贸物流转变、农牧户从自给自足向参与现代市场经济转变“五个转变”。

（三）共建、共治、共享新格局逐步形成

聚焦基层治理体系和治理能力现代化，探索党建引领网格化治理。通过党组织统筹，将社会保障、综合治理、应急管理、社会救助等网格统一纳入党建网格，明晰综治、政策宣传、代办服务、疫情防控等职责，探索“网格管理＋爱心超市积分管理＋契约化管理”相结合模式，推动网格员履职尽责。2021年，共建立网格21075个，配备网格员36035人，实现“多网合一、一格多能”。2018年，探索党建引领

图 3　克什克腾旗经棚镇产业发展联合会为农服务助力乡村振兴

自治、法治、德治“三治融合”，指导嘎查村完善修订村规民约，强化村级民主协商和村务监督，严格执行“四议两公开”议事决策机制，将 2191 个乡、村两级党群服务中心作为推进基层治理的“桥头堡”，培养“法律明白人”“法治带头人”3030 人，常态引导群众自治、宣传法治、弘扬德治。探索党建引领人民调解、行政调解、司法调解的“三调联动”模式，引导司法、公安、检察、法院等单位党组织开展联建共建，建立调解、仲裁、行政裁决、行政复议、诉讼等多元化解纠纷机制，帮助基层调解纠纷缓解矛盾。2020 年，赤峰市共建立矛盾纠纷多元调解平台 179 个、诉调对接平台 29 个、警调对接平台 52 个，共调解行业性专业性案件 1.7 万件，实现了“小事不出村，大事不出镇，矛盾化解在基层”。

经验启示

（一）毫不动摇地坚持和加强党对农村工作的领导

赤峰市融合党建引领巩固拓展脱贫攻坚成果、全面推进乡村振兴的过程中，广大基层党组织始终牢牢把握主动权，在选择产业发展方向、保护农牧民利益等重大问题上始终都有基层党组织的坚强领导，确保了党在农村工作中始终总览全局、协调各方。实践证明，党的全面领导要靠党的坚强组织体系来保障和实现，党组织是否有力量关键在于组织体系是否严密。在巩固拓展脱贫攻坚成果、全面推进乡村振兴的过程中，要健全基层党组织体系，以党建引领推动农牧业产业持

图 4　林西县组建“企业 + 合作社 + 农户 + 基地”联合党组织，成立佰惠生脱贫攻坚联合党委

续发展壮大，把农业基础打得更牢，把“三农”短板补得更实，打好乡村全面振兴的底子。

（二）坚定不移地把集中、集约、集聚作为发展之策

赤峰市通过创建“党建引领产业发展共同体”，在产品、技术、加工、营销、品牌等方面多向发力，不断培育特色产业、扩大社会参与度，推动了农牧业产业向高端化、绿色化、融合化方向发展。实践证明，乡村有产业才有人气有活动，要把共同体作为引领现代农牧业集中、集约、集聚发展的有效载体，立足资源禀赋、比较优势、产业基础加快培育，统筹发展少而特、少而精、少而强的主导产业，力争促进产业转型升级和提高发展质量效益。

（三）树牢共建共融、共议共商、共享共赢的共同体意识

赤峰市通过区域化党建、统一化管理、标准化服务、规模化经营和多元主体利益联结，使基层党组织、农牧业经营主体和广大农牧民在党建引领下成为“相敬如宾”“双赢多赢”的责任共同体、利益共同体。实践证明，创建共同体对于降低交易成本、稳定市场销路、提升市场地位、确保长期收益具有重要作用，要进一步强化农牧户、家庭农牧场、合作社、龙头企业和党组织之间基于契约基础上的组织连接，在党建引领下形成协调高效的链条分工，力争实现组织联合下的各方收益最大化。

（四）坚持将人民至上、以人民为中心的发展思想落实到全过程各方面

消除贫困、改善民生、实现共同富裕是我们党坚持全心全意为人民服务根本宗旨的重要体现。赤峰市通过融合党建提高农牧民组织化程度，整合农村生产要素，统筹政府资源，调动社会力量，共同发展现代农业，拓宽了农牧民增收渠道。实践证明，落实“基在农业、惠

图 5　克什克腾旗经棚镇党建引领为农户代收农作物

在农村、利在农民”要求，关键要把维护人民根本利益放在第一位，各级党组织要在“怎么看”上统一意识、“怎么干”上引领行动，进一步调动农牧民的积极性、主动性、创造性，提升农牧民合作精神、发展能力，促进农牧民收入持续增长、获得感显著提升。

专家点评

在学界以往关于乡村贫困现象的总体研究分析中，组织涣散和社会封闭性往往成为村庄致贫的主要原因。如何通过融合党建，去塞求通。如何通过组织创新，提升村庄组织化的程度，成为乡村走向全面振兴的关键。在脱贫攻坚和乡村振兴有效衔接的过程中，内蒙古自治区赤峰市立足融合党建，创新探索出跨领域联建共建、跨行业联建共建、跨层级联建共建、跨地域联建共建、跨产业联建共建等五种党组织联建共建方式，加强全域组织融合，以党建工作相融为载体引领资源融合，以目标融合打造共建、共治、共享新格局，探索出推进乡村组织振兴的地方实践经验，为广大乡村提供了一种村庄再组织化的可复制、可操作的创新模式。

田毅鹏

吉林大学哲学社会学院院长，社会学博士生导师，教育部长江学者特聘教授，兼任中国社会学会副会长，民政部城乡社区建设专家委员会委员

拓展阅读

1. 《再赴内蒙古考察，这些话题习近平总书记十分关切》，人民网，2019 年 7 月 17 日。
2. 《内蒙古赤峰市：探索全领域基层党建融合发展模式》，人民网，2019 年 10 月 15 日。

内蒙古自治区乡村振兴局选送
撰稿人：刘博辉，赤峰市乡村振兴局
任希悦，赤峰市委组织部

创优人居环境 助力乡村振兴

——辽宁省庄河市农村人居环境整治探索与实践

引 言

2021 年 4 月 30 日，习近平总书记在中共中央政治局第二十九次集体学习时强调，生态环境保护和经济发展是辩证统一、相辅相成的，建设生态文明、推动绿色低碳循环发展，不仅可以满足人民日益增长的优美生态环境需要，而且可以推动实现更高质量、更有效率、更加公平、更可持续、更为安全的发展，走出一条生产发展、生活富裕、生态良好的文明发展道路。

——《习近平主持中央政治局第二十九次集体学习并讲话》，中国政府网，2021 年 5 月 1 日。

背景情况

农村人居环境整治是一门大学问，涉及面广，对于经济社会发展和乡村振兴战略的实施具有重要意义。当前，我国社会主要矛盾已经转化为人民日益增长的美好生活需要和不平衡不充分的发展之间的矛盾。庄河市经济社会发展不平衡不充分的问题在农村领域相对突出，主要表现在环境整治和生态保护方面，农村基础设施短板亟待补齐，乡村发展整体水平还需进一步提升。改善农村人居环境已被庄河市委、市政府提升到乡村振兴、高质量脱贫和促进乡村文明的高度，同时也是广大农民群众的强烈愿望。

庄河市位于辽东半岛东侧南部、黄海北岸，北纬 39 度，气候温和，四季分明，是大连市的水源地。这里生态环境优美，资源禀赋良好，旅游资源丰富，是辽南地区宜居宜业的好去处，曾获“国家现代农业示范区”“国家农业产业化示范基地”“中国优秀旅游城市”“全国休闲农业与乡村旅游示范县”等荣誉。近年来，庄河市秉持“两山”理念，以农村垃圾治理为抓手，深入实施农村人居环境整治三年行动和“百村示范、千村清洁”行动，进一步完善乡村基础设施和公共服务机制，打造秀美宜居的农村人居环境。

主要做法

（一）坚持一个“领”字，高位推动，压实责任

在大连市委、市政府的正确领导下，庄河市建立了“345 工作机制”。“3”即市、乡、村三级书记带头抓；“4”即包保责任、工作调度、督查考核、宣传教育四项制度；“5”即形成市、镇、村、村民组、

图 1　庄河市大营镇

村民五级联动的工作局面。市级成立 20 人督查组，各乡镇成立 10 人以上督查员队伍，督查发现问题及时上传至全市农村人居环境整治微信群，每周评分结果作为拨付乡镇垃圾整治经费的重要依据。从 2018 年伊始，为进一步强化动员引领，庄河市委、市政府建立联席会议制度，多次召开专题会议进行再安排再部署，坚持高位推动，明确各单位职责分工和年度重点工作，形成市、乡、村、组、村民五级联动的人居环境整治工作格局，合力解决农村人居环境整治难题。

（二）坚持一个“带”字，广泛动员，凝聚合力

农村人居环境整治是一场“人民战争”，需要引导人民群众积极参与，以达到共建共治的目的。庄河市发动党员干部开展多维度、广覆盖的入户宣传，在庄河电视台《美丽乡村》栏目开设农村人居环境整治专栏，通过《庄河发布》、庄河电视台、970 广播、微信公众号、宣传单（条幅）、集中宣教讲解等多种途径加强宣传引导，录制播放

图 2　庄河市徐岭镇宫洼村美丽庭院

垃圾分类减量宣传广播，制发五指分类牌（板）16 万余张，将“五指分类法”[1] 纳入村规民约，群众知晓率广泛提高。市、乡两级妇联在微信公众号推送“晒晒我家小院子”典型展播，鼓励广大妇女群众积极参与庭院整洁活动，党员干部家庭带头栽花种草参与评比，增强“知美、爱美、建美、护美”意识，2018 年以来，有 1527 户获评“美丽庭院”“整洁庭院”称号。

（三）坚持一个“控”字，精准施策，源头减量

庄河市坚持将末端治理与源头减量相结合、日常保洁与定期清理相结合，建立“1945”长效清洁治理模式，致力实现垃圾“零增长”。“1”即由 1 个企业——庄河林水资源集团有限公司负责农村垃圾的全程转运，“9”即由 9 个垃圾转运站承担乡镇垃圾压缩任务，“4”即

① “五指分类法”指将垃圾细化分类为可腐烂垃圾、可燃烧垃圾、可变卖垃圾、可填坑垫道建筑垃圾和有毒有害垃圾。

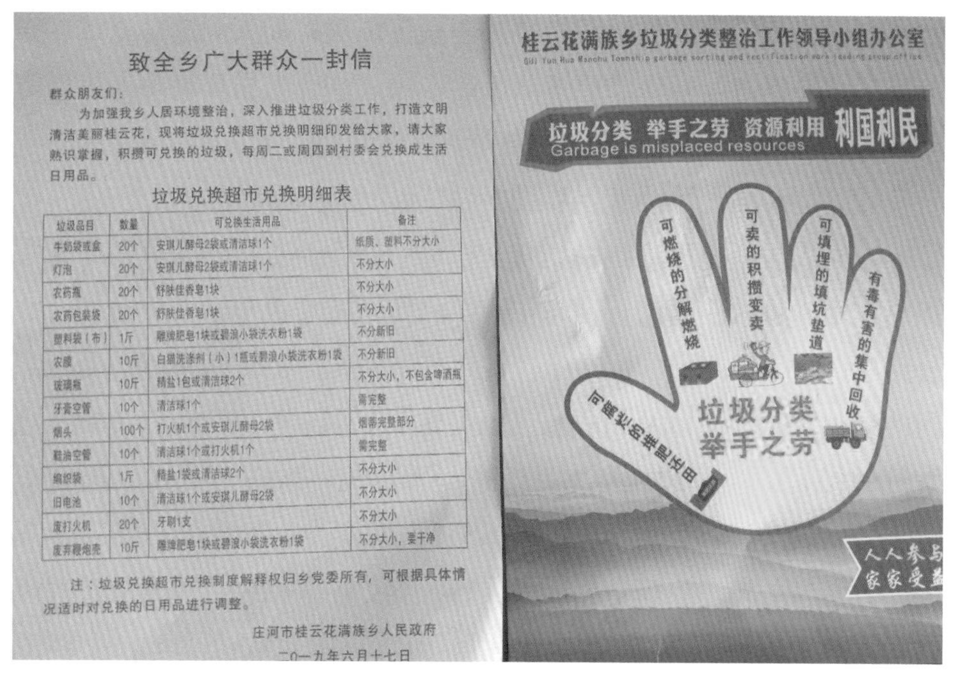

致全乡广大群众一封信

群众朋友们：

为加强我乡人居环境整治，深入推进垃圾分类工作，打造文明清洁美丽桂云花，现将垃圾兑换超市兑换明细印发给大家，请大家熟识掌握，积攒可兑换的垃圾，每周二或周四到村委会兑换成生活日用品。

垃圾兑换超市兑换明细表

垃圾品目	数量	可兑换生活用品	备注
牛奶袋或盒	20个	安琪儿酵母2袋或清洁球1个	纸质、塑料不分大小
灯泡	20个	安琪儿酵母2袋或清洁球1个	不分大小
农药瓶	20个	舒肤佳香皂1块	不分大小
农药包装袋	20个	舒肤佳香皂1块	不分大小
塑料袋（布）	1斤	雕牌肥皂1块或碧浪小袋洗衣粉1袋	不分新旧
农膜	10斤	白猫洗涤剂（小）1瓶或碧浪小袋洗衣粉1袋	不分新旧
玻璃瓶	10斤	精盐1包或清洁球2个	不分大小，不包含啤酒瓶
牙膏空管	10个	清洁球1个	需完整
烟头	100个	打火机1个或安琪儿酵母2袋	烟蒂完整部分
鞋油空管	10个	清洁球1个或打火机1个	需完整
编织袋	1斤	精盐1袋或清洁球2个	不分大小
旧电池	10个	清洁球1个或安琪儿酵母2袋	不分大小
废打火机	20个	牙刷1支	不分大小
废弃鞭炮壳	10斤	雕牌肥皂1块或碧浪小袋洗衣粉1袋	不分大小，要干净

注：垃圾兑换超市兑换制度解释权归乡党委所有，可根据具体情况适时对兑换的日用品进行调整。

庄河市桂云花满族乡人民政府

二〇一九年六月十七日

图 3　庄河市村屯推行农村生活垃圾“五指分类法”

在小城镇镇区推行垃圾“四分法”[①]，“5”即在村屯推行农村生活垃圾“五指分类法”。通过推行“1945”模式，全市 2929 个屯（组）成立保洁队伍。深入推进畜禽粪污资源化利用整县推进项目，设立 19 个农药包装和农膜等废弃物回收站。将清“三堆”[②]作为农村人居环境整治的有力抓手，引导农户培养庭院整洁意识，提升乡村“颜值”。水源地乡镇桂云花满族乡，肩负涵养水源、守护大连市“水碗”的重要职责，着力打造清“三堆”示范路、示范屯；太平岭乡将人居环境整治作为精品水果（歇马杏）采摘、特色主题民宿的有力推手，引导

① 垃圾“四分法”指可回收垃圾进入废品回收系统，可腐烂垃圾就地处理，有毒有害垃圾统一运输，进行后续处理。

② “三堆”指草堆、粪堆、垃圾堆。

农户创建精品民宿，通过手机自媒体宣传推送；仙人洞镇马道口村充分发挥“环保鸽”环保志愿者队伍的作用，结合人居环境整治提供清“三堆”志愿服务，为乡村旅游打造新的人气增长点。

（四）坚持一个“治”字，加强联动，祛除顽疾

农村人居环境整治是一场联合行动。市农业农村局充分发挥牵头抓总作用，将村庄清洁行动与住建部门的城乡垃圾整治、交通部门的公路建设、水务部门的河道治理、生态环境部门的污水治理、爱卫部门的爱国卫生运动以及妇联的“美丽庭院”创建有机结合，统筹推进脏乱差综合整治。2021 年 1 月以来，累计出动 12.6 万人次，出动车辆 1.5 万台次，清理河塘沟渠 405 万延长米，清除整治“三堆”4.6 万个。对废弃地膜、农药包装回收实行“管、控、治”三步走的治理模式。形成了以村屯农药、农膜使用、回收台账为基础，以 20 个乡镇农药、农膜回收站和 227 个村级回收点为支撑，以林水集团为转运主体的使用、回收、转运、处置一体化循环体系。废弃农膜综合回收率达到 94.3%。被生态环境部确定为全国农业面源污染治理与监督指导

图 4 庄河市栗子房镇四家村美丽乡村项目

试点市。2021 年，被确定为秸秆综合利用国家重点县试点，基本形成秸秆还田、收储运体系布局合理、多元利用的产业化格局。实施畜禽粪污资源化利用整县推进项目，全市共建设区域性粪污处理中心 4 个，1222 家畜禽养殖场(户)粪污处理设施实现全覆盖，畜禽粪污综合利用率达到 91.31%。

（五）坚持一个“补”字，深化改厕，补齐短板

农村人居环境整治是一项民生工程，旱厕一直是庄河市农村环境和卫生条件的短板，特别是庄河饮用水水源地乡镇超过半数，土壤和地下水污染防治压力较大，加之出于预防粪口传播类疾病的考虑，改厕的需求极为迫切。为此，庄河市深入落实上级决策部署，认真抓好“小厕所大民生”。作为一类县，科学制定出台 2019 年和 2020 年《庄河市农村无害化卫生厕所建设工作实施方案》，明确项目建设程序相关事宜。改造期间，市长定期调度，市政府分管领导每周实地检查督导。市、乡、村三级挂图作战，农业农村、爱卫部门常态化开展业务

图 5　庄河市大郑镇宏发村无害化卫生公厕

图 6　庄河市兰店乡元和村美丽乡村项目

指导，乡镇建立党委书记亲自抓、乡镇干部包村屯、村书记和第一书记常驻一线的工作机制。2019 年至 2020 年改厕 8.76 万座，全市农村无害化卫生厕所普及率达到 93%。2020 年还对甲型“玻璃钢 + 轻钢彩板”、乙型“玻璃钢 + 砖混”、丙型砖混三种改厕模式进行完善，通过增强化粪池罐体密实度、更换太阳能照明设施、改进厕房棚顶角度等，进一步满足农户需求。2021 年，投入 645 万元，将 2009 年以来财政投资改厕纳入管护范围，通过建管结合，进一步完善了管护体系。

（六）坚持一个“建”字，建好设施，打造美丽乡村

在增强体制机制“软实力”建设的同时，庄河市着力推进农村人居环境“硬件”建设。多渠道、多元化筹集资金，截至 2021 年 10 月，庄河市在重点乡镇建设污水处理厂 14 座，配套管网共计 124.7 公

里，设计日处理污水能力4.47万吨。积极争取上级政策扶持，2021年新建村屯硬化路152万平方米，居大连市县级首位。全市村屯硬化面积达到1154万平方米。在“十四五”期间，将实现村屯硬化路全覆盖。实施农村饮水安全巩固提升工程14项，2021年还将继续建设2项。深入挖掘文化底蕴、民俗风情、特色产业，打造出“农耕文化”“红色精神”“满族风情”“渔家文化”“康养休闲”等主题的美丽乡村15个。

重要成效

（一）垃圾处理取得新突破

庄河市逐步探索出农村生活垃圾“五指分类法”新路径和“1945”垃圾治理新模式，截至2021年10月，212个行政村（农场）建立了生活垃圾处理体系，农村垃圾日处理量由280吨减量至80吨，减量71%。积极开展畜禽粪污资源化利用整县推进项目，实现畜禽粪污资源化利用。2020年，庄河市废弃农膜综合利用率达到92%、秸秆综合利用率达到95%。庄河市先后荣获“全国村庄清洁行动先进县”等国家级荣誉称号，“1945”模式破解农村垃圾治理难题的经验做法作为东北地区唯一上榜的案例，入选第二批全国农村公共服务典型案例。2021年，庄河市获评辽宁省政府农村人居环境整治成效明显激励县。

（二）农村基础设施建设取得新进展

在庄河市委、市政府的领导下，庄河市普通公路建设成效显著，公路路网结构进一步优化，助推了庄河市经济社会发展。开展农村环境建设以来，扎实推进农村公路和村屯硬化工程建设，农村“四横四纵”路网体系基本形成，基本实现了“村村通”“屯屯通”。同时，庄河市全面提升农村公路服务能力，农村公路总里程达到3324公里，

2020年获得了“四好农村路全国示范县”国家级荣誉称号。

（三）群众文明素质提上新高度

通过凝聚共识、创新引领、加大投入、管建并重，践行“干净就是风景，风景就是前景”的理念，庄河市农村人居环境发生了由表及里、由量到质的变化，基本实现了村庄环境干净整洁有序，村容村貌明显改善，长效管护机制基本建立，群众环境与卫生意识普遍增强。用大营镇新房村村民王春玲的话来说：“村庄变得美丽了，我们自己也要打扮得更美丽。”

（四）美丽乡村建设迈上新台阶

庄河市“美丽庭院”建设活动为乡村旅游打造了新的人气增长点。东滩村获评“中国最美村镇最美旅游目的地”，马道口村、步云山村入选全国乡村旅游重点村，东滩村、马道口村被评为“中国美丽休闲乡村”。鞍子山乡山海丰村入选全国“千村万寨展新颜”活动展示，仙人洞镇英那河村获评“全国生态文化村”，青堆镇河川村、鞍子山乡山海丰村、大营镇新房村获评“全国乡村治理示范村”，大营镇获评“全国乡村治理示范镇”。

经验启示

（一）始终践行绿色发展理念

庄河市被誉为大连的“后花园”和“水碗”，不仅在于当地充分认识到改善人居环境对促进经济社会健康可持续发展的重要意义，还在于将改善人居环境作为不断提升农村群众生活品质、文明素质以及乡村形象的有力抓手。实践证明，积极践行绿色发展理念，坚决守护山清水秀的生态环境，是改善人居环境的必要前提。

（二）始终坚持高位引领推动

农村人居环境整治工作是一项长远的、根本的全局性工作，改善人居环境已成为广大农民群众的强烈愿望。只有坚持高位引领，提高政治站位，强化主体责任落实，建立完善的督导考核机制和奖优罚劣的激励机制，突出狠抓落实的工作导向，有效传导工作压力，才能确保各项工作落地见效，充分顺应农民群众的热切期待。

（三）始终发挥农民主体作用

广大农民是农村人居环境整治最直接的受益者，也是最重要的建设者，必须依靠群众推进农村人居环境整治。积极处理好政府引导与农民主体的关系，在“厕所革命”等重大民生项目上杜绝“大包大揽”，在方案制定、项目实施、资金筹措、运行管护等方面充分尊重群众意愿。发挥农民主体作用，积极选树典型，在潜移默化中带动群众参加人居环境整治与维护，有效调动农民积极性，共同致力于把公共设施建好管好。

（四）始终突出因地制宜分类指导

在推进农村人居环境整治工作中，坚持先易后难、先点后面，按照既尽力而为又量力而行的原则，根据群众期盼和意愿科学确定目标任务，重点抓好垃圾分类减量、“三堆”清理整治、“厕所革命”、农业废弃物资源化利用等工作，不搞“一个模子套到底”。因地制宜开展环境治理，凸显地域特色。

专家点评

辽宁省庄河市被誉为大连的“后花园”和“水碗”。当地充分认识到改善人居环境对促进经济社会健康可持续发展的重要意义，将改善人居环境作为不断提升农村群众生活品质、文明素质以及乡村形象的有力抓手。庄河市秉持“两山”理念，以农村垃圾治理为抓手，通过凝聚共识、创新引领、加大投入、管建并重，建立“1945”长效清洁治理模式，有效推动乡村生态振兴。庄河市农村人居环境整治案例，生动展示了人居环境整治对于乡村振兴的带动价值，探索了改善农村人居环境的有益经验，特别是践行绿色发展理念、坚持高位引领推动、发挥农民主体作用、因地制宜分类指导，具有一般性的借鉴意义。

王亚华

清华大学公共管理学院教授、博士生导师、副院长，清华大学中国农村研究院副院长，教育部青年长江学者，教育部新世纪优秀人才，北京市中青年社科理论人才

拓展阅读

1. 《大连庄河市农村人居环境整治工作　再传捷报》，农业农村部官网，2020年10月30日。
2. 《辽宁庄河：“1945”模式破解农村垃圾治理难题》，国家发展改革委官网，2021年1月19日。

辽宁省乡村振兴局选送
撰稿人：楚牧，庄河市农业发展服务中心

加速绿色产业新发展 描绘乡村振兴新图景

——吉林省双辽市巨兴村探寻春小麦的产业振兴之路

引 言

2021年3月22日至25日，习近平总书记在福建考察时指出，乡村要振兴，因地制宜选择富民产业是关键。要抓住机遇、开阔眼界，适应市场需求，继续探索创新，在创造美好生活新征程上再领风骚。

——《习近平在福建考察时强调 在服务和融入新发展格局上展现更大作为 奋力谱写全面建设社会主义现代化国家福建篇章》，新华网，2021年3月25日。

背景情况

王奔镇巨兴村位于吉林、辽宁和内蒙古三省交界，位于王奔镇西部。距王奔镇政府 4 公里，距双辽市区 15 公里，现有耕地 930 公顷，均为旱田。巨兴村处于东、西辽河冲击平原腹地，黑土地肥沃，积温 3118.6℃，无霜期 145 天，年日照 2714.9 小时，适宜种植小麦、大豆、玉米等作物。全村总户数 450 户 1706 人，3 个自然屯，7 个行政屯。巨兴村 2015 年被确定为建档立卡贫困村，2017 年底实现贫困村“摘帽”。2019 年 10 月，建档立卡贫困户 63 户 129 人全部脱贫。2021 年，村集体经济收入达到 86 万元。

多年来，巨兴村积极探索和培育“接地气”的扶贫产业，有效避免“水土不服”，建成了特色小麦产业园区，形成了因地制宜、独具

图 1　双辽市王奔镇巨兴村小麦拔节期

图 2　双辽市王奔镇巨兴村小麦收获期

特色的绿色小麦全链条产业发展路径，并通过产业持续发展，引领村民百姓摆脱贫困，走上了致富路。但产业发展不可能一蹴而就，在产业规划发展过程中，也遇到了一些瓶颈与难题：一是农业基础设施薄弱滞后。水利设施落后、道路不通畅，一定程度上影响了产业全链条发展。二是农民大规模种植小麦意愿不强。自给自足的小规模种植使得大部分村民对产业结构调整心存顾虑，担心种植多了没有销路；还有一部分人认为种植小冰麦太费事，不一定能够挣到钱。三是土地流转效率不高。受传统农耕文明的影响，农民对土地具有强烈的依赖意识和价值意识，对土地流转存在思想误区，流转意愿不强。

主要做法

巨兴村坚持问题导向，以“产业发展”为抓手，通过“强设施＋调结构”“种小麦＋接下茬”“深加工＋树品牌”等一系列有力举措，构建了绿色产业规模化发展之路，探索出一条带领村民致富奔小康的新路径。

（一）做好规划，夯实基础

振兴乡村产业，首要目标是搞好规划引领，围绕产业发展方向，明确产业发展定位，以项目为载体推进规划目标落地实施。曾作为省级重点贫困村，巨兴村坚持以产业发展为核心，进一步巩固拓展脱贫攻坚成果，扎实推进乡村振兴。结合全村种植小麦的传统，明确“绿色”“原生态”发展定位，把准以“春小麦”为主的产业结构发展方向，形成“合作社＋农民＋企业”的发展模式，最终实现种植、加工、销售于一体的“三产融合”产业发展目标。在做好产业精准定位的基础上，首先破解制约产业的基础性难题。2017 年为解决行路运输难，启动巨兴村道路硬化计划，全村新建公路 12.5 公里，翻新老旧路面 4.3 公里，基本实现户户通硬化路目标。2018 年为解决浇地难，争取节水灌溉项目和农发项目，全村打标准水源井 81 眼，为实现产业结构调整奠定坚实基础。

（二）抓好示范，强化主体

定好调子，找准方向后，巨兴村将重点转向产业发展。为改变村民观望不前、不愿种植春小麦的现状，巨兴村秉承着“火车跑得快，全靠车头带”的理念，开创“村干部＋党员”的引领模式，以“强化致富带头人建设”为基础，大力实施村“两委”成员带头领办创办合作社和家庭农场等新型经济主体，实现了由“带头致富”向“带领致富”转变。为了让村民们从以往只种经济效益不高的玉米，改种经济效益好的小冰麦，村党总支书记赵德仁说服家里人，承包30多公顷土地，其中15公顷种植了小冰麦和秋白菜，秋白菜通过订单直接销售，小冰麦加工成面粉后，统一设计包装，通过平台进行销售。每公顷产“笨面”[①]3500公斤，产值平均可达40000多元，去掉成本每公顷可获纯收入32000多元。2016年赵德仁试种成功，通过带头进行种植业结构调整，用实际行动影响带动村民转变思路。在小麦的田间管理和面粉加工期间安排200多人就业，人均收入近万元。仅通过德仁家庭农场销售的春小麦就带动10户增收，用实实在在的成效带动村里发展春小麦和秋白菜的种植。2021年巨兴村村民焦希福在村里的动员下，种植小冰麦1.2公顷，小冰麦收获后复种大白菜，一年收入达到5.6万元，比种玉米整整多出4万元。留久村会计张保太，有着多年香瓜种植技术，在巨兴村农业产业结构影响下，他主动学习和借鉴下茬种植白菜的相关农业生产技术，实现了瓜菜两茬种植，带动周围农民20多户，瓜菜种植面积达30公顷，增加了农民收入。

（三）建设工厂，树立品牌

自2017年以来，巨兴村德仁家庭农场在两年的时间里，将原50斤一袋的大包装面粉改成了更方便的10斤和20斤小包装，销售量实现了翻番，达到2万斤，德仁家庭农场也获得了良好的收益。随着村里小麦种植规模的不断扩大，巨兴“笨面”的品牌也越来越得到认可，市场的需求也在逐年增长。在这种情况下，2017年，村里经过研究，向双辽市扶贫办申请扶贫资金99.6万元，建立以石磨加工面粉的小型粮米加工厂。占地600多平方米的王奔镇巨兴粮米加工厂当年建成

① 笨面指原生态、未经精细研磨的全麦面粉。

图 3　双辽市王奔镇巨兴村粮米加工厂内部

达产，实现了从种植小麦到加工销售面粉的产业链延伸，同时也为村民带来了更多经济收益。2021 年，村里与京东电商平台、中国建设银行双辽支行等合作共同打造巨兴品牌“笨面”，通过在京东电商平台和自媒体平台开展直播，促进巨兴“笨面”产品在线上销售。

（四）复茬种植，增加收益

巨兴村积极改变传统种植模式，加大推广麦后复种白菜，作物种植由一茬变两茬，既提高了土地利用率，又增加了经济效益。同时，为解决销路问题，巨兴村积极联系客商，与梨树县、长春市和吉林市经纪人建立长期合作，使销售再无后顾之忧。春播小麦，秋收白菜。巨兴村麦菜复种全部按照绿色食品生产标准进行播种与田间管理，农村田地里的绿色农产品变身为绿色商品。经过几年的实践，春小麦和白菜种植已形成了种、管、收、销一条龙模式。

图 4　双辽市王奔镇巨兴村粮米加工厂外景

（五）党建引领、良种基地

2022 年 4 月是赵德仁最忙的时候，他一直在农业生产一线指导农民整地、播种和灌溉。为确保巨兴村民春耕春播用水需要，他组织和指导施工队在小麦种植田打井三口，在抗春旱保春耕上发挥了较大作用。同时，他联系王奔镇党委书记王楠向双辽市乡村振兴局申报了总投资 50 万元的建设项目，引进了新型卷盘式喷灌机，大大提高了水资源利用效率，节省了劳力。

为引领群众调整种植业结构实现增收，由村党支部引领 32 户农户组建众民合作社，赵德仁书记任社长，建设了 50 公顷的“冰麦 + 白菜”两茬种植示范区，为推动高效示范农业发展，实现产业振兴迈出了坚实步伐。同时，王奔镇政府与省农科院良种繁育中心合作，由省农科院指导的吉林省西部唯一一个 10 公顷的冰小麦原麦良种繁育

图 5　双辽市王奔镇巨兴村产品展示柜

基地在巨兴村正式落成，有效落实了国家种业振兴计划要求，预计 2023 年能够为巨兴村提供 200 公顷优质小冰麦种，降低冰麦种植投入成本，实现良种自给自足，为“冰麦 + 白菜”两茬种植产业发展，提供坚实的良种保障。

重要成效

绿荫婆娑，炊烟袅袅，光伏电板闪耀；碧空如洗，麦浪滚滚，小麦长势良好……双辽市王奔镇巨兴村，产业项目有条不紊持续推进，孕育着希望，拥抱着收获。自脱贫攻坚工作开展以来，巨兴村不断整合本地资源，延伸产业化链条，顺利实现脱贫户受益、村集体增收、产业结构优化调整的目标，同时也为乡村振兴提供了坚实可靠的基础保障。

（一）产业结构优化升级

巨兴村经过实践探索，把土地流转起来集中种植小冰麦，通过麦菜复种、粮食深加工等方式，实现了产业链条逐步延伸。2021 年，巨兴村带动王奔镇周边留久村、呈祥村等十四个村进行两茬经济作物种植，白菜面积达到近 100 公顷，白菜每公顷纯利润 3 万元左右，有效调整了种植业结构，为农民增收开拓了新渠道。

（二）带动村民增收致富

产业项目的持续发力，不仅为脱贫群众创造了稳定的增收渠道和可观的经济收入，更夯实了巨兴村的脱贫攻坚工作成果，壮大了村集体经济，也让全村百姓尝到了甜头。巨兴“笨面”远销省外，与中国人民银行四平支行、吉林省城农项目管理有限公司等签约订单。加工厂带动了村内 23 户劳动力在当地就业，人均年收入达 4000 元左右。村干部领办家庭农场，带动村里种植春小麦和秋白菜，年增收 400 万元以上。同时，王奔镇巨兴村粮米加工厂项目通过“对外发包”经营形式收取租金，在增加村集体经济收入的基础上，为脱贫户分红。2021 年，发包费为村集体经济增收 4 万元。

（三）村容村貌焕然一新

“现在俺们的收入越来越高，精气神就越来越足，闲余时间，村民们在村文化广场下棋，跳广场舞，聊聊村里的变化，现在的生活真是美滋滋的。”巨兴村村民这样说道。近年来，巨兴村通过“党建 + 村集体经济 + 产业发展 + 乡村振兴”的发展模式，提高了基层党组织的凝聚力和战斗力，实现了村集体经济快速发展，也带动了村容村貌焕然一新。2021 年巨兴村将强化基础设施建设、改善村容村貌同乡村产业发展统筹推进，2021 年 8 月在西小站屯和孙家店屯进行院墙改造提升工程，改造院墙延长 7800 米，在西小站修建一个集文化活动、技能培训、矛盾调解等于一体的多功能文化大院。2021 年 11 月巨兴村全面打造亮化工程，共计修建新能源路灯 180 盏。同时，开展造林绿化、农村环境整治，增加绿化面积 2000 余平方米，建立健全生活垃圾收运处置体系，有序推进村内生活垃圾就地分类和无害化处理。2021 年 8 月经村民申请或他人推荐，由巨兴村村“两委”和驻村工作队组成的评选小组进行入户走访和核实，通过村民代表大会选举出肖光等 24 人为 2021 年巨兴村道德模范、乡贤和好婆婆等，获奖者可通过所获积分到巨兴村“乡村道德银行”兑换奖品。通过“好儿媳”“道德模范”“最美家庭”“干净人家”等创建评选活动，全村群众也把尊老爱幼、无私奉献、改善环境、爱护环境作为了自觉行动，村风民风一年比一年好，逐步实现了“村民富、村屯美、村民乐”。

经验启示

乡村产业是植根于乡村，以农业农村资源为依托，以农民为主体，以提升农业、繁荣农村、富裕农民为目标的产业体系。因而，要坚持打出“一村一特色”的产业振兴王牌，不断顺应农民对美好生活的向往，让村民走上共同富裕的道路。

（一）以市场为导向，深入推进农业供给侧结构性改革

推进乡村产业振兴，必须以市场为导向，认真研究和分析周边市场发展动态和方向，提前谋划，因地制宜，“一村一品”，充分发挥本地产业特色优势，不断提高高端、绿色、优质农产品种植比例，减少

大路货、一般粮食作物种植比例，合理引导农民优化调整农业供给结构，提高农业供给的质量和水平。

（二）以创新为动力，不断完善现代农业“三大体系”

推进乡村产业振兴，离不开“三大体系”的振兴。一是不断完善农业产业体系，加快农业与现代产业要素跨界配置、交叉融合，不断延长农业产业链条。二是不断完善农业生产体系，坚持绿色发展理念，增强农业可持续发展能力，深入推进农业现代化进程。三是不断完善农业经营体系，解决好“谁来种地、如何种好地”等问题，培育壮大家庭农场和专业合作社等新型经营主体，引导村集体资产量化入股，与龙头企业、种植大户建立长期稳定合作关系。

（三）以农民为主体，促进乡村百姓实现共同富裕

乡村产业能否促进全体农民共同富裕，应作为产业是否兴旺的重要评判标准。要突出农民主体地位，转变当前主要依靠引进城市工商资本大规模成片流转土地发展现代农业的做法；要鼓励农民成为产业发展的主体，领办创办农民专业合作社和家庭农场；要进一步完善利益联结机制，让农民能分享更多的产业发展成果，而不是仅仅依靠土地租金、务工等单一渠道获取收入。

（四）以产业为依托，带动农村各项建设全面提升

推进乡村振兴战略，不仅要求达到产业兴旺，还要实现生态宜居、乡风文明和治理有效，从而实现农民物质和精神的双重富裕。产业发展是农村建设的重要抓手，能够为乡村振兴提供有效物质基础。通过产业带动，加强农村道路、饮水、沼气、电网、通信等基础设施和人居环境建设，提升农村教育、卫生、文化等各项公共服务水平，推动美丽乡村建设。

专家点评

在脱贫攻坚和乡村振兴推进的过程中，生活在东北黑土地上的双辽市巨兴村村民一直在深刻反思自己陷于“富饶贫困”陷阱的缘由。经过痛切思考和深刻反思后，该村所确立的脱贫攻坚和乡村全面振兴发展思路就是走“三产融合”的创新之路。以“强化致富带头人建设”为基础，通过“强设施 + 调结构”“种小麦 + 接下茬”“深加工 + 树品牌”等措施，实现村“两委”成员由“带头致富”向“带领致富”转变，探索出富有巨兴特色的绿色小麦全链条产业振兴之路，形成“合作社 + 农民 + 企业”的发展模式，最终实现种植、加工、销售于一体的“三产融合”产业发展目标，进一步推进乡村全面振兴，让村民走上共同富裕的道路。

田毅鹏

吉林大学哲学社会学院院长，社会学博士生导师，教育部长江学者特聘教授，兼任中国社会学会副会长，民政部城乡社区建设专家委员会委员

拓展阅读

1. 《做活“笨面”产业链》,《吉林日报》2018 年 11 月 8 日。
2. 《扶贫项目带产业 助力脱贫奔小康——双辽巨兴村不断增强村集体“造血”功能》,《四平日报》2019 年 8 月 5 日。

吉林省乡村振兴局选送
撰稿人：赵德仁，双辽市王奔镇巨兴村

打造“幸福车间”助力乡村振兴

——黑龙江省泰来县拓展扶贫车间新功能的实践

引 言

2020年6月8日至10日，习近平总书记在宁夏考察时指出，乡亲们在家门口就业，虽然收入不比进城务工高，但省去了住宿、伙食、交通等费用，还能照顾家庭，一举多得。

——《习近平在宁夏考察时强调　决胜全面建成小康社会决战脱贫攻坚继续建设经济繁荣民族团结环境优美人民富裕的美丽新宁夏》，新华网，2020年6月10日。

背景情况

泰来县位于黑龙江省西南部、黑吉蒙三省（区）交界处，全县幅员面积3996平方公里，辖8镇2乡、83个行政村，总人口32万。2021年，全县83个行政村中有49个脱贫村，脱贫人口4240户8517人，监测帮扶人口107户261人。1986年，泰来县被确定为国家级贫困县。2019年5月，通过第三方评估，黑龙江省人民政府公告泰来县退出贫困县序列。

过去制约泰来县发展的主要原因包括资源约束、生态脆弱、立县富民的主导产业缺乏等，在巩固拓展脱贫攻坚成果同乡村振兴有效衔接阶段，泰来县延续支持扶贫车间的优惠政策，按照“政府主导、企业及能人带动、群众参与”的总体思路，把汽车坐垫编织、柳条编织、羊绒大衣缝纫等手工幸福车间建立在村屯，让群众在家门口实现就业增收，解决农村脱贫户、监测户等低收入群体“慵懒散”及“猫冬”问题。依托招商企业泰来瑞王汽车饰品有限公司带动，无成本、有订单、供原料、易上手、快增收的汽车坐垫编织群众参与度最高，规避了建设上的“先热后冷”现象，实现了“招得来、留得住、编得好、增收入”，通过“拓功能、提素质、转风气”，使其真正成了让群众能增收、有归属感的“幸福之家”。

主要做法

（一）准确定位，因地制宜

泰来县始终把产业帮扶、就业帮扶作为巩固拓展脱贫攻坚成果的根本之策，调整完善了《泰来县2021年幸福车间发展实施方案（试

图 1　泰来县江桥镇先进村柳编幸福车间

行）》，坚持“因地制宜、投入适度、规模相当、合理布局”建设原则，支持各乡镇建立“幸福车间”，以订单为纽带，引入汽车坐垫编织、柳条编织等“小快灵”手工项目，让群众在家门口就业增收。

一是明确发展模式，因陋就简建起来。经过泰来县委、县政府的综合研判和科学论证，2019 年将汽车坐垫编织作为幸福车间主攻项目。同时，鼓励激励各乡镇充分利用出台的政策，挖掘柳条编织等项目。各乡镇加大投入，采取“企业 + 幸福车间 + 农户 + 低收入群体 + 订单”运营模式，充分利用闲置村办公室、校舍和农家小院等场所建立幸福车间。

二是降低就业门槛，吸引群众走进来。最大限度降低务工就业门槛，应纳尽纳，“整零结合”即车间与居家代工相结合，允许部分因身体行动不便、距离车间较远人员居家务工，调动没有务工门路和年老体弱、身体残疾无法外出务工等群体加入的积极性，被一般企业

“拒之门外”的老弱病残成了车间主力。平洋村“幸福车间”59岁的刘金平，罹患小儿麻痹，59年来走路一直靠爬行，本可居家编织的她，却风雨不误到幸福车间上班。她说：“我活了五十多年了，一直是靠家里人养活我，自己的身体原因从来也没赚过钱，没为这个家做出自己的贡献，现在有了手工编织，我终于可以体现我自身的价值了。”

三是强化服务引导，让群众思想转过来。各乡镇、帮扶责任单位及驻村工作队，积极宣传引导群众转变就业观念、免费培训上岗、支持车间生产及奖补激励，调动群众积极性。在项目实施前，瑞王公司为群众提供免费上岗培训，使其摒弃“等靠要”思想，从而积极主动参与；县、镇、村、企四方联合聘请车间技术能手、技术熟练的车间主任在全县范围内开展免费巡回式培训、不定期培训，现身说法，用身边事教育鼓舞身边人。

图2　帮扶干部上门为脱贫户提供培训及技术指导

图 3 泰来县“幸福车间”百人技能大赛

四是出台奖补政策，使群众腰包鼓起来。2021 年，泰来县委、县政府延续扶贫车间支持政策，调整完善奖励和考核办法，对就业人员、车间主任、村集体给予奖励补贴。就业人员完成 1 套坐垫可得 200 元，其中政府补贴 50 元；车间主任每月底薪 1000 元，另有鼓励生产、提升质量等奖励措施；每年奖励完成车间建设任务的村 8 万元，推动镇村建设幸福车间，让村里最勤劳的人、最有爱心的人、最有威望的人走进车间。

（二）拓展功能，长足发展

搭建载体促进就业增收的同时，拓展车间新功能，丰富新内涵，鼓励群众在车间开展喜闻乐见文化娱乐活动，传递正能量，弘扬正风气；建立互助服务队，帮老助困，提升居家养老生活质量；吸引有威

图 4 泰来县双山村幸福车间开展文体娱乐活动

信、德高望重的“屯不错”[1]进入车间，参与社会管理，调解邻里纠纷。一是文化娱乐搭台，做到劳有所乐。把车间建成文化阵地，弘扬传统美德的阵地。让幸福车间不仅有热火朝天的“穿梭声”，更有敞开心扉的“欢笑声”，鼓励村屯“文化人”、广场舞爱好者、秧歌队成员加入车间，利用休息时间和传统节日，开展红歌合唱及秧歌、二人转等东北传统文化活动，丰富业余生活，传递了正能量，弘扬了正风气。寓教于乐，教育引导农村深化移风易俗改革，鼓励履行赡养义务，促进乡风文明，把文化自信根植在群众喜闻乐见的乡土传统文化里。江桥镇“幸福车间”在车间主任李艳文带动下，员工经常组织单口相声、诗朗诵等节目，业余活动丰富多彩。通过文化活动，把感党

① “屯不错”指村里公认有威信的人。

恩、爱祖国、爱生活的情感融入车间文化，大家手里忙着、嘴里唱着、心里乐着，有了存在感、获得感、幸福感，由衷发出“我融入、我奋斗、我幸福”的心声。

二是互助服务驿站，做到弱有所帮。农村重度残疾人、鳏寡孤独老人等8类重点保障人群的生活质量较差，还有多年养成的不良生活习惯，院内院外、屋里屋外及个人卫生较差。为此，泰来县组建了以“幸福车间”员工中的脱贫户和低收入群体为主体的互助服务队，结对帮扶。主要解决环境卫生脏乱、平常无人照料等基本生活难题，提高了其生活质量，解决了后顾之忧。让以邻为伴、与邻为善、守望相助的传统美德回归。

三是矛盾调解阵地，做到难有所纾。通过“幸福车间”丰富“枫桥经验”内涵，把广场舞“大妈调解队”“巾帼调解团”等群众调解组织成员吸引到“幸福车间”，在交谈、交流中掌握社情民意。通过这些有威信、威望的调解团成员发现并调解矛盾纠纷，潜移默化地把法制思维带到群众中去，不但解开了群众的“心疙瘩”，还转变了法制观念淡薄的“老脑筋”，达到了群防群治效果，维护了社会和谐稳定。村屯里“没有了吵闹声，少了哭声，多了笑声”。平洋镇东胜村幸福车间内的3名“巾帼调解团”成员，由妇女主席带头，在村屯文化广场和小卖店等人员聚集场所，了解谁家婆媳有矛盾、夫妻有矛盾、兄弟有恩怨，哪户对村里有积怨想上访，谁家有债务纠纷，谁家人地矛盾突出等情况，主动介入调解。自2019年“巾帼调解团”成立起已调处矛盾纠纷20多起。全村没有因调解不及时而引发“民转刑”案件，更没有因调解不到位激化矛盾造成赴省进京上访事件，将各类矛盾消灭在萌芽状态。村里吕家和于家因宅基地产生矛盾20多年，多方调解、打官司都无法解决矛盾，“巾帼调解团”团长高清菊率领其成员，摆事实、讲道理、传达彼此的诉求、提出合理可行的建议，最终两家消除怨气、达成和解。村党支总书记刘彬很感慨地说："还是你们巾帼调解团有能耐，他们两家的纠纷可是老大难了，多次上访，没想到我们多年没有解决的事你们就这么解决了，真是给我们这些干部好好地上了一课。我们服了，给你们点赞！"

重要成效

（一）解决了车间建设普遍存在的资金投入、建设规模、技术、辐射范围等难题

因陋就简，"幸福车间"建设成本在10万元到20万元之间。在经济发展相对缓慢的东北农村可复制、易推广、能持续。2019年6月17日项目启动以来，全县已建设36个"幸福车间"，带动1300多人务工增收，其中脱贫群众169人。汽车坐垫编织一项累计生产7万套，销售额达1500万元。

（二）实现了农村低收入群体居家就业增收

2021年，泰来县除吸纳脱贫人口169人，还吸纳50周岁以上老人310人，残疾人54人，无法外出务工农村闲置劳力670人。中老年妇女成为汽车坐垫编织主力军，占车间务工人员的83%。据统计，车间员工的月收入在500元至800元之间，熟练工人月收入可达800元至1000元，熟练工人年均可增收1万元至1.5万元。如：平洋镇平洋村脱贫户乔福军夫妇都是残疾人，务工无门、创业无路，"幸福车间"却让他的人生"逆袭"，摆脱了"以酒度日"的消沉情绪，靠着一双巧手，夫妻二人当年靠编织就增收8000多元。因为技术过硬，乔福军带了30多名徒弟，还被聘为幸福车间管理员，月收入从700

图 5 乔福军夫妇在“幸福车间”直播带货

元增至 1200 元，年收入可达 16000 余元。乔福军身残志坚、自力更生，带领残疾人和脱贫户奔小康的事迹传播开来，村民交口称赞钦佩不已。此外，乔福军在 2020 年荣获了“全国脱贫攻坚奋进奖”，并在 2021 年全国脱贫攻坚总结表彰大会上荣获“全国脱贫攻坚先进个人”荣誉称号。

（三）把“志、智”双扶落到了实处

转变了群众的思想观念，增加了增收技能，激发了群众内生动力，增强了农户自身“造血能力”，“四种功能”提振了农村群众的精气神。如：平洋镇战斗村“幸福车间”赵玉琴患有脑梗，原来在家照顾 40 岁尚未结婚的智残儿子，现在母子均被动员到幸福车间务工，每个月的收入都是 800 多元。赵玉琴逢人就说党的政策好、幸福车间好，既能顾家，又能挣钱。赵玉琴有个小愿望：“当初到车间务工就是为了挣点钱把牙镶上，现在小目标实现了，我又有了自己的大理想，要给自己买一部智能手机。”现在智能手机目标也已经实现了，赵玉琴的

下个愿望是给家里换一台新电视机。

（四）真正实现了弱有所扶，提升了群众的养老生活质量

在工作开展比较突出的平洋镇，已经建立互助服务队9支，拥有63名队员。建立幸福车间的6个村共有服务队员36名。平洋镇双山村互助服务队员臧平，白天务工，晚上到服务的3户对象家“帮工”。曲殿才家过去卫生极差，房前屋后垃圾靠风刮，乱泼乱倒的脏水靠蒸发，屋内柴草从灶台连到屋外柴草垛，地不扫、窗不擦，是村屯干部心里的“老大难”。经过耐力和惰性比拼的“持久战”，臧平的真情感化了曲殿才，用老百姓的话说，臧平跟着曲殿才“屁股后儿”收拾。如今，走进曲殿才家，窗明几净，物品摆放有序，室外连一根杂草都没有。群众由衷感叹：“臧平真有能耐，硬是把曲殿才给治了，过去他们家从远处一看能愁死人，进了屋里东西绊倒人，气味熏死人，听说被评上‘三奖评’的文明整洁家庭了，还得500元奖金，上哪儿说理去？呵呵！”

经验启示

（一）立项精准、因地制宜是关键

从选项到立项，综合考虑县域自然、社会、经济等因素，量力而行，尽力而为。一是充分考虑自然条件。选择绿色、生态、环保、可持续的项目，且不受规模、场所限制，成本可接受、可控制，能够遍地开花。二是充分考虑社会因素。转变了北方群众根深蒂固的“猫冬”思想，在建厂设点上最大程度方便群众。三是充分考虑经济因素。从半农半牧县经济发展基础和现实出发，采用“企业+幸福车间+农户+脱贫户+订单”的运营模式，扬长避短，有效应对了幸福车间建设的风险和挑战。

（二）方向明晰、转产灵活是核心

幸福车间以劳动密集型手工编织为主导，转产灵活。通过“龙头企业找、村屯能人带、就地就近挖”等方式，主辅结合，保证员工常年有活干且可持续。在坚持“外求内挖”的前提下，超前谋划了未来3年至5年的发展方向，把产品聚焦在市县一级产业链末端就地取材的纯手工产品上。

（三）对象明确、积极引导是重点

幸福车间面向所有农村群众，但服务重点对象是脱贫户及农村弱劳动能力群体。县、镇、村先行开展免费技术培训，提供服务。通过先期受益者现身说法，以利吸引；镇村干部、帮扶责任人、驻村工作队挨家挨户多频次宣传，以诚感人；幸福车间内有威望、有威信的车间主任、员工入户劝导，以一带多。

（四）政策扶持、多方参与是保障

出台鼓励措施和激励政策。对企业给予资金、信贷、物流、仓储、品牌推介、市场营销等方面的支持，解除了后顾之忧；镇村在县里强力支撑下，全力保障建设运营。坚持以人民为中心的发展思想为指引，以政府为主导，统一思想、达成共识、多方参与、形成合力是车间生存发展的强大保障。

（五）顺势而为、拓展功能是根本

以“投资小、风险小、见效快、能持久”为出发点和落脚点，在坚持主业保证持续稳定增收前提下，把幸福车间打造成农村群众文化娱乐舞台、互助服务驿站、矛盾调解阵地，是塑造幸福车间文化的有益探索，让员工有了价值感、获得感、幸福感，是幸福车间长久生存发展的根本。

专家点评

泰来县打造“幸福车间”的案例告诉我们，巩固拓展脱贫攻坚成果同乡村振兴有效衔接：一是要将推动农户增收与提升农户参与发展能力结合起来。授人以鱼不如授人以渔。产业帮扶特别是就业帮扶，是帮扶脱贫户和低收入人口的治本之策。二是要注意用“跳跳脚就能够得着”的希望，激发帮扶对象积极参与的热情。“幸福车间”投入不大，务工就业门槛不高，帮扶对象参与汽车坐垫编织等手工活简单易学。三是推动帮扶与扶智、扶志结合，激发群众转变观念提升参与乡村自治的热情，有利于完善自治、法治、德治有机结合的乡村治理体系。四是要注意用身边事教育身边人，激发调动政府、企业、村集体、就业人员等利益相关者积极性、主动性和创造性至关重要。

姜长云
国家发展改革委产业经济和技术经济研究所副所长，研究员

拓展阅读

1. 《泰来县发展扶贫“微产业”走出脱贫增收新路径》，人民网，2020 年 9 月 30 日。
2. 《我县举办“劳动创造幸福　泰来县‘幸福车间’百人技能大赛”》，泰来县人民政府官网，2021 年 6 月 27 日。

黑龙江省乡村振兴局选送
撰稿人：王琦，泰来县乡村振兴局

打造“五村联动”示范片

——上海市宝山区罗泾镇创建沪北乡村振兴示范镇的实践

引 言

2021年3月22日至25日，习近平总书记在福建考察时指出，要加快推进乡村振兴，立足农业资源多样性和气候适宜优势，培育特色优势产业。要以实施乡村建设行动为抓手，改善农村人居环境，建设宜居宜业美丽乡村。

——《习近平在福建考察时强调　在服务和融入新发展格局上展现更大作为　奋力谱写全面建设社会主义现代化国家福建篇章》，新华网，2021年3月25日。

基本情况

宝山区罗泾镇位于上海市北端，东濒长江，西邻嘉定，北接江苏太仓，区域面积48平方公里，总人口近6万人。塘湾、海星、花红、新陆、洋桥5村，位于罗泾镇北部，沿江分布，首尾相连，状似弯弓。5村占地12.86平方公里，2021年，五村总户数2056户，户籍人口6568人，村民小组44个。五村紧邻宝钢水库和陈行水库，含2个基本农田保护区连片村和3个二级水源地保护区连片村，拥有6400亩耕地、3000多亩林地和30公里生态绿色健身步道。五村均为上海市美丽乡村示范村，具有良好的生态基底，水清、田秀、林逸、路幽、舍丽，拥有“鱼在河里游，鸟在林中飞”的自然名片，是一个让人看得到乡愁、体验得了乡情的地方。

虽然五村生态环境、人文地理具有先天优势，但从分批推进各村乡村振兴示范村建设的实际情况来看，以单一村来推动乡村振兴往往会面临产业同质、资源分散、特色不足、运营维护成本较高等问题。本着乡村是“超大城市的稀缺资源，城市核心功能的重要承载地，城市核心竞争力的战略空间”的功能定位，在实践乡村振兴的探索中，罗泾镇着眼全局谋发展，提出“五村联动、全镇互动”概念，通过加强协同、优势互补，推进空间连片、统筹发展，共同建设沪北乡村振兴连片发展示范区，力求实现资源共享、成本共担、渠道共用、效果共赢，解决守着优质生态资源束手无策、单个行政村力有不足的难题，真正实现乡村长效长远发展，把绿水青山转化为金山银山。

主要做法

（一）规划先行，布局谋篇

一是统一谋划，梯次创建。罗泾镇坚持规划先行，立足互联互通，以点带面，优化各村资源配置，推动生态产业融合发展，形成《宝山区罗泾镇郊野单元（村庄）规划》《罗泾镇五村联动乡村振兴示范村建设方案》，以及塘湾村、海星村、花红村、新陆村、洋桥村五个村落“乡村振兴示范村建设方案”。在规划方案中均立足五村区域系统思考，统筹把握五村总体定位、空间结构、产业布局、“一村一品”等发展方向。镇成立实施乡村振兴战略工作领导小组和镇乡村振兴办，明确镇为推进主体，村为建设主体，实施镇、村联动，先后分三批创建上海市乡村振兴示范村。

二是“一村一品”，互补发展。罗泾镇挖掘各村特色，打造“一村一品”，统筹错位发展。“乡遇塘湾”做强“一朵花”，以千亩林地为依托、母婴康养为特色、萱草花产业为辅助，打造母婴康养村；“蟹逅海星”做强“一对蟹”，以千亩蟹塘为依托、渔事体验为特色、“运动康养＋科普亲子”为辅助，打造长江口生态渔村；“寻米花红”做强“一袋米”，以千亩良田为依托、农耕体验为特色、“休闲农业＋科普亲子”为辅助，打造耕织传家村；“蔬香新陆”做强“一篮菜”，以千亩蔬菜为依托、研学拓展为特色、“多元蔬艺产业＋森林体验”为辅助，打造研学营地村；“芋见洋桥”做强“一蒸糕”，以省界原乡为依托、农庄休闲为特色、“芋艿产业＋果香庭院”为辅助，打造芋香田园村。

（二）党建联建，组织共强

一是创新党建联建模式。罗泾镇突破行政村界限壁垒、探索构建跨越行政管辖边界的网络型关系，组建联村党委，设第一书记 1 名，

图1 海星村邂逅馆

选派优秀年轻干部担任村第一书记，负责联村党委的全面工作。建立联席会议制度和决策共商机制，定期召开联席会议，进行职能协调、工作合作、资源调配和信息沟通，形成多份联动发展决议，如立足五村联动路线，布置功能完善、综合便利的交通系统，探索区域治理的“六治三理”工作法[①]等。

二是加固网格化治理格局。推进网格化党建，依托全镇三级网格化党建工作格局，加快各村“红帆港”党建（党群）服务站点、“一站式”便民服务站等阵地建设，夯实基层组织战斗堡垒，统筹推进乡村产业、生态、人才、文化、组织振兴。加强基层队伍建设，开展乡

① “六治”即治建房、治租房、治河道、治田林、治村宅、治秩序；“三理”即理群众需求、理村级“三资”、理人员配置。

村人才“育鹰行动”。

三是党建引领汇聚乡贤。组织五村乡贤、老党员、退休干部、村民代表等共建乡贤理事会，发挥乡贤理事会经验、人脉、资金、项目资源、模范引领等作用，用乡贤的力量凝聚引领文明乡风新风尚、献智献力助力家乡发展。

（三）产业联合，组团共进

一是突出大健康产业导向。塘湾村与馨月汇高端母婴专护服务（上海）有限公司合作，在整合、归并零星集体建设用地的基础上，用好区里专门划拨的建设用地指标，建成母婴健康管理中心，并流转周边富余民房，形成两大功能板块。其中，“集约式母婴产后康养服务”板块，每年将为1000对母婴提供科学的康养服务，为5000个年轻家庭提供亲子度假和学前教育服务等。“基地式母婴行业从业人员培训”板块，每年提供2000个母婴专护师等高级技能培训，提供1000个各类护理师的派出服务。围绕绿色健康这一母婴关注重点，以“海星渔村 + 运动森林”基地、花红绿色米食基地、新陆绿色蔬菜基地和洋桥瓜果飘香的乡肴基地为支撑，依托原水生态环境，积极种植绿色稻米、蔬果，做强母婴康养和绿色农产品上下游产业链，共同夯实大健康乡村新产业。

二是推动农旅产业转型升级。统筹区域农业升级，推进“品牌引领、质量发展”，打造宝山湖区域品牌，以市、区农业龙头企业统筹五村稻米产销加工、蔬菜产销和水产养殖，发挥品牌纽带作用，整合区域丰富农产品，提升农产品生产、加工、包装、销售等环节质量控制，拓展消费市场。串联区域旅游特色线路，统筹五村“蟹”逅馆、涵养林、星空营地、耕织馆、萱草园、“芋”见田园等管理运营，培育形成“泾”彩绝妙发现之旅、“花果宝山”休闲游等特色乡村旅游

图2 宝山区新陆村全景

线路，此外，通过连年举办宝山湖长江蟹品鲜节、小龙虾垂钓节、美丽乡村徒步赛等特色活动，进一步促进相互衔接，切实形成农旅产业升级的“团队效应”。

三是培育研学教育产业。以新陆“泾”彩营地为核心，整合五村慈孝教育、民俗体验、渔事文化体验、蔬艺农耕体验、芋艿主题农耕体验、乡土乡情乡愁体验、萤火虫生态抚育、爱国主义教育基地、长江口水环境教育等丰富研学内容，通过“1+N”模式①培育研学教育新业态，搭建城乡交流新平台。

（四）风貌联塑，环境共护

一是连片修复环境生态。通过“一江”“一河”“一湖”“一库”“一网”，构建区域水生态系统。立足上海饮用水二级保护区、

① “1+N”模式指“1个营地+N个基地”。

贯彻长江大保护政策，重点实施河道整治和生态治理，五村生态修复连片，构建去富营养化的“水生森林”净化系统，实现水体持续自净，提升整体的生态环境。2020 年，五村大部分区域达到三类水质、局部如涵养林可达二类水质。打破村落村界壁垒，农林用地连片发展，6000 多亩农地、3000 多亩林地构建区域连片生态屏障。

二是重塑村落文化特色。一方面，因地制宜保护历史资源点的完整性、延续性，探索历史元素的再生利用途径。如维护、修缮洋桥老宅、老树，保护小桥流水、果树庭院自然肌理，重塑“一条东升路、百年新陆史”，留住乡愁里的场所记忆。另一方面，围绕慈孝文化和延伸亲子主题，规划农林用地主题化、游憩化开发。如新陆村、塘湾村交界林地延续慈孝主题，统一打造“椿萱园 · 木本蔬菜”基地；新陆村打造春花秋色景观为特色、慈孝文化为主题的十恩林；花红村结合“春有桃花、夏有棉花、秋有稻花、冬有芦花”村名典故打造十里桃花水岸；千亩涵养林丰富林下花卉、星空球等设施，已成为沪北较

图 3 宝山区“五村联动”局部鸟瞰图

为知名的“新网红”。

（五）设施联通，邻里共建

一是疏通片区内外交通。罗泾镇充分考虑村民实际需求，以提高可达性、提升行走体验为目标，大力推进“四好农村路”建设，立足联动路线衔接、拓宽、修缮和打通断头路，主路联村、支路成网，切实打通“五村联动”的“任督二脉”。此外，利用现有道路基础，以支路为主，分离机动车干扰，打造21公里骑行线路，并利用沿线节点设置八大骑行驿站。

二是统筹公共设施配置。立足产业发展需求，集约建设片区公共设施，以东西端的塘湾村、海星村为两核设置游客（公共）服务中心，新陆村为营地设置研学教育接待中心，洋桥村为纽带设置五村农机服务和米制品加工中心。同时，根据村庄人口规模，按需配置公共基础设施和村民活动阵地，突出邻里共享。如塘湾村和洋桥村、新陆村合用一个篮球场，洋桥村和新陆村合用一个垃圾分类点位。

（六）治理联动，智慧共管

一是建立健全联合治理机制。在联村党委领导下，整合各村人力、资源、经验等，构建长效运营管理机制。物业管理统一聘请，协商委托一家专业公司负责片区保洁、保安、保绿，提升村容村貌日常管理水平，保证村村交界地段不留盲区。骨干队伍力量统筹使用，组织各村干部模范队、党员先锋队、小组长宣传队、妇女巾帼队、志愿服务队、青年突击队和乡贤参谋队等7支队伍力量，参与治安联防、环境维护等片区事务，引导村民共治共管。

二是推行“千分考核”和“六治三理”。海星村试点探索建立考核奖惩到户机制，围绕拆违、建房、河道、田林、村宅道路等十个方面形成了考核制度，极大地调动了村民自治自管的热情。镇党委及时

图 4　海星村村宅及大闸蟹养殖基地

总结经验，完善形成 10 项清单、“千分考核”工作制，并进一步借鉴上海城市精细化管理经验，抓住群众关心的、矛盾突出的、管理薄弱的环节，梳理形成“六治三理”工作法，并在五村内率先推广，推动片区乡村治理迈上新台阶。

三是构建五村智治平台。以五村为整体，加快 WiFi 全域覆盖和应用场景开发，建设数字乡村。配置鹰眼、安防监控等智能设备，接入“一网统管”平台，实现五村信息平台联网、综治工作联动；开发智慧乡村导览系统，已在塘湾、海星等村应用，未来将实现游客“一机在手即可游遍全域”，为老年人服务、河道管理等民生服务和综合管理的智能应用模块正在紧锣密鼓开发中。

重要成效

（一）集聚了产业，凸显组团成果

乡村产业一体布局，解决了以往产业同质、资源分散等问题。塘湾村的母婴康养作为片区主产业开始运营，海星村凭借特色养殖跻身全国“一村一品”示范村，花红村精品稻米获中国绿博会金奖，收购价高出市场20%，正大景瑞等健康产业入驻新陆村，凸显了组团效应。2020年，片区吸引游客同比增长86%。返乡创业就业人数快速增长，仅2021年上半年新增农家乐、民宿5家，区域发展活力明显增强。

（二）集约了资源，实现“邻里共享”

片区内坚持公共设施集约配置，把共建共享的和各村必备的区分开来，避免重复建设，既提档了建设水平，又提供了优质服务。如共用游客服务中心、宴会厅、大礼堂、农机服务。在统筹中，降低了设施的运维成本、共享了收益，促进了乡村建设的可持续。

（三）联通了空间，实现跨村协同

片区内物理界限全面打开，打通了村与村之间的断头路、断头河。按照片区设计规划，根据乡村美学要求，进行了重要节点的桥梁、道路等设施的填充。对村与村的关键连接处，遇河架桥、逢堵开路，全面串联片区内各资源点，本来就鸡犬相邻的隔壁邻里实现跨村协同发展。

图5 塘湾村母亲华文花园

经验启示

（一）产业组团式发展为区域乡村振兴提供新动能

罗泾镇通过集中梳理片区内生态、土地、设施等资源，放大生态优势，突出产业与环境契合，大健康、农旅、研学三大产业主线贯穿片区，增强了片区发展的活力与动能。更为重要的是，片区内产业发展打通了上下游，延伸了产业链，形成了组团优势，地区发展的产业竞争力明显增强。

（二）资源集约式利用为乡村可持续建设提供新思路

从单一示范村创建，到片区化发展的思路，有助于扩大地区发展的联动效应。区域资源配置由“自给自足”向“互补共享”转变，各村庄运维由“封闭运行”向“跨村联动”转变，以低成本解决大问题，增强了片区内的和谐团结，打造出了特色区域品质。

（三）治理跨村域协同为实现有效治理提供新路径

村落的有效治理牵动着乡村振兴顺利实现的全局。罗泾镇冲破以往单方面、低层次的治理困境，打造全方位、多层次的联动体系，不仅在产业布局、生态保护、文化传承等方面实现有机衔接，而且在村庄治理层面实现有效联动。同时，在村落联动治理的过程中，更加注重村民的主体性，强调群众参与，将片区群众的建议和意见融入片区治理之中，增强了村民认同感。

专家点评

长期以来，村落作为乡村发展和治理的基本单元，似乎是一个不可拆解的生产、生活、利益的共同体。以村庄为单元的发展似乎具有天然的合法性。但在长三角快速城镇化和乡村全面振兴推进的进程中，上海市罗泾镇锐意创新，提出以镇为推进主体，以村为建设主体，实施镇、村联动的乡村振兴模式。依托“党建联建、产业联合、风貌联塑、设施联通、治理联动”，探索建立“五村联建”模式，极大地克服了单一村推动乡村振兴所面临的产业同质、资源分散、特色不足、成本较高等问题，形成了乡村振兴连片发展示范区，实现了村落间组团发展。这种“五村联动、全镇互动”概念，突破了传统的乡村发展和治理的基本单元，实现了创新发展，成为推进乡村全面振兴的范本。

田毅鹏

吉林大学哲学社会学院院长，社会学博士生导师，教育部长江学者特聘教授，兼任中国社会学会副会长，民政部城乡社区建设专家委员会委员

拓展阅读

1. 《建设无边界乡村，上海宝山“五村联动”发展吸引“人回乡”》，澎湃新闻，2021 年 10 月 11 日。
2. 《实施五村联动　宝山罗泾镇打造乡村振兴示范片区》，上海市宝山区人民政府官网，2020 年 8 月 17 日。
3. 《上海首个乡村振兴“五村联动”片区，打出了一副怎样的牌？》，农业农村部官网，2020 年 8 月 24 日。

上海市乡村振兴局选送
撰稿人：朱广力，宝山区罗泾镇经济发展服务中心

接稳绿色发展接力棒 跑出乡村振兴加速度

——江苏省连云港市黑林镇生态富民样本

引 言

2021年4月30日，习近平总书记在中共中央政治局第二十九次集体学习时强调，“十四五”时期，我国生态文明建设进入了以降碳为重点战略方向、推动减污降碳协同增效、促进经济社会发展全面绿色转型、实现生态环境质量改善由量变到质变的关键时期。

——《习近平主持中央政治局第二十九次集体学习并讲话》，中国政府网，2021年5月1日。

背景情况

黑林镇位于江苏省连云港市赣榆区西北部，地处苏鲁交界，镇域面积 88.8 平方公里，以丘陵地貌为主。全镇有 21 个行政村，总人口 4.6 万人，属革命老区。曾经，由于位置偏僻，交通闭塞，山贫地薄，黑林镇是远近闻名的落后乡镇。“十三五”初期，黑林镇识别建档立卡 7067 人，识别省定经济薄弱村 3 个。

黑林镇的脱贫攻坚和乡村振兴任务艰巨而繁重。黑林镇是饮用水源地涵养区，120 万群众的唯一饮用水水源地小塔山水库就在脚下，这里能否守住生态底线直接关系着小塔山水库水源质量。特殊的地理位置和政治使命决定了“靠山吃山，靠水吃水”的传统想法在这里行不通。为走出一条生态和发展相互促进、实现共赢的路径，黑林镇历任党委、政府领导成员都为之全力以赴，持之以恒，不断探索。但由

图 1　黑林镇全貌

于山地贫瘠，水利基础配套落后，农民多以种植传统农作物为主，产量低，效益差，增收空间有限。在推进农业产业结构调整过程中，农民又因缺少种植技术和销售市场，收入不佳。

党的十八大以来，黑林镇认真贯彻落实习近平生态文明思想，积极践行“绿水青山就是金山银山”的发展理念，确立了“绿色发展、生态富民”的发展思路，做好特色林果种植、加工和销售一体发展的大文章，实现了农村产业融合发展，打造了完整的绿色经济产业链、服务链和价值链，实现了生态保护与经济发展双丰收，昔日的荒山坡变成了“花果山”“聚宝盆”，拉动了农民增收，振兴了乡村面貌，探索走出了一条生态优先、富民为本、绿色发展的高质量新道路，取得了脱贫攻坚战全面胜利，为乡村全面振兴开新局奠定了坚实基础。

图 2　黑林镇旦头河公园

主要做法

(一) 栽好“摇钱树”，撑起“一片天”

黑林镇党委、政府因地制宜，放大北纬35度世界公认水果最佳种植带的区位优势，以特色林果种植基地为依托、以农业加工龙头企业为骨干、以新型农业经营成员为主体，延长产业链，做好三产融合，打牢富民增收、产业振兴基础。

一是发展集体产业。积极开展产业结构调整，不断整合涉农政策和资金，建设赣榆区特色水果产业园区，镇党委政府一直秉持着每发展一个农业项目，流转一块土地，就要带动一个村集体脱贫、一批农民致富、一片果园形成。六年来累计投入超6亿元，通电、修路、引水上山，修建水泥生产路67公里，整理高标准农田1.8万亩，发展节水灌溉面积达到3.83万亩，建成江苏省最大的节水灌溉示范区，已形成河西—富林—秦埠地猕猴桃产业园、大树蓝莓产业园、富林红桃产业园、新埠地苹果产业园、芦草沟黄桃产业园、石沟现代农业产业园以及种苗研发中心、冷链物流加工中心等八大园区两中心，发展种植特色水果3万余亩。村集体产业实现多样化、规模化、产业化、一体化发展，村集体经营性收入有了稳定的来源，有效辐射带动丘陵山区农业产业的发展。

二是龙头企业引领。黑林镇将“延长产业链，提升附加值”的理念融入基地提档升级的全过程。成功招引并培育江苏沃田集团食品加工有限公司成为一家具有蓝莓全产业链的新三板上市公司、国家级农业龙头企业。年培育蓝莓苗1000万株，拥有5条生产线，年生产蓝莓汁3000万瓶、花青素65吨、原料基酚500吨、花青素压片1.5亿片，年销售额达到3亿元，黑林特色水果产业“绿色航空母舰”加速形成。在龙头企业带动下，农村土地流转费用亩均提高到850元，较以往增加600多元，同时带动260多人就业和3000多农户种植蓝莓，农民年增加收入近2亿元。

三是村民就业创业。在打造农业全产业链的同时，推进产业融合，促进协调发展。通过产业的自主化运营，紧盯市场，扣住特色产业，鼓励村民进行创业，已经形成以村民自主创业为主，龙头企业整合推动的"1+1"发展模式。邵埠地自然村蓝莓种植面积约1000亩，平均每户发展蓝莓种植4亩，每亩年产值40000元左右，每户每年增收约10万元；发展苹果种植800亩，其中500亩为客商流转经营，300亩为农户自愿发展，每亩收入约10000元，项目区人均收入可增加约1000元。邱金廪夫妻俩，运用基地提供的滴灌水肥一体化技术，种植4亩蓝莓，年入10多万元。60岁的邱佃菊是黑林镇新埠地村一组村民，因为从小患有小儿麻痹症，过去，她不能像其他邻居一样外出打工，只能跟丈夫在家守着四亩薄田，一年辛苦下来收入寥寥，连家庭基本开销都不够，儿媳妇也跑了，孩子读书全靠贷款，家里生活十分困难。2016年，邱佃菊和丈夫看到村里不少人家开始种蓝莓，也跟着投入一万多元种起了蓝莓，到2019年，一亩地纯收入就达到了2万元，"这在过去都不敢想，现在种一年赶上过去十年"。邱佃菊指着门前一辆崭新的电动车告诉记者，"我这脚不好，以前出门不方便，现在有钱了，我就买电动车代步，这已经是我家买的第二辆电动车了"。

（二）栽好"智慧树"，"创客"满家园

黑林镇积极培养本土人才，支持外出能人返乡创业，鼓励大学生村官扎根基层，为乡村振兴提供人才保障。

一是培育新型职业农民。深化实施与南京农业大学等重点高校产

图 3　林果产业促增收

学研合作，开展特色水果种植、网络营销、职业技能等精准技能培训，实现农业专业技术培训 3800 人次、就业技能培训 2700 人次，通过大力推进新型农民培育工程，增加了农民致富新本领。

二是发展新业态。引进培育专业人才，开启“生态 + 互联网”的经营模式，实现电子商务与农业的完美融合。2016 年以来，黑林镇发动大学生村官带动全镇 1000 多名留守妇女加入电子商务创业大潮。镇政府邀请电子商务、经济政策、金融信贷等方面的专家来镇里培训人才，各种培训累计达到 1200 多人次。2018 年以来黑林镇电子商务收入达到 2000 万元，叫响了“果香黑林”的绿色品牌，吸纳 6000 多名老百姓在家门口就业，实现了三产融合发展，强农富民的良性循环发展模式得到实践。

三是营造新环境。黑林镇通过整合各类帮扶资金，大力开展农村环境综合整治与美丽乡村建设，使村庄“面子”靓、气质佳，成为寄托乡愁的故园。旦头河整治亮化打造成“十里荷花长廊”；镇区三横二纵主干道全面改造提升，美化亮化一步到位；3000平方米农贸市场拔地而起，农民菜篮子拎得轻松……山清水秀生态宜居乡村美丽画卷扑面而来。

（三）栽好“梧桐树”，引来“金凤凰”

一花引得百花开，百花捧出盛景来。黑林镇依托特色林果产业，加快三产融合步伐，增加产业附加值。

一是农业观光游兴起来。黑林镇采取“生态＋旅游”的经营模式，实现乡村旅游与农业的完美融合，让基地风景变风光，风光变收益，农户参与服务业增加就业岗位，共同受益，激发出效益“乘数效应”。聘请南京市知名旅游规划设计公司，编制《黑林果香园乡村旅游开发策划》。以大吴山为核心，串联镇域内16座水库和3万亩特色水果园区，精心策划大树红色文旅项目、大树红色主题民宿等，整体打造以观景赏花、果品采摘、休闲垂钓、农家餐饮为特色的环形绿色农业观光线路，为游客提供回归自然的绿色旅游“套餐”，年接待客人达到20多万人次，镇域年人均增加存款2600元。

二是外出能人“凤还巢”唱起来。黑林镇振兴赋能农村创新创业，一批批在外学得一技之长的“打工青年”纷纷返乡创业，助推乡村振兴。山前村李东昌，大学毕业后在常州某机械制造厂工作，工作期间，他潜心研究技术，专注于农机设备研发，2016年，他响应家乡政府号召，回黑林镇创办了1家农机经营部，从最开始的手工式产品到半自动产品，最后到整条流水线产品，一直受到市场的广泛使用，得到众多育苗企业好评，2019年，该经营部实现销售额160万元，净利润70万元，吸纳15名山前村村民就业。2021年，全镇已有63名打工能

图 4 黑林镇产业园

人返乡兴办新农场、加工厂以及服务业，带动当地 300 余名农民就业创业。

三是招商引资火起来。绿色产业崛起、土地流转，解放了被束缚在土地上的劳动力。黑林镇党委、政府顺势而为，规划布局大树扶贫产业园、吴山绿色工业集中区，招引服装、箱包等无污染劳动密集型企业，有效解决留守妇女、低收入群体的就业问题。2020 年，仅大树扶贫产业园就引进 6 家企业。2020 年新开工建设大赤涧纺织项目、伟达棉纱项目、康兴纺纱项目、黑林村防护服项目等，450 余名留守妇女及低收入农民华丽转身，变为产业工人，月收入 2000—4000 元，实现镇村有税收，百姓有工资。

重要成效

（一）富民增收步伐加快

过去说到黑林，人们脑海里的印象就是又偏又远的穷山沟，今天再提到黑林，人们会不由自主地想起那七彩的田园和幽幽的果香。截至 2021 年，全镇共发展各类特色水果近 3 万亩，其中：蓝莓 13000 余亩，红心猕猴桃 8000 亩，苹果 5000 余亩，大樱桃 3000 余亩，带动周边 4000 余名农村剩余劳动力实现家门口就业。土地流转分红、龙头企业就业和水果种植销售三大收入，打开了百姓增收致富的“阀门”，群众的“口袋”越发殷实。2019 年 7067 名脱贫人口全部达到省定脱贫标准，镇域村全部实现新“八有”，黑林镇农民储蓄达 10.16 亿元，同期增长 1.06 亿元，同比增长 11.6%。

图 5　黑林镇沃田蓝莓集团进行组培苗实验

（二）集体经济显著提升

黑林镇作为连云港市饮用水水源地涵养区，长期面临着工业项目不能来、生态农业不愿来的两难境地。2011 年以来，黑林镇以特色林果产业为依托，将原本毫无价值的荒山荒地有效利用，高价流转给企业用于发展特色林果产业，直接带动了村集体收入稳定增加。累计培育农业产业化国家重点龙头企业 1 家、省级 2 家、市级 6 家，其中上市公司 2 家。2019 年，黑林镇 21 个行政村的村集体收入共 1171 万元，每个村都超过 18 万元，村集体收入平均达到 55.76 万元，其中超过 100 万元的村 3 个，超过 50 万元的村有 5 个。

（三）生态环境魅力彰显

从荒山到“花果山”，黑林镇最直观的变化体现在生态上。截至 2021 年，黑林镇有林地 10 万亩，森林覆盖率超过 46%，俨然是“云的故乡、花的世界、果的海洋”。黑林镇整合资金 7000 万元，疏浚旦

图 6　黑林镇移民公园

头河、青口河两个河道，新栽绿化苗木10万余株，铺设草皮8万平方米，并在河道内种植浮水植物、挺水植物等4万多株，形成了6.5公里滨河生态景观。投资近1亿元进行整村改造，完成小芦山、阚岭、山前、凤凰岭、大树村的雨污分流工程。黑林镇的面貌发生了天翻地覆的变化，先后获得国家卫生镇、中国最美镇村、江苏省最美百果园、江苏省蓝莓小镇、江苏省生态文明示范镇等称号。

（四）干群面貌焕然一新

绿色可持续发展让荒山秃岭变成了“聚宝盆”，为老百姓找到了致富路，得到了群众的拥护，有力地提振了干群发展信心。干部队伍扬正气、提效能、重团结、抓落实，群众也从吃饱肚子蹲墙根到自觉将个人追求与黑林镇的发展结合起来，全镇上下一心谋发展、思创业、做表率，齐心协力建设“多彩田园、果香黑林”。

同时，民富村强，服务跟上，干群党群关系更加融洽，富林村也

图7　黑林镇红色大树体验区开展党史学习教育活动

由过去的上访村变成了远近闻名的先进村，村党总支书记纪祥亮说，“过去穷，怕群众提要求，2020 年村级集体年收入 100 多万元，他们不来找，我们还心慌呢，工作没方向了。”

经验启示

黑林镇充分挖掘绿水青山丘陵山区资源禀赋，因地制宜发展林果产业带动农民增收，实现产业振兴，将昔日的荒山坡变成了“花果山”、农民增收的“聚宝盆”，这是充分践行“绿水青山就是金山银山”发展理念的结果。巩固拓展脱贫攻坚成果，不断开创乡村振兴新局面，就必须坚持生态优先，加快绿色发展，一茬接着一茬干，一棒接着一棒跑，打破常规、独辟蹊径，跑出乡村振兴加速度。

（一）坚持绿色发展是实现乡村振兴的前提

坚持绿色发展的实质，在于用最小的环境代价、最合理的资源消耗，实现最大的经济社会效益。黑林镇以绿色发展撬动经济增长、产业转型，用绿色经济推动富民增收，充分说明抓生态、抓发展和抓富民是内在统一的。为此，我们应切实将生态优势转化成发展优势，不断推动发展的质量和效益发生质的变化，才能在乡村振兴的道路上越走越宽。

（二）改善基础条件是实现乡村振兴的关键

通过政府引导，大力推广节水灌溉，改善道路、土壤、河流质量等基础设施，激发绿色产业活力。实现高质量发展，必须依托最能体现资源禀赋的生态基础和潜力优势，着力在保护、改善基础条件上下功夫，修复山水林田，改善基础条件就是发展生产力。

（三）聚力富民增收是实现乡村振兴的根本

富民是各级党委、政府一切工作的指向和落点。把聚焦富民摆在突出位置，依托农业龙头企业带动农民发展特色水果种植，不断拓宽农民增收新渠道。把生态资源转化为富民资本，把生态优势转化为发展优势，以实实在在的绿色发展成效取信于民，让群众共享生态红利。

（四）增进群众福祉是实现乡村振兴的目的

让人民群众享受到绿色发展的福祉，是当前和今后一段时期的奋斗目标。各地政府应从解决影响群众生活质量入手，统筹推进镇区环境重点治理，不断提升公共服务配套水平，加强田园乡村建设，提升群众生活品质，让老百姓过上更加美好的生活，也是新时期增进民生福祉的科学抉择。

专家点评

这个案例有两个重要意义。一是展现了生态富民的样板性做法。我们一般强调产业就业对富民的重要性，而生态往往是作为环境保护手段，与产业发展有一定的矛盾。这个案例告诉我们生态照样可以“富民”。二是其具体做法有启发性，即以主打果林产业为轴心，集体产业、龙头企业、农民自营齐头并进，延长产业链，带动乡村旅游、服务等周边产业发展，取得了良好的成效。案例还展示出生态富民对提升集体经济和改善干群关系的作用也能提高我们对生态富民重要性的认识。

周飞舟

北京大学社会学系主任，教育部长江学者特聘教授，博士生导师

拓展阅读

1. 《黑林镇：果香溢满致富路》，连云港手机台，2020 年 6 月 29 日。
2. 《黑林镇：巧做山水文章，聚力产业脱贫》，《连云港日报》2019 年 8 月 16 日。
3. 《赣榆区黑林镇：智能滴灌助力万亩果园搭上致富快车》，《新华日报》2021 年 1 月 14 日。

江苏省乡村振兴局选送

撰稿人：谌廷纯，中共赣榆区黑林镇委员会

产业为核　企业为媒

——浙江省常山县聚力打造“柚香谷”共富果园新模式

引　言

2020年12月28日至29日，习近平总书记在中央农村工作会议上强调，要加快发展乡村产业，顺应产业发展规律，立足当地特色资源，推动乡村产业发展壮大，优化产业布局，完善利益联结机制，让农民更多分享产业增值收益。

——《习近平出席中央农村工作会议并发表重要讲话》，中国政府网，2020年12月29日。

背景情况

常山县位于浙江省西南部，钱塘江源头，是全省的西大门。全县总面积 1099 平方公里，下辖 3 街道 6 镇 5 乡，180 个行政村，人口 34.2 万。县域生态环境优良，盛产胡柚，享有“中国胡柚之乡”的美称，已实现鲜果商品化处理、深加工、药材利用、休闲文化等全产业链开发。2020 年，全面完成了脱贫攻坚工作，城乡居民收入比 1.74 ∶ 1，其中，农民人均可支配收入 24033 元，低收入农户人均可支配收入 12711 元，分别增长 8.5%、14.9%。

香柚，又名香橙，是源于中国、兴于日韩的柑橘新品种，具有野性足、易种植、生长快的特点，素有“东方柠檬”之美誉。其气味浓郁、芳香怡人，具有优异的加工性能，适宜开发食品、日化、保健品等系列深加工产品，综合经济价值是柠檬的 10 倍。2015 年，常山县

图 1　位于常山县白石镇草坪村的“柚香谷”产业融合发展示范园

瞄准香柚深加工广阔的市场前景，引进了浙江柚香谷投资管理股份有限公司（以下简称“柚香谷公司”），培育发展香柚产业，创新胡柚+香柚“双柚”产业合作发展模式。2021年，已在5个乡镇（街道）26个村打造“六化”香柚基地8000余亩，培育香柚苗60万株，累计投入资金2亿元，成为国内最大的香柚种植基地。其中，位于白石镇草坪村的“柚香谷”产业园相继被评为省级农村产业融合发展示范园、部级绿色高质高效行动县示范基地。

主要做法

（一）实施规模种植，集中盘活农村闲置土地

发展香柚产业，首先要解决“种在哪”的基本问题。面对香柚规模连片的种植需求，常山县以盘活村集体和农民长期低效闲置的土地

图2 “柚香谷”流转村集体闲置低丘缓坡，开垦种植的香柚基地一景

资源为线索，全面梳理农村“三资”清单，结合土地大流转政策，积极引导“柚香谷”公司流转闲置的低丘缓坡土地开发种植。与此同时，为破解严格管控类耕地“无稻能栽”的困局，常山县探索特色农产品补位种植发展模式，通过委托专业机构检测，确定香柚为镉低积累品种，进而推广栽种。

（二）建设扶贫基地，创新优化多方利益分配

如何让香柚产业的效益惠及更多农户，是巩固拓展脱贫攻坚成果、全面推进乡村振兴的现实考题。常山县创新思路，整合资源，在建设香柚基地的基础上，一方面，撬动资本优势，聚力打造产业发展基地，创新利益分配方式。2019 年，在天马街道天安、和平等村集中打造扶贫基地 2400 亩，制定“村集体固定收益 + 农户租金 + 农户就业 + 农业企业兜底经营”的利益分配模式，明确给予产业发展基地涉及村集体和农户年均固定收益 7.55% 的回报，合作期限 30 年，受益农户 608 户，户均收益 4467 元 / 年。另一方面，重点发挥涉农基地吸纳就业“主力军”作用，每年落实当地农户就业，前三年，农户就业数量保持在 8000 人次 / 年，从第四年开始，进一步扩大规模，就业农户数不低于 10000 人次 / 年。“岁数大了，出去打工也不方便，能在家门口干干零活赚钱，又能兼顾自家的田地，真的非常好！”68 岁的天安村村民林田有看着广袤的香柚基地，由衷感慨。

（三）打造“共富”工厂，联动拓宽集体增收渠道

发展抱团物业是壮大集体经济的切实途径之一。一方面，常山县以扶持强村公司为目标，主动牵线、多方洽谈，成功促使“柚香谷”公司深加工基地落户县工业园区，不仅解决香柚加工场地问题，也顺利出租强村公司的厂房资产，实现利益多元化。该厂房由金惠标准厂房经营有限公司[①]整合36个村集体各类资金共计5400万元收购，并以每年8%回报率委托开发区经营管理，平均每村每年可获取固定分红12万元。2020年，“柚香谷”公司入驻园区，租赁该厂房，租期5年，实打实带动村集体增收。另一方面，充分激发企业活力，实施村企合作项目，开辟共富路径，基本形成“一个企业、一项产业、一方富裕”的发展格局。

（四）瞄准“双柚”市场，聚力补强胡柚加工链条

做强农产品深加工，延长产业链，提升附加值是农业高质量跨越式发展的重要标志。常山县多年来深耕胡柚产业，形成了具有地方特色的全链条发展模式，但随着柑橘产业竞争的日益加剧，市场占有率不高、精深加工能力不足、链条竞争力不强等问题成为现实困扰。为了尽快破解产业发展瓶颈，常山县瞄准了先天就自带优异加工属性的香柚，改变思路，创新探索，确定以胡柚+香柚“双柚”深加工为重点发展方向，大力扶持龙头企业深化研发投入，全面提高“双柚”的精深加工水平。

（五）推动三产融合，多元拓展农民就业平台

三产融合是推动农业增效、农村繁荣、农民增收的重要途径，是实施乡村振兴战略、加快推进农业农村现代化、促进城乡融合发展的重要举措。该县充分发挥“双柚”一二产业现有优势，积极开发农旅IP，聚力打造一个以“双柚”为主题的大型三产融合示范产业园，联动推进太公山胡柚基地、香柚种植园区、漫柚溪谷胡柚园区等基础设施建设。同时依托园区优良的自然风貌，植入高端民宿、特色餐饮、休闲体验等多元业态，以“柚子的一生”为主题，研制出研学、亲子、

① 由金川街道、紫港街道、天马街道抱团成立。

图 3 香柚丰收季节，周边村民在种植基地收剪香柚果

运动等系列参观线路，全方位涵盖了“双柚”种植、生产加工、物流运输、观赏娱乐，形成了农村一二三产业融合发展格局。积极引导企业开通就业“直通车”，在中层管理、基地劳务、车间作业、餐饮服务等岗位用人方面，优先吸纳本地人才、劳动力就近就业，且对有劳动能力和就业意愿的低收入农户设置绿色就业通道。

重要成效

（一）盘活了闲置土地与房产资源

一方面盘活了闲置土地。截至 2021 年，全县已流转土地近 1 万亩用于香柚产业发展。其中，白石片区流转土地 2700 余亩，盘活的荒山荒地占比达 20%；辉埠片区流转了土地 3500 余亩，实现严管区土地盘活百分百；天马街道片区 2400 亩；金川街道片区 1000 余亩；

紫港街道片区400余亩。另一方面盘活了闲置房产。结合香柚产业发展规划和需求，引导企业在工业园区和白石村租赁闲置的厂房2处，期限5年，分别用于产品加工和仓储销售，有效盘活了集体资产。

（二）拉动了村级经济发展

将村集体发展与“柚香谷”企业项目建设紧密结合，直接或间接带动村集体经济增收。一是土地租金收益，全县5乡镇（街道）26个村通过土地流转，以200—500元/亩不等的价格每年获取稳定收益。2018年，草坪村连同小白石村、曹会关村，流转了2400余亩土地，每年仅土地流转一项就可为村集体及农户增收300余万元。二是项目共建效益。如白石镇小白石村向结对单位争取补助资金100万元，联合公司实施“柚香谷火车餐厅项目”，打造共富基地，项目建成后，前3年，按照实际投资额的8%收益出租给柚香谷公司经营，年总利润预计达到38.86万元。第4年以市场价整体出售给“柚香谷”公司。此外，在产业发展基地利益分配模式下，天安村村集体经济从2018年的2.8万元增长到2020年的27万元，短短两年时间增长近10倍。三是资产出租收益。白石镇白石村投资320万元收购衢州博文合众生物科技有限公司厂房，通过厂房租赁，村集体经济每年能增加30万元。

（三）带动农民致富增收

“柚香谷”共富基地通过三产结合深化村企民共赢，除香柚鲜果产品外还通过自然农法、循环农业发展香柚种植业，将香柚相关的产品进行深加工，生产出了香柚精油、柚子茶、柚子酒、柚子果汁等衍生物。同时以发展香柚种植园区为核心，开发集吃喝玩乐购，文化旅游、农事体验等现代服务业为一体的田园综合体产业。截至2021年，“柚香谷”产业园一期规划区域已完成了8000亩种植目标，草坪古驿、火车餐厅等业态基本成形。通过延长产业链，提升产品附加值的方式，

“柚香谷”共富基地进一步扩展了增收渠道，实现了村企民共赢。除此之外，该产业园通过香柚种植、日常管护、产品加工、旅游开发等吸纳村民务工，实现家门口就业，截至2021年，项目累计吸纳本地用工800余人，以基地劳务为例，人均收入每天100—200元、每年可达5万余元。

（四）撬动了区域品牌效应

常山胡柚是当地的特色产业，该县引进香柚品种，发展胡柚+香柚“双柚合璧”项目，通过优势互补、资源互通，研发出涵盖蜜炼双柚汁、果蔬汁、酵素、小零食等近50种新型“双柚”深加工产品，并开办了以“双柚”为主题的“YOUYOU”音乐节，进一步推动了产业强联补链、纵深发展。

其中，以胡柚、香柚为原料的双柚汁饮品，自上市一年多来，深

图4　常山县举办了以“双柚”为主题的“YOUYOU”音乐节

图 5　蜜炼双柚汁饮品，上市仅半年成“明星产品”

受广大消费者喜爱，稳定打入长三角大中型城市销售圈，2020 年带动群众直接或间接增收超过 1500 万元。2021 年，新建了 1 条自动化高速灌装流水生产线，双柚汁产能达 16000 瓶 / 小时，预计全年产值将达到 2.5 亿元。到 2025 年，全县香柚种植面积将扩大到 2 万亩以上，双柚加工产能提高至 30 万吨 / 年，税收总额 3 亿元以上。2021 年，常山县将“双柚一茶”产业列为县域“两大”主导产业之一，力争 2022 年双柚全产业链产值突破 30 亿元。

经验启示

（一）要找对产业发展方向

产业振兴是实施乡村振兴战略的重点任务。产业发展还需坚持注重高质量和可持续发展并重，因地制宜，顺势而为，让产业发展真正造福群众。常山县在农业产业发展上，立足县情，遵循规律，坚持本土特色和市场潜力相结合，以消费需求为导向，将香柚产业确定为全县重点培育的三大农业产业[①]之一，先后制定了万亩高标准香柚基地规划建议和“双柚一茶”产业高质量发展方案，明确以香柚精深加工为主攻方向，同时在源头种植、技术研发、食品加工、分销物流、品牌推广、市场营销、文旅休闲等领域协同发力，聚力打造产业全链条，打造“柚子王国”，从而有效盘活了闲置资源，带动了村集体经济的增长与村民致富增收，打造了品牌产业，实现了村企民共赢。

（二）要聚焦“链主型”企业[②]培育

企业是产业发展的根基和主力军，是打造标志性加工链条的中坚力量。自 2015 年以来，常山县聚力培育“柚香谷”链主企业，依托产业高质量发展、土地流转等系列高含金量政策，大力实施培大育强、一企一策行动，靶向破解资金、土地、基建等企业发展难点，促使香柚产业逐步壮大，成为区域主导产业。“柚香谷”作为由上海引进的农业龙头企业，在扩大产能过程中，出现了融资难题。在此情况下，常山县创新作为，由常山“两山银行”为实施主体，按照资产证券化理念，实行融资租赁模式，以 2500 万元资金收购企业 3300 亩已成林的香柚基地，并返租给企业经营，积极帮助企业解决难题，让企业轻

① 常山县三大农业产业指胡柚、香柚、油茶。

② “链主型”企业指能带动一条产业链发展的龙头企业。

装上阵、放手发展。最终，企业利用这笔资金新建了高端生产线，产能提升 6 倍，月销售额突破 300 万元。

（三）要构建利益联结机制

推动村企、农企建立稳定、紧密的利益联结机制，让农民切实感受产业发展的红利，是农业产业效益社会化的具体表现，也是农业产业发展的最大初心。常山县注重政策引导和试验示范，全力优化龙头企业与农户之间资源要素的流动，在扶持壮大“柚香谷”的过程中，以土地流转、厂房租赁、项目共建、胡柚加工、就业安置等为纽带，把龙头企业、村集体、农户培养成产业链上的“合伙人”，推动抱团发展，打造共富果园，形成乡村产业的利益共同体、命运共同体，探索出了一条共建共享、互惠共赢的共富之路。

专家点评

浙江省常山县着眼香柚全产业链开发，为打赢脱贫攻坚战发挥了巨大作用。2015 年，常山县开始引进农业企业，培育发展香柚产业，现已打造香柚基地 8000 余亩，培育香柚苗 60 万株，成为国内最大的香柚种植基地，并通过打造大型三产融合示范产业园，形成农村一二三产业融合发展格局，其产业园相继被评为浙江省农村产业融合发展示范园、农业农村部绿色高质高效行动县示范基地。常山县不仅充分依托企业优势，村企合作集中盘活农村闲置土地，开展香柚规模种植，同时还通过创新利益分配方式，开辟共富路。常山县通过发展香柚产业，盘活闲置土地、拉动村级经济发展、带动农民致富增收的经验，值得宣传和推广。

杜志雄

中国社会科学院农村发展研究所党委书记，二级研究员，博士生导师，获得文化名家暨“四个一批”人才及国家“万人计划”哲学社会科学领军人才称号，享受国务院特殊津贴专家

拓展阅读

1. 《“衢州有礼”诗画风光带柚香谷春意浓》，浙江新闻，2021年3月17日。
2. 《柚香谷双柚项目正式投产》，常山新闻网，2020年11月4日。

浙江省乡村振兴局选送
撰稿人：徐思思、占昶勋，
常山县农业农村局

产业发展“四个理念”促振兴

——安徽省岳西县产业振兴的实践

引 言

2020 年 12 月 28 日至 29 日，习近平总书记在中央农村工作会议上强调，对脱贫地区产业帮扶还要继续，补上技术、设施、营销等短板，促进产业提档升级。

——《习近平出席中央农村工作会议并发表重要讲话》，中国政府网，2020 年 12 月 29 日。

背景情况

安徽省岳西县位于中国中部、大别山腹地，国土面积 2372 平方公里，辖 24 个乡镇、179 个行政村、9 个社区，总人口 40.1 万。由于历史、自然等因素，岳西县一直是安徽省以及大别山区 29 个国家级贫困县中贫困人口最多、贫困面最大、贫困程度最深的县份之一。1985 年被列为首批国家重点贫困县，当时绝对贫困人口 24.7 万，占总人口的 72.3%。2014 年，建档立卡贫困户 36367 户 110473 人，贫困村 65 个。2018 年，经国家第三方评估，岳西县以零漏评、零错退、满意度 98.02% 的优异成绩脱贫摘帽，成为安徽省首个脱贫摘帽的国家级贫困县。

岳西县耕地面积 22.9 万亩，其中海拔 600 米以上的耕地占 60% 以上。高山区夏季温凉的气候，不适宜水稻生长，易发生“青封灾”[①]，种粮往往是“种一坡、收一锅”，以前，当地农民经常食不饱腹。“时值九月冷异常，红薯野菜当细粮”是当时群众生活的真实写照。2016 年 2 月，岳西县委、县政府首次提出推进“十大产业”扶贫。“十大产业”即茶叶、蚕桑、蔬菜、林药、养殖、构树、旅游、劳务、电商、光伏，为脱贫增收打下坚实基础。

主要做法

巩固拓展脱贫攻坚成果、全面推进乡村振兴以来，岳西县一直将产业振兴作为一项重点抓手，树牢生态、融合、经营、全域“四个

① “青封灾”是一种高寒山区水稻常见灾害，具体表现为收获时稻株依然色泽青绿，不能正常成熟，不实粒率高，稻谷减产严重。

图 1　岳西县全景图

理念”，顺应产业发展规律，立足地方特色资源，推动乡村产业发展壮大。

（一）树牢生态理念

岳西县是国家重点生态功能区，绿色资源丰富。如何保护好优越的生态环境，推动绿色生态高质量发展，成为产业振兴的首要问题。岳西县依托良好的生态环境优势，严格落实各项生态规划，配套出台数个相关政策文件，大力发展全域有机产业，对农作物进行有机化管理，减少农业面源污染的同时，推动产业发展提质增效。岳西县出台促进现代农业绿色发展若干政策，加大县级财政的资金扶持力度，并实施以奖代补激励政策。对有机食品认证基地 100 亩以上的企业给予 3 万元奖励，对有机食品续证企业给予 0.5 万元奖励，并且每年安排 100 万元科研经费，支持县特色农业研究所进行科研、试验。此外，

图2 岳西县包家乡石佛村茶园

岳西县将有机产业发展纳入乡镇和单位年度生态文明建设和环境保护目标考核。

（二）树牢融合理念

一是三产融合。乡村振兴必须让经济发展起来，实现产业兴旺。突破“乡村的产业就是农业”以及“农业的功能就是提高农产品产量”的传统思维模式，着力促进农村一二三产业融合发展。岳西坚持做优一产，以国家农业绿色发展先行区、长三角优质农产品生产加工供应基地建设为平台，推动特色产业蓬勃发展，带动农产品精细加工业发展，提升附加值，建成茶叶、桑枝木耳、中药材等深加工基地，同时依托产业资源，打造观光、休闲、采摘农业。

二是三链融合。第一，延伸产业链，岳西围绕茶叶品牌化、蚕桑智能化、蔬菜品质化、养殖生态化、果药特色化建设全产业链条；第二，打通供应链，岳西全面推进县、乡、村三级农村电商服务体系、

图3　来榜镇关河村村干部正在查看桑枝木耳长势

物流配送体系建设以及交通和信息网络基础设施建设，推行“电商+生产基地+合作社+农户”模式，推动电商经营主体、专业合作社与农户形成稳定利益共享机制；第三，提升价值链，将绿水青山当作“第四产业”来经营，设立10亿元产业引导基金，聚力发展大健康、大数据、大旅游三大首位产业。

三是城乡融合。“十四五”期间，岳西计划实施新型城镇化“两环两扩三区一体”工程[①]，牢牢把握扩大内需这个战略基点，完善以人为核心的新型城镇化体系，优先发展农业农村，推动城乡区域融合发展，构建形成工农互促、城乡互补、协调发展、共同繁荣的新型工农城乡关系，打造城乡一体、三生融合的美丽岳西。

① “两环两扩三区一体”工程，即提标建设一环，加快拓建二环，实现县城主城区北扩南拓，完成天堂镇、温泉镇、莲云乡“三区一体”建设。

图 4　时任岳西县人民政府县长江春生参加“战疫助农”安徽省优质农产品网络直播

（三）树牢经营理念

岳西县围绕推进现代农业经营体系建设，坚持招大引强，积极引进和培育农业龙头企业，发挥示范引领作用，深入实施家庭农场培育行动。持续推进农民合作社质量提升整县试点，加强“空壳社”清理整顿工作。发展壮大农业专业化社会化服务组织，培育一批机耕机种机收、机剪机采、病虫害统防统治等农业社会化服务组织。2021 年，岳西县每个乡镇至少培育 1 家以水稻、茶叶、高山蔬菜等为主，服务范围较大、效果较好的示范服务组织。大力培育农村产业致富带头人，汲取“四带一自”产业扶贫模式①优秀经验，发挥带动效应，促进就业增收。

（四）树牢全域理念

全域发展是产业升级的必由之路。岳西县推动经济高质量发展，

① “四带一自”产业扶贫模式指园区带动、龙头企业带动、农民合作社带动、能人大户（家庭农场）带动、脱贫户自主调整种养结构发展产业。

培育壮大县域主导产业，积极整合每家每户土地、劳动力等资源，发挥规模效应，创建“一村一品”“一镇一品”。岳西县坚持以一个主导产业带动全域发展。全县突出做大做强茶、桑、菜、养殖、旅游等五大产业，在每一个产业上拓展延伸全产业链，筑牢产业链根基，从而实现特色产业的规模化、集约化、工厂化，发挥利益联结效应，提高农业特色产业抵抗自然风险、市场风险、社会风险的能力。

重要成效

（一）全域生态有机新发展

近年来岳西县生态迈向新发展，成功创建第三批全国“绿水青山就是金山银山”理论实践创新基地，“两山”典型经验入选全国推动绿色发展案例。列入国家农业绿色发展先行区，荣获国家级节水型社会达标县、中国十大生态产茶县、中国茶业百强县、中国蚕桑之乡、全国首批生态综合补偿试点县等荣誉称号。

如岳西县包家乡石佛村石佛寺茶园按中国国家标准建立，是全国首个中外合作有机食品生产基地。基地内一律不使用除草剂、除虫剂，全部靠人工进行草木覆盖，茶叶生产加工全程可溯源。该茶园先后荣获“全国三十座最美茶园”“全国脱贫示范基地”等称号。通过生态补偿、生物多样性保护和发展有机产业，让村民“放下斧头、走出山头、来到田间地头，种植茶叶，发展有机茶叶，真正尝到甜头”。探索出了一条保护和发展双赢之路。

（二）全域产业融合新发展

岳西县打造农业全产业链 5 条，建成绿色农产品生产加工供应示范基地 17 个。“茶叶 + 休闲农业”模式入选全国“一县一业”农产品加工业发展典型。“岳西馆”进驻京东商城、苏宁易购、邮乐农品等线上平台，建有线下农产品展销馆1家，涵盖全县24个乡镇特色产业产品。

岳西县来榜镇花墩村充分发挥自身自然资源和生态环境优势，发展以“茶桑药蔬”为代表的种植业，打造以鲟鱼养殖为主的特色养殖业，推动美丽乡村建设与乡村旅游深度融合；来榜镇关河村依托初具规模的桑枝木耳基地，积极争取“四带”项目，继续延伸蚕桑产业链。2019年新建一座桑茶厂，利用脱贫户养蚕富余的优质桑叶制作桑叶绿茶和桑叶红茶。

（三）全域旅游示范新发展

截至2020年，岳西县健康产业实现产值100亿元；建成产值10亿元县级大数据中心和岳西智慧旅游大数据平台，获省级认定数字化车间3家；坚持有机农业与乡村文化旅游业融合协同发展，茶、桑、菜、果、药等综合收入超50亿元，创成4A级景区5个，生态旅游综合收入突破100亿元。

（四）“四带一自”模式新发展

岳西茭白通过能人大户带动、农技专家不断指导，逐渐发展成为地区农业发展的支柱产业。2021年，全县24个乡镇中有17个乡88个行政村发展茭白产业，种植面积达6万亩，年产值达2.5亿元。

岳西县5万人通过发展茭白产业稳定脱贫，98%的茭农先后住进新楼房，一半以上的茭农买了小汽车。随着茭白产业链的延伸，茭白种植给农户带来了新的收入来源，如茭白废弃秸秆加工成饲料、制成的工艺品吸引游客前来。岳西县还探索出“龙头企业＋村集体＋经营主体”的黑猪产业发展模式，实现了“猪种、饲料、生产标准、品牌、销售”五个统一，走出了一条资源整合、互利共赢的黑猪产业高

图 5　岳西县主簿镇余畈村中心小区，绿油油的茭白田里坐落着整洁的房屋

图 6　住“窑洞”吃玉米杂粮的有机黑猪

质量发展之路。“徽名山”牌有机黑猪分割肉已获得有机食品认证。

经验启示

（一）生态优先是前提

坚决贯彻习近平生态文明思想，保护生态、绿色发展是一条可持续之路。以资源循环利用和生态环境保护为重要前提，依托特定农业资源，通过发展绿色有机农业、生物多样性保护等措施，实现区域内生态与经济的协同发展，让绿色成底色、发展有亮色，为人与自然和谐发展创造良好的空间，是区域协调发展和乡村振兴的必由之路。对于一些生态基础优良的地区，可以借鉴岳西经验，守好生态基本盘，深入践行“绿水青山就是金山银山”两山理论，维护好全域生态，以优质资源吸引越来越多的产业、人才、资金进入乡村这片美丽的沃土。

图 7　生态宜居的岳西县衙前河畔水天一色

（二）以人为本是核心

“以人为本”是科学发展观的核心，也是实现乡村振兴的核心。它既为乡村振兴提供了基础，又为乡村振兴提供了动力。岳西县在产业发展过程中，注重农户实际增收情况、乡村面貌改变对人的实际影响，并利用自然、科技等因素为民众提供更好的发展前景、更广阔的发展空间、更优质的产业服务。为此，在发展产业的过程中，需要搞清楚发展“为了谁”和发展“依靠谁”的问题。同时，要持续创新产业发展模式，充分发挥农户主观能动性，想方设法谋发展，并将发展成果与人民共享，让乡村产业惠及乡村的每个人。

（三）产业壮大是根本

产业振兴是乡村振兴的物质基础。优化农业、繁荣农村、富裕农民，都必须通过发展乡村产业来实现。没有产业兴旺这个“地基”，乡村振兴就成了“空中楼阁”，农民的幸福感、满意度也就成了无源之水、无本之木。在巩固拓展脱贫攻坚成果、全面推进乡村振兴的新发展阶段，要把产业发展作为重中之重，倾斜项目资金、注重政策衔接、加强督导指导、重视考核评估、开展资产管理，以全面的布局、准确的定位、扎实的工作，筑牢产业之基。

（四）全域发展是方向

乡村振兴战略落地，需要国土空间支撑。乡村振兴的总要求深刻影响着乡村空间结构、布局、品质以及格局。这意味着一个地区必须具备全域性的思考，确保产业在空间规划内能够有充足的发展空间来提质增效，并在发展过程中保证生态宜居。在布局产业时，应统筹全局，充分考虑产业自身的适应性和产业间的互惠互利关系，从而保证全域的大发展而不是“孤立无援”的发展。

专家点评

岳西县位于中国中部、大别山腹地，是安徽省首个脱贫摘帽的国家级贫困县，该县坚持“绿水青山就是金山银山”的理念、产业和城乡融合理念、现代农业经营理念以及全域发展理念，成功走出了一条产业扶贫到产业振兴的道路。岳西县的产业振兴经验在于，立足地方资源禀赋，顺应产业发展规律，推动乡村特色产业发展壮大，成为了国家农业绿色发展先行区、中国十大生态产茶县、中国茶业百强县、中国蚕桑之乡。岳西县案例有力诠释了，在巩固拓展脱贫攻坚成果、全面推进乡村振兴阶段，产业振兴是实现乡村振兴的抓手，而产业振兴的关键在于坚持科学理念，立足乡村功能，挖掘地方优势，发展特色产业。

王亚华

清华大学公共管理学院教授、博士生导师、副院长，清华大学中国农村研究院副院长，教育部青年长江学者，教育部新世纪优秀人才，北京市中青年社科理论人才

拓展阅读

1. 《抓住产业振兴这个重中之重》,《农民日报》2021 年 8 月 28 日。
2. 《打生态牌　走有机路》,《安徽日报》2021 年 8 月 24 日。
3. 《安徽岳西　丰收中国：青山环绕处，茭白喜丰收》，央视网，2021 年 9 月 4 日。
4. 《岳西县推进有机产业“三链”协同发展》，岳西网，2021 年 8 月 19 日。

安徽省乡村振兴局选送
撰稿人：储方彬，岳西县乡村振兴局

凝聚党建合力
推进乡村振兴

——福建省将乐县常口村探索
实施跨村联建机制打通
“两山”理论转化通道

引 言

2020年9月17日，习近平总书记在基层代表座谈会上强调，只有把基层党组织建设强、把基层政权巩固好，中国特色社会主义的根基才能稳固。“十四五”时期，要在加强基层基础工作、提高基层治理能力上下更大功夫。要加强和改进党对农村基层工作的全面领导，提高农村基层组织建设质量，为乡村全面振兴提供坚强政治和组织保证。

——《习近平主持召开基层代表座谈会并发表重要讲话》，中国政府网，2020年9月19日。

背景情况

常口村位于福建省三明市将乐县东北部，村域面积 13.83 平方公里，辖 3 个自然村、7 个村民小组，共 246 户 1062 人，党员 47 名，下设 2 个党小组。2017 年 11 月，高唐镇党委针对大村与小村、强村与弱村、富村与穷村发展不平衡以及常口村周边部分村庄村级组织涣散、村级集体经济薄弱、乡风文明弱化等问题，在全县率先推出“联村党委”农村基层党组织设置新模式，为实施乡村振兴战略探索出了符合本地实际的新路径。依托常口、常源、元坪、高山坊、陈坊、邓坊等 6 个村“山水相依”的地域特性和“文化相融”的民俗特征，结合常口村党建工作优势，着力以强村带动弱村的方式推动后进村发展，探索建立了党建工作同研究、党建资源同分享、党建活动同开展、党建经验同交流的跨村联建机制，有效调动了联建弱村干部干事创业激情，有力推动了“两山”理论转化，助力乡村不断振兴。

主要做法

（一）强化党建创新，筑牢基层战斗堡垒

常口村周边很多基层干部队伍存在文化程度不高、年龄结构偏大、乡村治理人才不足等问题，这导致部分村党组织战斗力不强，制约着乡村社会经济发展。高唐镇突破以行政村为基本单元设置党组织的方式，因地制宜以常口村为中心组建联村党组织，聚拢“散沙”、筑牢“堡垒”，精准施策、一体推进。

一是加强领导，突出政治引领。在县委组织部的指导下，通过深入调研、反复论证，在保持原有行政区域、村委会职责、党支部设置、

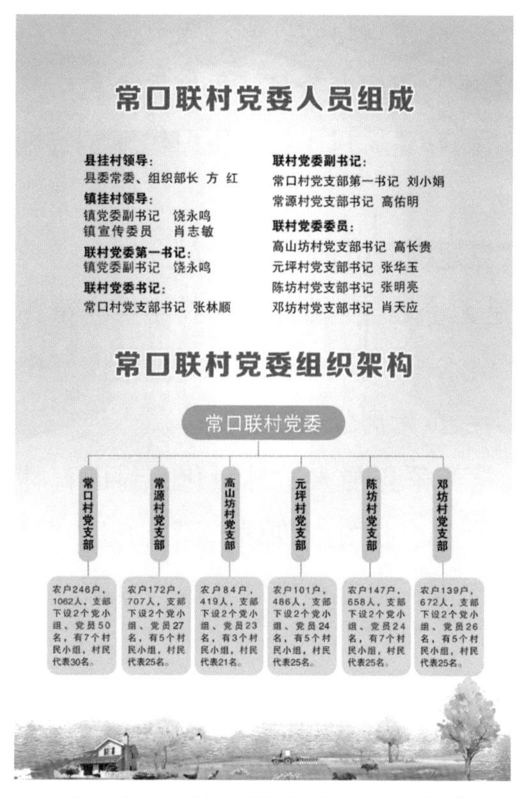

图1　常口联村党委组织架构、人员组成

财务管理体制、目标考核奖惩、村干部职数配置、经济待遇和债权债务“八个不变”的前提下，高唐镇以全省先进基层党组织常口村为主导，联合周边陈坊、邓坊、高山坊、元坪、常源5个村党支部，成立常口联村党委，同时产生联村党委班子，由县委常委、组织部部长“挂帅”，指导协助联村党委开展工作。

二是强化共识，突出思想引领。联村党委通过建立党委班子联席会议机制，及时研究贯彻党中央决策部署和省、市、县工作要求，及镇党委部署安排，从政治上找准工作定位，在学习中提升思想水平、消解思想困惑、统一思想认识。按照“联席会议提议、联建村‘两委’商议、党员大会审议、村民代表评议、联村党委决议”的程序，明确议事规则，每月定期研究讨论农村党建、产业发展等重大事项。

三是配强队伍，突出组织引领。选派镇党委委员任第一书记，全国人大代表、常口村党支部书记张林顺担任联村党委书记，负责联村党委全面工作；1991年起就担任常源村党支部书记的高佑明为联村党委副书记，负责组织活动开展；产生联村党委委员4名，村干部整合使用，配齐配强联村党委领导班子。在常口村建立联村党群服务中心，每周固定1天为联村党委党群服务中心集中办公日，每村派1名干部坐班，为居住在集镇及常口村周边的联建村村民提供便民代理、信息咨询、致富指导、矛盾调解等服务。

（二）选准发展路子，推动“党建红”引领“生态绿”

常口村认真践行“青山绿水是无价之宝”理念，坚持走生态富民可持续发展之路，以“党支部＋山水田”模式带领广大村民做好山水田文章，将党的组织优势转化为绿色发展优势。

一是做好“山”文章。广大党员争先加入造林绿化、封山育林行列，带头当好“林长”，管好一片林、护好一棵树。深入开展“村企合作”。2020年8月开始，村党支部与福建金森林业股份有限公司

图2　联村河道专管员开展联合护河行动

合作对6000多亩林地，实施森林碳汇造林，创造性地发放林业碳票，每年可实现村财增收10万元。统筹区域内12.5万亩林地资源，发展珍贵苗木、中药材、红菇、竹笋等产业；2020年投资50万元在常口村宋门山地块开展黄精、铁皮石斛等中草药种植；2021年投资60万元在邓坊村内建设120亩甜柿基地，有力地推动了林业差异化发展。探索“党支部+旅游”发展方式，与福建省旅游集团合作，成立常青旅游公司，打造森林氧吧、金溪畅游和“两山”学堂等旅游项目。发动党员当“店长”，带领村民办好酒馆、餐馆、擂茶馆、绿色农产品超市等，让游客品常口擂茶、吃乡土饭、购土特产，使青山绿水真正成为老百姓的“绿色银行”。

二是做好“水”文章。党员干部带头落实“河长制”，凝聚红色力量打好治水保卫战。建立一支12人的环境综合整治队伍，每半个月联合开展1次污水治理、卫生保洁、河道水环境治理等巡查，形成乡村环境共同管护机制，定期联合巡逻联村范围内的河湖。

三是做好“田”文章。以“一片一风景、一垄一特色”为建设目标，引导党员种植能手带领村民发展果菜、中草药、食用菌等产业，致力发展集研学、旅游多位一体的森林康养产业，打造一个人们得以亲近自然、享受自然与山水亲密互动的大乐园，实现村民在家门口就有事做、有钱赚。

（三）整合优势资源，拓宽发展空间

立足破解单村发展空间窄、村级产业“小而散”、传统产业“长不大”、新兴产业“落不下”等问题，高唐镇通过联村党委引导各村整合资源，村级产业从“无序竞争”的零敲碎打转变为“互补多赢”的良性发展闭合环。

一是全力夯实基础推动均衡发展。联村党委把涉及多个村的政策、

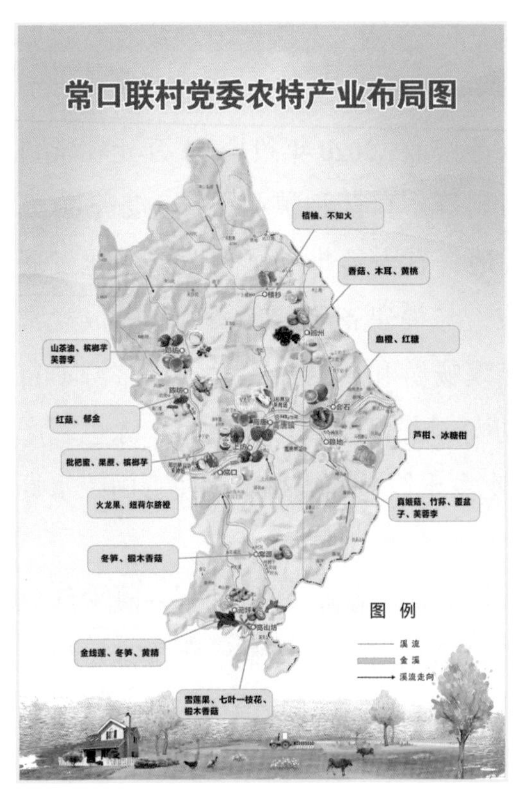

图 3　常口联村党委农特产业布局图

项目、资金有效整合和“打包利用”，集中力量办大事，让上级政策发挥出更大效益。通过进一步完善联村农田水利、道路基础设施，为各村发展打下坚实基础。于 2020 年至 2021 年投资 800 余万元在联建村陈坊村与邓坊村建设万里生态水系工程，总工程全长近 7 公里，惠及群众 3000 余名。

二是加快推进人力资源优化升级。联村党委统筹区域内外人才优势资源，组织区域“田秀才”“土专家”等各类优秀人才交流互访。秉承“专业的事由专业的人做”的理念，打造“村企校共同体”。按照“产学农”的发展模式，由常口联村党委争取项目资金，引进企业进行专业化运营管理；联合科研院校专家、乡土科技特派员进行技术孵化，打造高标准产业基地，形成稳定村财增收项目。

三是统筹推进乡村产业融合发展。联村党委结合各联建村实际，着重发展特色农业、乡村旅游。特色农业方面，以邓坊村为中心，辐射带动联建村，大力发展精品水果采摘园、苗圃种植园、有机稻种植等，形成“山上是银行、山下是粮仓”的格局。乡村旅游方面，以常口村 AAA 级旅游景区常青旅游区为核心，对接县旅游总体布局，以常上湖旅游规划为重点，将联建村纳入环常上湖森林康养基地旅游规划，大力发展城郊乡村旅游，推动产业升级。

（四）领创优质服务，推动乡村互补共治

针对村民主体意识不高、参与建设乡村积极性不够等问题，高唐镇坚持党建引领，强化示范作用，打造乡村治理新格局，实现乡村治理整体跃升。

一是提升组织带动能力，补强助农兴农弱项。联村党委编制 6 个村联动农旅融合产业规划，围绕常口村融合发展乡村旅游核心区，着力转变农业产业结构，先后于 2019 年和 2020 年，建立 800 余亩生态脐橙种植基地，发展林下黄精、铁皮石斛等中药材种植基地，培育 100 亩红菇扩繁基地核心区等，为村财增收 30 余万元。开展区域美丽乡村建设，通过统一规划、统筹实施，着力打造“两山两溪”美丽乡村景

图 4　常口联村党委油菜花旅游嘉年华活动

观带，推进山水林田湖草系统治理，全面实施生态修复与保护工程。

二是提升群众参与能力，补齐乡村善治短板。组织 188 名农民党员积极开展党员联系农户、党员承诺践诺等组织活动，发挥党员在乡村治理中的先锋模范作用，带动群众全面参与乡村发展。联村党委年初统一制定党支部“三会一课”学习计划、“主题党日”活动计划。依托“创十星评十户”精神文明创建，发动党员群众积极参与村级事务建言献策、美丽乡村建设、文化进农家等活动，凝聚发展合力。

三是提升乡村治理联动，让村民自治活起来。依托联村矛盾纠纷调解中心，积极发挥联村妇联、老年协会等群团组织作用，制定联防、联调、联处预案，及时化解矛盾纠纷。落实干部驻村“4+3”联系群众工作机制，推行农村党员群众网格化管理。由联建各村“两委”干部分别联系若干名党员，每名党员挂包若干农户，做好民事调解、村容协管、便民代理、精准扶贫、精准脱贫工作，实现服务群众全覆盖。

重要成效

（一）改善了绿水青山生态环境

高唐镇深入践行“青山绿水是无价之宝”理念，做好山、水、田三篇文章，把联村建设成美丽宜居的绿色生态村。通过封山育林、生态修复、森林质量提升等工程，提升生态景观，联村境内森林覆盖率达 80% 以上。通过污水治理、河湖巡逻，联合制定适合村庄特点的垃圾分类和资源利用方案，联村 90% 以上群众生活污水得到有效治理，境内主要溪流常年水质保持在Ⅱ类以上。通过实施“家园清洁行动”“农村环境综合整治”，村子里山环水绕、果园飘香，形成“村在林中、路在绿中、房在园中、人在景中”的美丽乡村图景。

图 5　高唐常口村全貌

（二）拓宽了产业发展空间

良好的生态环境为联村发展生态产业，实现绿水青山转化为金山银山创造了得天独厚的条件。依托联村山、水资源优势，大力开发生态农业，建立了生态脐橙种植基地、林下中药材种植基地和红菇扩繁基地，有效发展了精品水果采摘园、苗圃种植园、有机稻种植。2018年，以常口村 AAA 级旅游景区常青旅游区为核心，开发出森林氧吧、“两山两溪”等旅游项目。通过发展特色农业和乡村旅游，联村产业发展条件不断优化，发展潜力和发展能力不断提高。2013 年开始凭借开发云衢山漂流，打造皮划艇训练基地，每年能吸引 10 万国内外人士在常口集训比赛、休闲旅游。

（三）打牢了群众增收基础

通过建好绿水青山、发展绿色产业，群众收入有了大幅提升。依托良好生态条件和产业基础，常口联村群众积极发展珍贵苗木、中药材、红菇、竹笋等产业；党员当“店长”，带领群众办酒馆、餐馆、擂茶馆、绿色农产品超市；联村村域内企业吸纳本地劳动力就近务工，联村公益性岗位招募村内群众就业；多种村集体收入以及土地等入股企业，群众每年获得分红。2020年，联建村农民人均可支配收入2.5万元，较2017年增长160%，群众收入水平不断提高，增收基础更加牢固。

（四）提升了基层党建质量

通过建立联村党委，加强领导、配强班子，有效整合了各村资源，实现资源互补，党组织的组织力、战斗力得到了显著提高，弱村党组织战斗力明显增强。一方面，组建了强有力的干部班子，形成了完善的议事规则，每月定期研究讨论重大事项。另一方面，开展丰富的便民服务和联系群众工作，积极带领群众发展产业增收致富。基层党组织凝聚力、战斗力全面提高，广大党员的先锋模范作用充分显现，群众对党员和基层党组织的满意度、认可度显著提高，基层党建质量大幅提升。

经验启示

（一）建好党支部才能发展有成效

农村发展关键要有一个好的班子。村庄发展好不好，关键在于党支部是否领导有力，是否充分发挥战斗堡垒作用。常口周边村村干部队伍由于存在文化程度不高、年龄结构偏大、乡村治理人才不足等问题，导致部分村党组织战斗力不强，制约了乡村社会经济发展。通过跨村建立联村党委，配强班子、强化领导，联村发展进入了快车道，乡村产业稳步发展，群众收入迅速增长，展现了党建强推动农民富的鲜活例子。

（二）因地制宜才能发挥资源优势

不同的地方自然条件、风俗习惯、发展基础各不相同，关键要结合本地实际，准确把握自身特点和优势，精准施策。常口联村各村之间存在差异，联村党委充分发挥领导核心作用，积极引导各村整合资源，有效破解单村发展空间窄、村级产业“小而散”、传统产业“长不大”、新兴产业“落不下”等问题，加强各村资源互补，凝聚发展合力，形成了产业发展新优势。联村党委通过整合优势资源，因地制宜发展产业，形成了集体经济强、群众增收快的良好局面，有效带动了联建弱村发展，实现了统筹联村资源，共享发展成果的目标。

（三）绿水青山才能支撑长远发展

良好的生态环境是人类生存发展的基本条件，生态环境承载能力直接影响发展潜力。常口 20 多年来始终坚持“画好山水画，做好山水田文章”。广大党员争先加入造林绿化、封山育林行列，带头当好“林长”，管好一片林、护好一棵树。党员干部带头落实“河长制”责任，凝聚红色力量打好治水保卫战，定期联合巡逻联村范围内的河湖。通过守护好绿水青山，最终使绿水青山成为联村最大的发展优势，为联村大力发展特色农业和乡村旅游打下了坚实基础。在基层党组织坚强领导下，联村依托自身山水优势，开发出森林康养等丰富的生态产业，将绿水青山转化为金山银山，助力当地群众收入增长，获得了持久发展的绿色源泉。

专家点评

在推进乡村全面振兴过程中，一个必须直面的瓶颈问题在于村庄间发展的不平衡性。现实中，一些村庄地域相邻、资源相似、村情相仿，却因各村各唱“独角戏”，既制约强村更强，又无法实现强村带弱村。福建省将乐县高唐镇突破以行政村为基本单元设置党组织的方式，以常口村为中心组建联村党组织，通过强化党建创新、做好“山水田”文章、整合优势产业资源、提高基层服务能力等，探索出全面推进乡村振兴的新路径。当然，跨村联建并不是取消村组织，而是在保持原有行政区域、村委会职责、党支部设置、财务管理体制、目标考核奖惩、村干部职数配置、经济待遇和债权债务“八个不变”的前提下，通过联村党委，探索各村联合发展新模式，实现了联村大跨步发展。

田毅鹏

吉林大学哲学社会学院院长，社会学博士生导师，教育部长江学者特聘教授，兼任中国社会学会副会长，民政部城乡社区建设专家委员会委员

拓展阅读

1. 《引回“领头雁” 联出新气象》，《福建日报》2022 年 5 月 2 日。
2. 《将乐县高唐镇常口村党支部：党建引领生态绿 抱团发展谋振兴》，《福建日报》2021 年 7 月 14 日。

福建省乡村振兴局选送
撰稿人：温毅强，将乐县高唐镇乡村振兴办

从脱贫攻坚“做示范”到乡村振兴“勇争先”

——江西省井冈山市茅坪镇全面推进乡村振兴的实践

引 言

2021 年 2 月 25 日，习近平总书记在全国脱贫攻坚总结表彰大会上强调：“‘胜非其难也，持之者其难也。’我们要切实做好巩固拓展脱贫攻坚成果同乡村振兴有效衔接各项工作，让脱贫基础更加稳固、成效更可持续。”

——《习近平在全国脱贫攻坚总结表彰大会上的讲话》，新华社，2021 年 2 月 25 日。

背景情况

茅坪镇位于井冈山市中部，东倚黄洋界景区，南连湖南炎陵县十都镇，西与葛田乡交界，北与新城镇相连，由原茅坪乡和原大陇镇于2020年3月合并新设。该乡镇区域面积为115平方公里，辖13个行政村、1个居委会、82个村民小组，户籍总人口8531人，镇党委下设17个党支部、党员429人，全镇耕地面积6360亩，山林面积97290亩。

茅坪是著名的八角楼所在地，同时也是文化和旅游领域红色资源的聚集地，拥有丰富的生态资源。近年来，茅坪镇始终牢记习近平总书记的殷切嘱托，大力弘扬跨越时空的井冈山精神，在国家、省、市各级领导的关心支持下，扎实推进巩固拓展脱贫攻坚成果同乡村振兴有效衔接。在实现红色引领、绿色崛起、经济发展的道路上，创建了山地人家、五斗黄桃园、挑粮小道、陇上行度假村等多个致富项目，生动展示了“红色游”与“绿色游”的深度融合，实现了“从红色资源到红色经济，从美丽生态到美好生活”的转型蝶变。

主要做法

脚踏红色大地，肩扛振兴使命。为做好脱贫攻坚向乡村振兴的历史性转移，走稳走好中国特色社会主义乡村振兴道路，推动农业农村现代化取得更大进步，茅坪镇围绕“产业兴旺、生态宜居、乡风文明、治理有效、生活富裕”总要求，通过“四个聚焦”，建立“四个长效机制”，确保“四个相衔接”，以推进“四个振兴”。

（一）聚焦基层基础，建立党建引领长效机制，确保帮扶力量“相衔接”，推进组织人才振兴

茅坪镇立足弘扬井冈山斗争时期“支部建在连上”的经验，加强基层党组织建设，让党的旗帜高高飘扬在乡村振兴的阵地上，使党的引领成为乡村振兴最关键的力量。一是以党员“先干”带动群众“一起干”。落实帮扶机制，压实帮扶责任，镇、村两级干部带头深入一线，引导群众共同参与乡村振兴。探索推广“支部 + 合作社 + 农户”“支部 + 企业 + 基地 + 农户”等形式，以带动群众致富。在发展富民产业、推进美丽乡村建设等各项工作中，充分发挥党员的先锋模范作用，选优一批带头人，大力推进“能人治村”；选育一批致富人才，大力实施能人创业带富工程。二是以“支部共建”助力“乡村振兴”。全面开展组织之间交流共建，推动村与帮扶单位形成常态化“结对共建”，指导村与村进行针对性“交流共建”，帮助村与非公企业开展产业“合作共建”，支持村与发达地区探索对口“支援共建”，

图 1　茅坪镇神山村一角

使各村在学先进、追先进中争取各方支援、整合社会资源。三是以“各界力量”凝聚“振兴合力”。充分发挥社会主义的制度优势和茅坪独特的政治优势，积极争取各级各界支持。从各部门的倾力支持、党员干部挂点帮扶，到海门市、宁波卷烟厂的连续帮扶资助，构建起了社会各界合力帮扶且长期立体的帮扶格局，形成了上下齐心协力、齐抓共管的乡村振兴强大合力。

（二）聚焦富民产业，建立产业增收长效机制，确保产业发展“相衔接”，推进产业振兴

续写“产业发展”这篇文章，主要是通过“231”富民产业[①]和“一户一块茶园、一户一块竹林、一户一块果园、一户一人务工”的“四个一”产业就业模式，推动特色产业由快速覆盖向长期发展转变，由重点支持脱贫户向乡村全域发展、农户全体受益转变。同时，用活用好茅坪“历史红、山林好”的金字招牌，打通资源与产业的双向转化通道，把“好资源”与“富群众”巧妙结合起来。一是把山区变景区。紧扣全域旅游发展战略，打造特色旅游小镇。主要依照村庄规划及特色，打造“神山感悟”“坝上一天”“马源寻访”“初心乔林”“源头探路”“星火茅坪”等“一村一品”乡村旅游地，形成村村有看点、处处是景点的全域旅游新格局。二是把农户变商户。充分发挥旅游经济的辐射能力和带动能力，把红色旅游与乡村旅游有机结合起来，鼓励发展观光农业、农事体验、户外休闲、研学培训等乡村旅游，引进有实力、有理念、有情怀的市场主体，打造陇上行度假村、马源民宿、山地人家等一批精品示范点。截至 2021 年 10 月，共带动全镇发展民宿 672 间，床位 2294 个，农家乐 118 个，群众搭上了旅游发展

① “231”富民产业是 2015 年井冈山提出的五年规划目标，在 2020 年达到种植 20 万亩茶叶，30 万亩竹业，10 万亩果业的产业目标。

的致富快车。三是把优势变财富。通过奖补政策，构建“企业 + 农户”“合作社 + 农户”的利益联结机制，确保村集体和脱贫户占股份，变资源为资产、变资金为股金、变农民为股东，以保障村民和集体的双重利益。同时，引导群众利用房前屋后、荒坡地、自有林地等闲置土地种植经济作物，将绿色资源转换为经济资产，实现既发家致富，又美化村庄环境，更提亮乡村底色。

（三）聚焦生态底色，建立“两山”转换长效机制，确保绿色治理“相衔接”，推进生态振兴

生态振兴是普惠的民生福祉，良好生态环境是农村最大优势和宝贵财富。脱贫攻坚以来，茅坪镇始终践行“绿水青山就是金山银山”的发展理念，大力推进村庄综合环境提升。一是着眼生态融合，美化乡村“颜值”。以美丽乡村建设为主要抓手，高标准推进美丽乡村建

图 2　茅坪镇坝上村“红军的一天”活动

设。重点拆除危旧杂房、围墙、土坯房，将厕所革命、污水处理、美丽乡村建设等统筹推进。在建设过程中，注重环境整治和景观提升，截至 2021 年 10 月，共完成农村人居环境提升示范点 15 个，着力打造乡村旅游点和主干道沿线美丽庭院。二是注重生态建养，提升乡村气质。坚持因地制宜，将生态建养与全域旅游、乡村振兴等相结合，全域编制美丽乡村建设总体规划，定期开展“河道清理”“砂石禁采”“林木禁伐”等行动，并加强松材线虫病、“加拿大一枝花”的防治，严控秸秆焚烧工作，保护大气环境，使茅坪成为“留得住青山绿水，望得见蓝天白云”的绿色生态宝库。2020 年，神山村和大陇村入选第二批国家森林乡村认定名单，茅坪村荣获“江西省水生态文明村”。三是完善生态格局，增强乡村活力。以“整洁、美丽、和谐、宜居”为目标，实施绿色生活创建活动，引导群众和保洁员分类投放垃圾，在茅坪、神山、大陇、乔林等村组推行垃圾分类试点。营造共

图 3　茅坪镇人居环境打造成效显著

同参与保护、共享优美生态的浓厚氛围，让绿色发展成为乡村振兴的有力支撑点。

（四）聚焦乡风乡韵，建立移风易俗长效机制，确保精神文化“相衔接”，推进文化振兴

以社会主义核心价值观为引领，提升红色文化的传播力和影响力，全面促进乡村文化振兴。一是以红色精神激发振兴之志。坚持用井冈山精神鼓舞群众，创新打造“红色讲习所”“乡村大讲堂”等平台，深入田间地头、集市街头，向广大群众宣讲红色人物、红色故事、红色诗词等红色文化。让红色记忆流淌在每一代血脉中，潜移默化地积蓄精神力量。二是以服务体系铺就文化之路。依托独特的红色文化资源优势，打造新时代文明实践站所，实现学习培训有场所、理论教学有队伍、运行管理有制度。将文化阵地向村民小组、向老百姓家门口延伸，以此打通公共文化服务“最后一公里”。茅坪红色讲习所荣获

图 4　茅坪镇“红色讲习所”文化宣讲

“江西省社科普及宣传基地”。三是以乡风建设涵养文明之风。以推进治理有效为目标，健全自治、法治、德治相结合的乡村治理体系，设立乡风文明“积分银行”，把乡村治理与乡风文明相融合，开展“遵规守约”积分兑换商品活动，引导群众从“站着看”到“主动干”的转变，以达到“共建共治共享”的目标；以个人典型激励为牵引，安排鼓励致富带头人巡回宣讲，激发群众致富进取心，通过先进典型宣传、榜样示范引导和完善正向激励等机制，形成“先富带后富”的社会氛围，激发乡村振兴的文化动力。

重要成效

茅坪镇脱贫户人均纯收入从2014年的2800元上升至2020年底的8980元，脱贫户脱贫成效显著。全镇13个行政村的村级集体经济收入都达8万元以上，农村居民人均可支配收入达12000元以上，在探索脱贫攻坚同乡村振兴有效衔接的工作中取得了良好成效。

（一）农业与旅游同步发展，实现“穷山沟”变“聚宝盆”

2021年，茅坪镇凭借其独特的自然资源优势和对旅游业态的发展，成功入选“全国乡村旅游重点镇”名录。从2016年至2021年8月全镇共打造了2个全国乡村旅游重点村、2个江西省5A级乡村旅游点、2个4A级乡村旅游点和1个3A级乡村旅游点，其中大陇村乡村旅游点实现了井冈山5A级乡村旅游点零的突破。此外，神山村通过各项措施，让昔日的贫困村发展成为远近闻名的旅游村。2020年10月，神山村旅游扶贫案例成功入选《世界旅游联盟旅游减贫案例》，2021年全镇乡村旅游点累计接待游客54余万人次。

（二）庭院与村庄同步美丽，实现“茅草窝”变“桃花源”

茅坪镇继神山村被评为“2017 年中国美丽休闲乡村”、大陇村被评为“2019 年江西省旅游风情小镇”后，接续以景点为标杆，大力开展农村人居环境整治，截至 2021 年 10 月，累计建设美丽庭院 260 个。茅坪村通过在五斗组打造出桃花源节点，让村庄有亮点、让群众得满意，开发出“四月看桃花、八月摘桃子、十月品桃干”的旅游路线。2020 年，茅坪镇成功创建了国家卫生乡镇，这都是茅坪镇不断改善人居环境，进一步提高群众生活水平的有效实践。

（三）家风与乡风同步文明，实现“坐着看”变“主动干”

茅坪镇在积极探索巩固拓展脱贫攻坚成果同乡村振兴有效衔接的过程中，继续将新时代文明实践站所直接搬到家门口，开展脱贫攻坚技能培训行动，通过扶知识、扶技能、扶思路，激发农户脱贫奔小康的内生动力，不断消除观念上的“贫困”，彻底拔掉“穷根”。让群众脱贫致富奔小康有动力、让群众思想有觉悟，正如神山村的彭夏英常

图 5　全国脱贫攻坚先进个人彭夏英与村民在果园劳作

说："党和政府是扶持我们，不是抚养我们"，又如坝上村的吴云月说的"政策要留给更有需要的人，我现在生活已经富足了"。这些充分表达了茅坪人民的感恩之心、奋进之志，以此实现了茅坪镇从"坐着看"到"主动干"的深刻转变。在 2021 年 2 月 25 日全国脱贫攻坚总结表彰大会上，彭夏英获"全国脱贫攻坚先进个人"表彰。

经验启示

从"贫困山区"到"脱贫样本"，从脱贫攻坚到乡村振兴，茅坪镇不仅提升了老区群众的获得感、幸福感、安全感，还总结提炼出了一系列经验启示：

（一）党的伟大决策是推动巩固拓展脱贫攻坚成果同乡村振兴有效衔接的坚强指引

如果没有习近平总书记的英明决策，没有党中央对老区真金白银的关怀，脱贫致富奔小康的目标就难以实现。"摘帽"后，茅坪镇正是沿着党的伟大决策指引的方向，建立了党委领导、政府主导、社会支持、干部帮扶、群众主体的多元乡村振兴机制，延续了市、乡、村"三级书记"挂点帮扶机制，落实抓党建促发展，才有了茅坪镇实施乡村振兴的有效实践。

（二）精确瞄准"靶心"是推动巩固拓展脱贫攻坚成果同乡村振兴有效衔接的关键核心

坚持问题导向，探索精准识别、精准管理、精准施策、精准考评、精准长效等多个精准举措，围绕"扶持谁"，创新"三卡识别"办法，做到识别上精准；围绕"怎么扶"，创新"五个起来"模式，做到帮扶上精准；围绕"可持续"，创新"四个全覆盖"机制，做到巩固上精准；围绕“管长远”，创新“四个相衔接”，做到长效上精准，探索实践了一条脱贫攻坚与乡村振兴的“茅坪路径”。

（三）激发群众斗志是推动巩固拓展脱贫攻坚成果同乡村振兴有效衔接的根本动力

重视发挥人民群众的首创精神，让群众的心热起来，身行动起来。将外力与内力有机结合起来，发掘、激发群众的内生动力，克服“等靠要”、不思进取等消极心态，强化帮带激励，推动群众逐步向“聪明肯干”转变，点燃农村群众求富、求荣、求美、求变的致富激情。通过自力更生、艰苦奋斗，使人民群众过上更加美好的幸福生活。

（四）社会合力攻坚是推动巩固拓展脱贫攻坚成果同乡村振兴有效衔接的有效途径

无论是脱贫攻坚还是乡村振兴，不仅需要地区自身的努力，也需要社会各方面力量积极参与。脱贫攻坚时期，从各部门的倾力支持、社会组织共同参与、党员干部挂点帮扶，这些都彰显了集中力量办大事的优势。全面推进乡村振兴，仍需继续充分发挥中国特色社会主义的制度优势，构建起中央省市、社会组织、党员干部等合力攻坚的社会帮扶机制，才能凝聚起乡村振兴的最强力量。

（五）持续长效发展是推动巩固拓展脱贫攻坚成果同乡村振兴有效衔接的重要保障

没有持续长效的保障，巩固脱贫成效、实现乡村振兴的目标将难以实现。积极探索创新“产业增收、能力提升、遇困即扶、党建引领”四个长效机制，确保收入上、精神上、保障上、力量上的可持续，能够为乡村振兴战略提供根本保证和持久支撑。同时，茅坪党员干部群众自觉传承红色基因，在新一轮的大考中继续经受考验、当先锋、站前列，是“上下同心、尽锐出战、精准务实、开拓创新、攻坚克难、不负人民”伟大脱贫攻坚精神的再一次生动诠释。

专家点评

茅坪镇案例的启发在于：一是推进乡村振兴是个系统工程，要把乡村产业振兴、人才振兴、文化振兴、生态振兴、组织振兴有机结合、互促联动。二是建立党建引领长效机制是实现有效衔接的关键保障，通过党员“先干”带动群众“一起干”，并与选育致富人才、实施能人创业工程、促进农户变商户、激发群众内生动力结合，为推动乡村人才振兴探索新路。三是推动从脱贫攻坚“做示范”到乡村振兴“勇争先”，贵在营造社会各界持续协力推进乡村振兴的长效机制，不仅要激发地方政府、乡村组织和帮扶对象的积极性，还要依靠制度优势，构建政府、社会组织、党员干部合力攻坚的社会帮扶机制，积极探索产业增收、能力增收、遇困即扶、党建引领的长效机制。

姜长云
国家发展改革委产业经济和技术经济研究所副所长，研究员

拓展阅读

1. 《中共中央 国务院关于表彰全国脱贫攻坚先进个人和先进集体的决定》，中国政府网，2021 年 2 月 25 日。
2. 《神山村入选世界旅游联盟旅游减贫案例》，吉安市人民政府官网，2020 年 10 月 23 日。

江西省乡村振兴局选送
撰稿人：谢华明，井冈山市茅坪镇党政办
徐瑛，井冈山市茅坪镇乡村振兴工作站

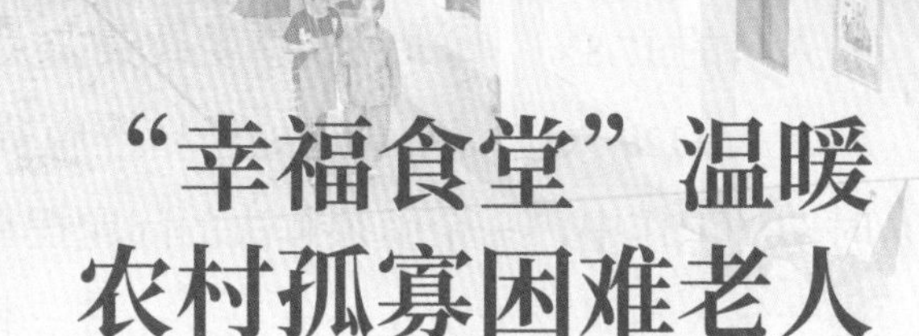

“幸福食堂”温暖农村孤寡困难老人

——山东省曲阜市撬动
多元养老服务的实践

引 言

2021年8月23日至24日，习近平总书记在河北承德考察时指出，满足老年人多方面需求，让老年人能有一个幸福美满的晚年，是各级党委和政府的重要责任。要推动养老事业和养老产业协同发展，发展普惠型养老服务，完善社区居家养老服务网络，构建居家社区机构相协调、医养康养相结合的养老服务体系。

——《习近平在河北承德考察时强调　贯彻新发展理念弘扬塞罕坝精神　努力完成全年经济社会发展主要目标任务》，中共中央党校网站，2021年8月25日。

背景情况

曲阜是孔子故里，儒家文化的发源地，素有孝老爱亲、扶贫济困、乐善好施的光荣传统。2018 年曲阜市有 60 岁以上老人 11.1 万人，占总人口的 17.8%，其中脱贫享受政策老人 5974 人、无子女分散特困供养老人 1129 人。而曲阜正处于精准脱贫深入推进、集中攻坚的关键时期。工作中，一个亟须解决的问题摆在面前：部分老年人特别是困难老年人独居或子女在外务工，一日三餐难以保证，经常出现“做一顿饭吃一天”“剩饭热热再吃”等现象。长期独居也导致老年人与外界交流少，精神生活相对空虚，党的新思想、新政策得不到有效宣传，陈旧思想观念不能有效破除，广大农村老年人精神文化生活单一匮乏。如何解决困难老人“吃饭难”“精神孤独”问题是脱贫攻坚工作中存在的重点难题之一。

图 1　石门山镇北村“幸福食堂”内老人们饭后与邻里话家常

打赢脱贫攻坚战，全面建成小康社会，离不开对弱势群体的全面关怀。曲阜市针对老年人占比高、自我发展能力弱、脱贫难度较大的实际，把“幸福食堂”作为拓宽新时代文明实践内涵和巩固拓展脱贫成果的重要媒介，按照“政府主导、村级管理、村民自愿、非盈利性”的原则，建设起“新时代文明实践幸福食堂”，60岁以上老人每天5元钱可享一日三餐，困难老人免费就餐。2018年以来，曲阜累计投入1000多万元，共建成“幸福食堂”48个，1300余名老人、200名困难老人直接受益。2020年10月，曲阜市创新实施的“育德+扶志+解困”“六个一”精神扶贫典型案例荣获全国脱贫攻坚（奖）组织创新奖。[①] 经过三年多的实践，“幸福食堂”已然成为巩固拓展脱贫攻坚成果和全面推进乡村振兴的重要载体。它真正将服务关怀老人、弘扬中华孝道传统与新时代文明实践站建设有机结合，与乡村振兴有效结合，使老人老有所养、老有所乐。

主要做法

（一）科学规划，先行试点有序推进

2018年，曲阜市入选全国首批新时代文明实践中心建设试点县，为“幸福食堂”从想法变成现实带来了难得的契机。曲阜市委、市政

① 山东省曲阜市依托儒家优秀传统文化资源禀赋，发挥道德文化引领作用，创新实施“育德+扶志+解困”精神扶贫模式，通过国学讲授、文艺演出、图书流转等活动，弘扬传统美德、营造乡村文明新风，教育引导贫困人口立德、立志，激发自立自强、向上向善的思想观念，实现物质精神双脱贫。创新搭建“儒家文化+”载体，以新时代文明实践中心（站）为基础，深化推进精神扶贫“一堂一台（孔子学堂、儒韵乡村大舞台）、一院一堂（村级互助养老院、幸福食堂）、一创一评（创建文明村镇、评选文明示范户）”的“六个一”专项活动，走出了一条以优秀传统文化助力脱贫攻坚的路子。

府作出决定，在石门山镇和息陬镇选取 15 个村作为先行试点。为建好这项民心工程，市镇齐发力。一是高位推动。曲阜市成立专门班子，市委书记、市长带头调研，就场所建设、活动开展、品牌打造等进行研究部署。二是部门联动。由镇街党委领导、政府主导，村居具体实施，市直有关部门齐抓共管，社会参与、全民动员，形成上下联动、整体推进的工作格局。三是示范带动。对 2018 年建立的全市首个“幸福食堂”——石门山镇西焦沟村“幸福食堂”进行规范提升，组织集中观摩。坚持“成熟一个、建设一个、见效一个”，稳步推进。2020 年 6 月，首批 15 个“幸福食堂”投入使用。2020 年下半年又打造出小雪街道武家村等样板村，实现了标准再提升、活动基本覆盖。2021 年“提质扩面”建设，石门山镇 26 个村实现行政村基本覆盖，其他镇街进一步推广。

图 2　石门山镇西焦沟村“幸福食堂”试点带动，打样推广

(二)建章立制,管理运行规范化

坚持一手抓建设,一手抓建制,用制度建设规范"幸福食堂"发展。服务对象方面,做到开门办食堂,能参尽参。阵地建设方面,不搞"一刀切",突出因地制宜,坚持"幸福食堂"选址与新时代文明实践站有机统一、相互关联、统筹使用的思路,以不增加村级负担为前提,整合村内现有闲置场所、村委大院、村民闲置房屋,不提倡新建、拆建,最大限度降低建设成本,达到实用为民的目的。资金保障方面,实行"五个一点",即"上级扶持一点、镇上解决一点、村里投入一点、社会捐助一点、个人承担一点",2020 年共募集"幸福基金"2000 万元。

管理运行方面,坚持"四个原则":一是坚持不盈利的原则。制定"缴费上限",每人一日三餐 5 元钱,困难老人免费就餐。二是坚持村级管理的原则。村党支部(村委会)负责"幸福食堂"的管理运行。三是坚持个人自愿的原则。各村根据收支情况、空巢老人数量、食堂承载能力和老年人就餐意愿,分年龄段、分人群、人性化确定老年人到"幸福食堂"的就餐条件。四是坚持政府监管的原则。实施财务公开、食堂亮证(卫生许可证和健康证)、饭菜不定期抽检。

长效机制方面,实行"建立财务清单、保证食材安全、签订安全协议、畅通问题处置渠道"四个"底线约束",守护老人"舌尖上的安全",严防负面问题的发生。在曲阜市石门山镇董庄北村,村民们还将办好"幸福食堂"写入《村规民约》,把村集体赡养老人、为困难独居老人提供用餐服务,作为一项约定俗成的"孝老活动"。

(三)丰富提升,服务内容多样化

结合脱贫攻坚、乡村振兴等重点工作,大力推进"幸福食堂 +"模式融合发展。以"幸福食堂"为平台,将供餐送餐服务与精神慰藉

图 3 石门山镇北村“幸福食堂”消毒餐柜，一人一个橱柜，一人一套餐具

等有机结合，融入心理关怀、日间照料、文体娱乐、政策宣讲、公益讲座等服务。餐前传理论，党员志愿者利用餐前 5 分钟宣讲习近平总书记重要讲话、重要指示精神，宣传党的创新理论和惠民政策，打通党的创新理论“飞入寻常百姓家”的“最后一公里”。邻里话家常，村民志愿者利用餐后 10—15 分钟讲成就变化，讲家长里短，讲身边人身边事，倡导孝老爱亲、邻里守望。帮扶结对子，志愿服务组织和社会公益组织与孤寡老人结成对子，推出“相约黎明”“金晖助老”“爱心义剪”等一批志愿服务项目，形成了“幸福食堂 + 志愿服务”模式，让党的好政策自然流淌进群众心间，成为巩固拓展脱贫攻坚成果和全面推进乡村振兴的重要举措。

图 4　息陬镇一张曲村志愿服务组织与孤寡、脱贫老人结成对子

重要成效

（一）提升老年人生活品质和幸福感，缓解子女后顾之忧

自“幸福食堂”建设以来，老人们一日三餐有保证，解决了村里大部分老人特别是孤寡老人“吃饭不及时”“饭菜不新鲜”“营养跟不上”“饭菜不可口”等实际困难；新时代文明实践站里的各种活动，丰富了老年人精神文化生活，提升了老年人身心双重幸福感。同时，“幸福食堂”既能解决子女有尽孝意愿但无法赡养老人的现实困难，又能缓解他们出门在外的担心牵挂之忧虑，赢得了老年人及其子女们的支持和拥护。曲阜市息陬镇大峪村马允祜老人 2021 年已是 89 岁高龄，老伴刘宜祯 91 岁，儿子因癌症去世，只有一个孙子常年在外打

工，老两口家庭困难且行动不便，家里很冷清，吃饭也是“凑合”一下就过去了，“粗粮煎饼泡咸糊涂”一度成为老两口的饮食“标配”。大峪村“幸福食堂”开办以后，村里安排志愿者专门为行动不便老人提供送餐服务，保障老人健康便捷用餐。“现在多么好啊，咱不能动弹都能吃上热乎饭，照顾得很好。这样，小孩们在外打工也不用多担心。”老人多次深情地表示，“在我坎坷的一生中，最幸福的是晚年，我享的就是共产党的福”。

（二）提高村级组织威信，提升党委政府形象

村“两委”成员特别是村支部书记作为“幸福食堂”建设、运行的推动者和管理者，为“幸福食堂”的建设运行付出了大量心血，百姓看在眼里、记在心里，广大村民对村干部真心赞同、高度评价，认为村干部真心为民、敢担当，有效凝聚了民心，提高了威信。2019 年 10 月，依托新时代文明实践阵地，小雪街道武家村建设了“幸福食堂”，除了每天能为老人提供就餐服务的餐厅之外，食堂里还开设了棋牌室、健身活动室和书画室，让老人们尝到了“幸福的味道”。在儒家文化的熏陶下，武家村先后获得了“全国美丽乡村”、“中华优秀传统文化传承发展示范村”、全国村级“乡风文明建设”优秀典型案例等一系列荣誉，已然成为曲阜市乃至全济宁新农村发展的名片。党委政府也以实际行动践行了为人民服务的宗旨，拉近了干群关系，增进了群众对党委政府的价值认同、情感认同，提升了党委政府的影响力、公信力。

“百善孝为先，‘幸福食堂’就是一个切口，让‘孝’字打破了家庭的局限，不仅拉近了党群干群的关系，更成为整个社会的好风尚。”原曲阜市委书记刘东波谈道，“‘幸福食堂’推进了新时代文明实践走向纵深，也为实现农村新型养老提供了思路。”

图 5　小雪街道武家村"幸福食堂"开设的娱乐健身活动室

（三）创造劳动岗位，丰富巩固拓展脱贫攻坚成果的内容形式

"幸福食堂"优先将鳏寡孤独老年人、建档立卡户老年人纳入就餐人群，解决他们的一日三餐问题。同时，许多村还优先选取有劳动能力的脱贫户参与"幸福食堂"的管理运行，并给予一定劳动报酬，为脱贫户提供就业机会，增加家庭收入，巩固拓展了脱贫攻坚成果。石门山镇魏家岭村建档立卡户胡玉荣 2021 年 64 岁，2020 年村里建成"幸福食堂"后，她第一个报了名。"能得到这个岗位太好了，不仅每个月增加了 700 元的收入，还能为村里老人养老服务作点贡献，我心里特高兴。"

"自从建了'幸福食堂'，老人们的改变着实令人动容：偏午庄村孔祥吉老人不再拄拐杖了；韦兴兰老人听说村里办起了食堂，从城里搬回了老家，村里的脱贫户胡玉荣当上了食堂厨师，每月有了固定

图 6 石门山镇魏家岭村脱贫户参与“幸福食堂”的管理运行

的收入……”石门山镇干部细数着那些被“幸福食堂”改变的老人，“‘幸福食堂’是新时代文明实践的重要平台，也进一步夯实了脱贫攻坚成果，努力实现小康路上一个群众都不掉队。”

（四）弘扬孝老爱老传统美德，夯实乡村基层社会治理基础

小雪街道武家村成立“幸福食堂”后，许多志愿者主动请缨，一个月之内，就组建起一支 16 人的“幸福食堂”志愿者服务队伍。上到 60 多岁的热心党员，下到 10 岁的小学生，都会出现在这个“幸福食堂”里，和老人们聊天，为老人们盛饭，教他们识字、唱歌。志愿服务还逐步走出“幸福食堂”，为出门不便的老人送餐上门，平时帮忙买东西、打扫卫生，建立起亲如家人般的联系。

随着“幸福食堂”功能的进一步延伸，更多的文艺演出、政策宣讲、公益活动也走进了村庄。防山镇钱家村的志愿者定期来为老人提供暖心服务，息陬镇北元疃村“幸福食堂”里举办起老年艺术团文艺演出，石门山镇西焦沟村定期为老人提供“爱心义剪”，石门山镇林洼村针对出门不便的老人推出“幸福套餐”配送到家服务……曲阜各村通过开展“幸福食堂”，推进了移风易俗，提升了乡风文明，村风民风焕然一新，有力促进了社会和谐稳定。

经验启示

（一）强化政府引导，以“小食堂”引领“大民生”

要按照“政府主导、村级管理、村民自愿、非营利性”的原则，依托孝善、敬老等传统文化的影响力，推动“幸福食堂”健康有序运行。建立健全“幸福食堂”运行制度，强化资金监督管理制度，增进“幸福食堂”建设流程透明度，做到制度标准化、模式规范化、流程信息化，确保“幸福食堂”长效常态运营，让老人在“幸福食堂”吃得健康，过得舒心，实实在在感受到党和人民政府的温暖，让老人们享受到“家门口的幸福滋味”。

（二）加强规范管理，让“小食堂”保障“大健康”

为了让群众吃得健康、安全有保障，市镇村要健全完善管理机制，就原料采购、加工制作、价格管控、卫生健康、留样管理等方面出台管理办法，在就餐补贴、资金拨付、末位淘汰等方面出台制度规定，明确奖惩措施，规范经营管理，确保好事办好、实事办实。民政、卫健、市场监管、应急管理等相关部门要强化对“幸福食堂”的全过程、全链条监管，组织专人不定期对“幸福食堂”进行抽检，对不按规定开展相应服务、侵害老年人权益、弄虚作假骗取资金的及时收回相关补助，列入信用负面清单，对触犯刑律的则移交司法机关处理，有效堵塞管理运营中的漏洞，守护老人“舌尖上的安全”，把“幸福食堂”

打造成群众满意的工程。

（三）注重拓展功能，把“小食堂”建成“大家园”

在“幸福食堂”运行过程中，积极探索“幸福食堂+N”嵌入式服务，有机融入新时代文明实践、志愿服务、休闲娱乐、医养健康等功能，将“幸福食堂”建设成为兼具传播党的声音、培育文明新风、传承优秀文化的综合性阵地。通过延伸拓展服务内涵，开展形式各样的活动，既抓住老年人的胃，也抓住老年人的心，从而更好地满足老年人多元化养老需求。

专家点评

本案例聚焦解决脱贫地区推动乡村振兴面临的急难愁盼问题和影响人民群众获得感、幸福感、安全感的关键领域，对于巩固脱贫攻坚成果和乡村振兴有效衔接富有启发意义。曲阜市通过兴办“幸福食堂”温暖农村孤寡老人，撬动多元养老服务体系的经验，对于人口老龄化背景下推进乡村振兴、促进农民共同富裕也富有前瞻性。曲阜的经验说明，一方面，找准影响农民群众特别是弱势群体获得感、幸福感、安全感的急难愁盼问题，在提升农民生活品质上精准发力，再延伸推进，可以对拓宽新时代文明实践内涵、增强乡村治理凝聚力起到画龙点睛之效；另一方面，“幸福食堂”通过政府主导、多方合力，也为“育德+扶志+解困”结合，提升乡村社会文明度和民生质量探索了一条新路。

姜长云

国家发展改革委产业经济和技术经济研究所副所长，研究员

拓展阅读

1. 《幸福食堂：养老从一口热乎饭开始》，《大众日报》2020年11月30日。
2. 《曲阜："幸福食堂+"撬动多元养老服务》，大众网，2020年10月19日。

山东省乡村振兴局选送
撰稿人：段海强，曲阜市乡村振兴调查研究中心

厚植油茶产业
助力乡村发展

——河南省光山县槐店乡
小油茶成为乡村发展
大产业

引 言

2019 年 9 月 17 日，习近平总书记在实地考察河南省光山县槐店乡司马光油茶园时强调，种油茶绿色环保，一亩百斤油，这是促进经济发展、农民增收、生态良好的一条好路子。路子找到了，就要大胆去做。

——《习近平：路子找到了，就要大胆去做》，新华网，2019 年 9 月 18 日。

背景情况

槐店乡位于光山县城南5公里处，辖18个村（社区），293个村民小组，总人口3.98万人，总面积102平方公里。地形大多为浅山丘陵区，土质肥沃，呈弱酸性，年平均日照1950小时，无霜期平均为226天，年平均降水量1027.6毫米，月平均气温19.5℃，光照充足，雨量充沛，油茶生产条件得天独厚，先后荣获全国乡村治理示范乡镇、河南省生态示范乡镇、河南省国土绿化模范乡镇、河南省旅游示范乡镇、河南省乡村振兴示范乡镇等荣誉。2009年，槐店乡党委政府乘借农村改革发展综合试验区建设的东风，坚持从实际出发，按照“宜种则种、宜养则养、宜林则林”的基本思路，大打油茶产业发展硬仗，在乡西南部陈洼、大力、晏岗、万河、草店5个村18个村民小组，集中连片流转山林、荒山面积，突出因地制宜、突出群众自愿、突出综合利用、突出产业带贫，引进4家科研单位、5个高新技术项目、10余个科研课题，整合涉农资金3000余万元，完善园区“山、水、田、林、路”建设，并不断完善槐店万亩油茶示范基地，即“司马光油茶园”。截至2021年，司马光油茶园已带动全乡发展油茶3万余亩，其中2.3万亩油茶开始挂果，实现了荒山变金山、穷乡变富壤、园区变景区。

主要做法

建设生态文明，关系民生福祉，关乎民族未来。槐店乡在发展过程中，尤其是在脱贫攻坚、乡村振兴工作中，牢固树立“绿水青山就是金山银山”的理念，高度重视生态保护工作，保护好发展的“金

图 1 司马光油茶园空中俯瞰

饭碗”，持续推进绿色油茶产业结构升级优化，坚持走绿色发展道路，实现社会经济发展和生态环境保护的共赢。

（一）党建引领，凝聚产业发展合力

槐店乡于 2017 年 3 月成立油茶产业联合党总支，隶属乡党委管辖，党总支下设党支部 5 个，以联兴油茶产业开发有限公司党支部为主体，联合晏岗村农村社区党支部、大栗树村党支部、陈洼村党支部、万河村党支部，共有党员 129 人。自槐店乡油茶产业联合党总支成立以来，充分发挥党组织的战斗堡垒作用和党员的先锋模范作用，积极整合槐店乡内油茶企业、新型农业经营主体、帮扶单位等资源，引领槐店乡油茶产业做大、做强、做精。

一是强化组织引领。槐店乡油茶产业联合党总支成立后，在土地流转、市场发展、技术指导等方面都起到了引领带动作用，油茶产业规模持续增大。特别是 2020 年，引进长兴德睿生态农业开发有限公司，在陈洼、大栗树、槐店等村流转土地6000亩，完成整地并栽种油茶4500亩。

二是加强结对帮扶。注重加强党员队伍建设，多次开展农村党员培训工作，提高农村党员发展积极性和产业技术水平，把党员培养成致富骨干，再通过党员对群众的“传帮带”，实现共同发展。2016年以来，32名党员结对帮扶109户脱贫户，持续开展昼访夜谈、“咱村要发展，我们怎么干”“送祝福、话脱贫、奔小康”等系列活动，引导群众利用房前屋后的空闲地、废弃的宅基地栽种油茶，形成以农户为基本单元的油茶产业经济体，为全乡油茶产业发展注入更多活力。

三是助农增收提效。依托党总支与企业对接，脱贫户根据实际情况，从油茶的种植、管理、采摘到加工以及苗木花卉、油料管理等方面，自愿选择务工岗位。油茶产业的发展带动周边群众近2000人就业，人均年增收2800元。同时，产业联合党总支协调企业按时足额支付脱贫户土地流转租金，户均增收1200元。

（二）夯实基础，破解产业发展瓶颈

发展油茶产业初期，槐店乡面临着产业规模小、群众参与程度不高、产业链条短等诸多难题。针对这些难题，槐店乡在上级政策的支持下，坚持立足实际，因地制宜，积极探索解决途径，努力推动全乡油茶产业转型升级，全力破解产业发展瓶颈。

一是持续壮大产业规模。按照《光山县贯彻落实习近平总书记到光山考察调研重要讲话精神开展好“八个一”活动实施方案》要求，重点抓好“一亩茶、一壶油”工作，在对现有司马光油茶园提质增效的基础上，围绕实施乡村振兴战略，建设以司马光茶溪谷为核心，集良种苗木繁育、培训宣教、科普研发、茶油于一体的田园综合体，推广油茶新品种和先进的种植管理技术，引导和支持种植户按照

“自愿、民主”的原则发展油茶专业合作组织，为全乡油茶产业再添新力。

二是引导群众积极参与。注重把扶产与扶志结合起来，以举办产业扶贫现场会暨油茶采摘活动为平台，引导脱贫户自主、自愿参与油茶产业发展，实现增收。按照“房前屋后一亩茶”的发展思路，根据全乡脱贫户发展油茶的意愿，免费为群众提供油茶苗，并组织农业、林茶等技术人员，在油茶种植过程中全程给予技术指导。2020 年，槐店乡邀请本地龙头企业联兴油茶公司的专业技术人员，定期对种植油茶的群众进行培训，引导全乡 371 个农户参与，群众利用房前屋后的空闲地、废弃的宅基地，新栽种油茶 1350 亩 12 万株。同时，企业、种植大户与脱贫户对接，优先保证脱贫人口在油茶基地务工，使脱贫人口就地转化为产业工人，解决部分留守老人、妇女的就近就业问题，就近务工增收也激活了群众参与积极性。

三是延伸产业发展链条。补齐油茶加工短板，加快油茶籽综合深加工。2020 年 1 月 12 日，年加工 3 万吨油茶籽、年产 8000 吨茶油的司马光油茶园联兴智慧产业园建成投产，利用油茶的副产品提取茶皂素，生产日化护肤品、生物农药、生物有机肥、二脂油等产品，创立“玉肌汉方”牌油茶系列护肤品，实现了油茶产业从种植、加工、销售全链条一体化。

四是促进产业融合发展。坚持把弘扬司马光智慧文化与油茶产业深度融合，完善司马光油茶园及其周边旅游配套设施建设，以举办司马光诞辰 1000 周年系列纪念活动为载体，广泛开展“游司马光油茶园，发展智慧产业”主题活动。同时，依托红色、生态旅游资源，努力打造以司马光油茶园为核心，以建设司马光油茶园田园综合体为目标，抓好全域旅游，开辟观光观赏游、健身徒步游、科普宣教游、休闲度假游等为主的生态旅游业，发展生态康养、组织摄影写生，带动周边群众脱贫致富。

（三）创新模式，拓宽群众增收渠道

槐店乡立足自然条件和油茶产业发展现状，坚持扬长避短，积极创新油茶产业带贫模式，全力拓宽群众增收渠道。一是积极宣传油茶种植激励政策。积极宣传《光山县全民油茶计划实施方案》《关于支持油茶产业发展的实施意见》等油茶种植激励政策，鼓励脱贫户自主发展油茶产业，帮助符合条件的农户、企业、合作社、家庭农场申报奖补。二是支持企业引领带动。在油茶产业发展上，坚持“政府引导、市场主导、企业带动、全民参与”的发展思路，走“公司＋基地＋农户”的路子。2019 年，通过在全乡范围内广泛宣传并支持企业积极参与推动农民土地流转等方式，完成整地并栽种油茶 4500 亩 40 万株。三是鼓励生产要素入股。利用丰富的自然资源优势，鼓励支持各类农业经营主体开展土地、林地流转，实行标准化、规模化油茶园区建设，高标准推动油茶产业园区建设。鼓励脱贫户利用到户增收项目、土地、现金、技术等生产要素入股，按经营收益分红，积极打造槐店司马光油茶园。

重要成效

（一）产业发展快起来

2021 年，槐店乡油茶产业已发展 3 万亩，完成 380 万株优质油茶种苗嫁接。2019 年 9 月 17 日，习近平总书记来到司马光油茶园考察时强调，要把农民组织起来，面向市场，推广“公司＋农户”模式，建立利益联动机制，让各方共同受益。2020 年 8 月 1 日，光山县油

图2 3万亩司马光油茶园

茶产业联盟挂牌成立，槐店乡联兴油茶公司和长兴德睿生态农业开发有限公司积极参与，有效推广“公司+农户”模式，促进多方受益，油茶产业发展步入快车道。

（二）荒山荒坡绿起来

按照“绿水青山就是金山银山”理念，槐店乡全面梳理辖区内荒山荒坡、撂荒闲置土地，充分利用群众房前屋后的空闲地、废弃宅基地。2019年以来，全乡已引导371户农户利用房前屋后栽种油茶4500亩，让裸露的荒山荒坡、杂乱的房前屋后统一披上了油茶“绿”。前人栽树，后人乘凉，以茶兴乡、以绿荫乡，槐店乡找到了绿色生态发展的好路子。

（三）生产销售连起来

2019年之前，茶园里采摘的油茶果还需运输到安徽、湖北等地

图 3 开挖荒山荒坡，种植油茶苗

进行加工，压榨成茶油。2020 年 1 月 12 日，通过企业自筹、银行融资和项目支持，投资 1.7 亿元的司马光油茶园智慧产业园正式投产，解决了茶籽预处理、冷榨、浸出、精炼、灌装等问题，研发并上市清洁用品茶籽粉，结束了此前完全依赖省外企业加工的被动局面，生产出的茶油通过线上线下售往全国各地，带动周边种植、采摘、运输等产业发展，由此，司马光油茶园实现了种植、加工、销售一体化，产值上亿元。

（四）农业旅游融起来

围绕司马光油茶园，成功举办第四届油茶采摘节、司马光诞辰 1000 周年纪念等大型活动，进一步提升了“司马光油茶园”的知名度，实现一二三产业融合发展。同时，稳步推进司马光油茶园配套基础设施项目提升，以健身徒步游、科普宣教游、休闲度假游等为主的

图 4　油茶产业带动脱贫户增收致富

生态旅游业也正在规划发展。2021 年流转土地 117.5 亩，新建南北大门等景观点 18 个，民宿 1 处，旅游驿站 3 处，投入 3000 余万元持续推进茶溪谷油茶展示中心建设。随着司马光油茶园配套设施提升工程的逐步推进，观光群众越来越多，槐店乡人气也越来越足。

（五）群众幸福笑起来

截至 2021 年，槐店乡油茶产业精准帮扶了 651 户 1882 名脱贫人口，人均年增收 2800 元。油茶加工厂年务工人员达 117 人，其中脱贫户 2 户 2 人，人均年收入 5 万元。此外，油茶产业还让槐店乡人民吃上了“生态旅游饭”。农户通过发展农家乐、垂钓渔场等方式实现增收致富，油茶树成为槐店人民的“幸福树”。

经验启示

（一）要想打好产业牌，必须做大做强特色主导产业

产业是区域经济发展的“发动机”，也是群众增收的“铁抓手”。槐店乡依托得天独厚的自然资源禀赋，突出重点、科学规划，按照规模化管理、集约化经营的要求，在规划过程中因村施策、因地制宜，确保了产业发展的科学性和可行性。同时，充分利用有限的土地资源，发展经济作物和服务行业，实现了产业由小到大、由弱到强、由强到精的跃升。实践证明，只有立足区位优势，做足特色文章，大力发展优势产业，才能持续增加农民收入，切实增强产业富民的广泛性、带动性和持久性。

（二）要想打好产业牌，必须持续发力、久久为功

产业培育壮大考验的是定力，需要的是耐力。在优势特色产业发

图 5　司马光油茶园茶树图

展上，要咬定产业不放松，一任接着一任干，一张蓝图绘到底，向着“农民富、农村美、农业强”的目标扎实迈进。司马光油茶园从2008年开始建设，仍在不断完善发展，其间经历四任党委书记，接力实干。实践证明，只有牢固树立“功成不必在我”的理念，持之以恒、矢志不移、久久为功，才能真正把产业发展落到实处。

（三）要想打好产业牌，必须发挥群众主体作用

群众是产业发展的受益者，更是产业发展的主体，自始至终要把调动群众积极性、主动性作为产业开发的力量源泉，扶志、扶智、扶技并举，坚定群众脱贫致富的信心，从根本上激发群众增收致富的内生动力。只有坚持因户因人制宜、分类施策、靶向发力，让群众尝到发展产业的甜头，进而充分发挥群众主体作用，从而不断推进产业发展工作。

（四）要想打好产业牌，必须深化改革锐意创新

改革创新是推进产业富民的“金钥匙”。打破惯性思维，摒弃老套老法，改资金“撒胡椒面”式分散使用为集中资源办大事，变政府部门单打独斗为全社会共同参与，凝聚起产业发展的强大合力。槐店乡积极探索“公司＋基地＋农户”“龙头企业＋合作社”“电商＋特色农产品”等产业发展模式，不断引进市场主体、科研机构等参与建设，充分发挥各主体的优势，合力促进产业发展。同时，依托“老板带动、能人推动、股份联动”机制，有效缓解分散农户难以对接市场的问题。实践证明，只有坚持市场导向、深化改革、聚焦发展、大胆创新，才能为产业发展注入源源不断的生机与活力。

专家点评

绿水青山就是金山银山，但是绿色产业发展往往面临产业规模小、群众参与程度不高、产业链条短等诸多难题。河南省光山县槐店乡立足区位优势，坚持走油茶产业绿色发展之路，以党建引领凝聚产业发展合力，引进龙头企业，发展油茶籽综合深加工，探索农旅融合新模式，不断优化“公司＋基地＋农户”利益联结机制，让油茶产业由小到大、由弱到强、由强到精，实现了荒山变金山、穷乡变富壤、园区变景区。实践证明，只要保持战略定力，咬定产业不放松，以发展凝聚合力，以创新应对挑战，就能实现社会经济发展和生态环境保护共赢。

金文成

农业农村部农村经济研究中心主任

拓展阅读

1. 《小油茶成了乡村振兴大产业》，《河南日报》2021 年 5 月 11 日。
2. 《小油茶的大梦想》，《河南日报》2021 年 9 月 11 日。

河南省乡村振兴局选送

撰稿人：丁友平，中共光山县槐店乡委员会

奋力书写易地扶贫搬迁“后半篇文章”

——湖北省宣恩县易地扶贫搬迁后续扶持实践

引 言

2020年4月20日至23日，习近平总书记在陕西考察时强调，易地搬迁是解决一方水土养不好一方人、实现贫困群众跨越式发展的根本途径，也是打赢脱贫攻坚战的重要途径。搬得出的问题基本解决后，后续扶持最关键的是就业。乐业才能安居。解决好就业问题，才能确保搬迁群众稳得住、逐步能致富，防止返贫。

——《习近平在陕西考察时强调　扎实做好“六稳”工作落实“六保”任务　奋力谱写陕西新时代追赶超越新篇章》，人民网，2020年4月23日。

背景情况

宣恩县是国家脱贫县和革命老区，位于湖北省西南边陲，辖9个乡镇、147个村、17个社区，总人口36.2万，建档立卡脱贫人口26989户90470人，其中易地扶贫搬迁9579户33945人。2019年4月29日，湖北省人民政府批准宣恩县退出贫困县。

为解决“一方水土养不好一方人”的问题，宣恩县在充分尊重搬迁群众意愿的基础上，按照“靠近县城和集镇、靠近中心村、靠近景区、靠近工业园区、靠近福利院”五个靠近原则，共建成56个易地扶贫搬迁集中安置点，集中安置9135户32200人，易地扶贫搬迁集中安置人口占脱贫总人口的35.59%，集中安置人口占易地扶贫搬迁人口的94.86%。易地扶贫搬迁不仅要解决搬迁群众安全住房问题，

图1 《水上侗寨》摄于湖北宣恩县长潭河侗族乡大坨村易地扶贫安置点

更要确保他们稳得住、能致富，守牢防止规模性返贫底线。因此，解决好易地扶贫搬迁后续扶持问题，是巩固拓展脱贫攻坚成果的重中之重。宣恩县为帮助易地搬迁群众尽快融入安置点新的生产生活，率先试行易地扶贫搬迁安置点社区治理体制机制建设，不断完善配套公共服务和产业就业项目设施，激发群众内生动力，创新农村社区管理和防返贫监测体制，全力破解“稳得住”“能融入”“如何富”三大难题，让易地搬迁群众不仅住有所居，而且业有所扶、幼有所育、学有所教、病有所医、老有所养，扎实写好了易地扶贫搬迁“后半篇文章”。

主要做法

（一）创新安置点服务方式，全力破解“稳得住”

一是创新推行“1+6”配套建设模式。以方便搬迁群众生产生活

图 2　宣恩县松坪安置点上的扶贫工厂

为目的，按照社区建设标准，参照村级服务事项、服务流程，每个集中安置点设立 1 个社区服务中心，开展便民服务；依托安置点一楼架空层门面设立 1 个就业创业空间，建设就业工厂和扶贫车间等；规模在 100 户以上或 2 公里内没有医疗机构的安置点设立 1 个面积不少于 200 平方米的标准卫生室；建设 1 个面积不小于 300 平方米的文体活动广场，配备相关文体设施；开设 1 个便民超市，方便群众生活；通过利用存量闲置土地、流转置换等措施，确保搬迁户每户 1 块菜地，实现易地搬迁群众日常生活小菜自给，减少生活支出。

二是紧密织牢"公共服务网"。精准匹配教育、照料、医疗、文化等公共服务资源。织牢教育保障网，在安置点新建、改扩建小学、幼儿园，实现易地搬迁群众子女在家门口上学。织牢日常照料网，配备

图 3　在宣恩县松坪安置点"四点半"课堂内，志愿者正在给小朋友们讲故事

“四点半学堂”，让适龄儿童放学后作业、游戏、情感交流有专属场地、设施、专人看护和引导，让家长安心工作、学生健康成长；配备“日间照料中心”，让老人有休闲和照料场所。织牢健康保障网，实现卫生院和卫生室全覆盖，组建家庭医生团队、健康帮扶小分队进点入户开展健康上门服务。织牢精神文化网，利用安置点文化活动中心，组织业余文化爱好者定期开展广场舞、打莲湘、唱山歌等文娱活动，引导易地搬迁群众追求积极向上的精神文化。

三是创新社会综合保障机制。将搬迁群众作为重点关注对象，通过社区干部逐户排查，精确认定脱贫不稳定户和突发严重困难户，及时给予就业、低保等综合政策保障以及实施防贫保险、社会帮扶等措施，做到返贫风险“应消尽消”。一是保基本，用国家政策保“两不愁三保障”，稳住搬迁群众基本“生活水平线”；二是保风险，引入保险公司作为载体，用政府统一购买服务的方式为搬迁群众购买防贫保险，防止天灾人祸造成的意外返贫；三是补短板，以公益性社会组织为载体，在政策和防贫保险综合实施还不能完全解决问题的前提下，运用“活水计划”项目统筹社会募捐资金进行补充帮扶，从根本上补齐搬迁群众返贫“风险”最后一块短板。

（二）创新社区管理方式，全力破解“能融入”

一是人文关怀促进快速融入。搬迁群众搬入安置点居住时，结对帮扶干部帮助群众搬迁 1 次新家、开好 1 次家庭会议、组织 1 次入住培训、每月走访 1 次、每月组织 1 次院落会或活动、建立 1 本搬迁群众需求工作台账。每个安置点社区服务中心安排 1 名乡镇干部，并配备 1 名主任，搬迁群众需回户籍所在地办理的事项由社区全程代办。选定楼栋长，协助搬迁户办理政策申报、就近就业，对搬迁户进行心理疏导、宣传动员等相关工作。同时，社区定期组织帮扶干部和志愿

图 4 《新家有旧邻》摄于宣恩县椒园镇一期安置点

者到搬迁群众家里进行慰问和宣传落实惠民政策，引导搬迁群众了解易地搬迁政策，不断提升搬迁群众归属感。

二是激发内生动力实现自我管理。在安置小区设立“新时代文明实践所”，每月集中宣讲党的各类惠民政策和乡村振兴相关知识，请“五老”①、乡贤等身边人说身边事，办好感恩道德讲堂，在思想上教育引导搬迁群众“听党话、跟党走”。广泛开展“出彩”②系列评选，深入挖掘社区优秀党员典型，通过宣传表彰身边人、身边事，鼓士气、扬正气。设立道德宣传栏，强化文明乡风、良好家风教育引导，推动

① “五老”即老干部、老战士、老专家、老教师、老模范。

② 对全县涌现的敬老爱幼、诚实守信、团结邻里、扶危济困、见义勇为、爱护环境等凡人善举，对爱国爱家、相亲相爱、向上向善、共建共享的和谐家庭，对引导农民自我约束、自我管理、自我提高的乡村社区等对象进行评选表彰。

形成邻里互助、守望相助的社会风尚。设立爱心超市，全面建立积分兑换机制。将搬迁群众分为社区党员、楼栋长、居民三类主体，全部纳入积分管理体系，搬迁群众可以通过参与夜间巡防队、卫生清洁队、放学护岗队等居民自治活动获取积分值，可在爱心超市凭积分兑换油、盐、酱、醋、洗衣粉等生活用品，用实际行动“感党恩、报党情”。

三是党建引领增强社区管理能力。以安置小区为单位设立党组织，选派党建指导员，组织安置小区党员开展组织生活，对无职党员设岗定责，有效激发小区党建活力。社区党组织在安置点深入推进民主议事、民主决策、民主管理、民主监督，切实增强搬迁群众的自治能力，引领小区成立邻里互助理事会、推选楼栋长，组织居民积极参与安置区活动、管理等，让大家在参与管理、相互交流中接受管理、协助管理和增进友谊。积极发挥德治作用，解开搬迁群众的“乡愁”情结，定期由党员带领开展各类社区活动，增强认同感、归属感和融入感，规范完善居民公约，建立红白理事会，大力倡导文明新风尚，促进家庭和睦、社区和谐、干群融洽。

（三）创新安置点增收方式，全力破解“如何富”

一是创新产业发展带动增收。在安置点附近引进市场主体发展设施农业，充分利用县级产业发展资金和东西部协作资金提供政策支持。在安置点周边建设蔬菜大棚、香菇大棚等农业设施和茶叶、药材、水果等加工厂，流转茶园等特色产业基地，支持黑茶、贡水白柚等特色产业建设。引导一部分搬迁群众继续从事农业生产，利用原有的农业生产技能实现就业，直接带动搬迁群众通过发展产业或参与就业增收。

二是推进就近就业带动增收。充分利用税收减免、融资贷款、就业补贴等政策的支持，在安置点引进电子元件、服装加工、卫生洁具等劳动密集型企业落户，引导企业吸纳搬迁群众就业。出台相应奖补政策，引导安置点周边的农产品加工、物流、住宿餐饮、景区旅游服务等小微企业吸纳搬迁群众就业，使搬迁群众实现“从农民到工人”的转变。用足公益性岗位政策，通过设立保洁、保安、生态护林员等公益性岗位，为搬迁群众提供就业。创新劳务带动就业方式，采用以工代赈、以奖代补、劳务补助等措施，组织搬迁群众参与安置点小型基础设施等项目建设。利用各类培训项目和资源，加强创业技能培训，落实扶贫小额信贷、创业贷款贴息、产业补助等相关政策，鼓励有意愿、有能力的搬迁群众以创业促就业。

三是加强培训促进劳务输出增收。针对青壮劳动力，在安置点建立职业技能培训基地。整合各部门培训资源，以扶贫车间为载体，针对搬迁群众发展意愿、文化水平和个人爱好，构建以市场化为导向的技能培训机制。实行订单式培训，课堂教学与“老带新”相结合。推进“一人一技能”就业培训，培训培育多个“月嫂”、木工、水电工及手工艺制作能手，提升受培训者对就业市场的适应性和匹配性，并派专人加强就业组织和信息服务，与本地企业和杭州、武汉、荆州等地企业需求无缝对接，定向输出劳动力。

四是盘活资产促进增收。为增加搬迁群众财产性收入，县委、县政府出台奖补政策，盘活搬迁群众的土地、山林等家底，对流转搬迁群众土地 10 亩以上的市场主体每亩奖补 300 元，鼓励村集体经营公司、合作社等市场主体流转搬迁群众土地、山林等。同时，盘活扶贫项目资产，县级产业发展资金、东西部协作资金等财政投入资金作为股金在安置点建设标准厂房、气调库等项目，引进企业合作投资分红，让搬迁群众在就业领取工资的同时还可分红获利。

重要成效

通过全力破解“稳得住”“能融入”“如何富”三大难题，宣恩县扎实写好易地扶贫搬迁“后半篇文章”，取得了突出的成绩，向党和人民交出一份满意的答卷。2019 年 12 月 25 日，中央政治局委员、国务院副总理胡春华同志在宣恩县松坪安置点调研时，对宣恩县易地扶贫搬迁后续扶持工作给予了高度评价。2020 年 11 月，宣恩县易地扶贫搬迁模式被国家发改委办公厅评为全国“十三五”搬迁工作“成效明显县”。2021 年 1 月，沙道沟镇松坪安置点被原国务院扶贫办确定为首批全国脱贫攻坚交流基地考察点。新华网、人民网、学习强国平台、《湖北日报》等主流媒体对宣恩县易地扶贫搬迁后续扶持模式进行报道。

（一）生活条件得到全面改善

一方面，公共服务能力提高。全县 56 个安置小区为搬迁群众打造了 1 公里生活半径圈，搬迁群众不仅可以就近享受吃、购、娱等便民服务，还可均等享受公交、学校、医院等城镇化基本公共服务。配套建设幼儿园和义务教育中小学校 32 个、医疗健康场所 56 个、社区综合服务便民场所 9 个、文化体育活动场所 56 个，全方位解决搬迁群众子女教育问题、老人休闲问题、群众医疗健康问题。另一方面，社区基层治理体系得到加强。推动集中安置区设立党组织 9 个、村民自治组织 56 个，专业化服务的社会组织 43 个，以党建为引领的居民自治及社区、社工、社团服务实现全覆盖。

（二）就业条件得到全面改善

截至 2021 年 10 月底，安置点搬迁群众劳动力 17045 人，其中省外务工 6759 人，省内县外 1746 人，县内 8540 人，实现有劳动力的搬迁户至少有 1 人就业。一是职业技能培训更多，安置点每年开展育婴、家政、厨师等各种技能培训 20 余次，5000 余人次参加学习。二是外出务工渠道更多，安置点每年开展专场招聘会、定向招聘会 5 场以上，帮助搬迁群众达成就业意向。三是就近就业岗位更多，安置点内、工业园区及附近企业吸纳群众就业在 6000 人以上；12 个靠近伍家台茶旅文旅融合示范区、彭家寨景区、茶马古道庆阳坝的安置点成为景区旅游的配套服务点，1 万余人融入旅游经营、景区服务，其中安置点搬迁群众 3000 余人；安置点项目和其他工程建设吸纳搬迁群众就业 800 余人；生态保护、保安、保洁等公益性岗位安置搬迁群众 500 余人；每年向安置点搬迁群众发放创业就业小额贴息贷款在 2000 万元以上，搬迁群众自主创业并带动就业 500 余人。

图 5　宣恩县沙道沟镇白水易地扶贫搬迁安置点的搬迁群众们欢度春节

图 6　宣恩县李家河镇塘坊易地扶贫搬迁举办“千户宴”

（三）群众幸福感得到全面提升

一方面，完善的配套服务、以人为本的政策关怀和规范的社区管理制度治愈了搬迁群众因为环境改变而产生的不适、不安、不信、不稳的心理波动，使搬迁群众快速适应新的生产生活方式、社会角色和人际关系，实现“从农民到居民”的转变。另一方面，安置点给就近就业的搬迁群众提供了一个劳动平台，搬迁群众通过自己的劳动过上了有尊严的生活，由此激发更多内生动力，积蓄更多正能量。搬迁群众的幸福感和获得感得到全面提升，实现了“稳得住、能融入、可致富”。

经验启示

（一）坚持“以人民为中心”的发展思想是“稳得住”的关键之举

易地扶贫搬迁是一项家园重建和社区再造工程，宣恩县通过优化社区服务体系，以实现搬迁群众对新环境、新生活的期望为中心目标，强化服务意识，在硬件和软件上实现医疗、教育、日常照料等各类公共服务设施设备全覆盖，健全各类公共服务体制，配备完善相应工作人员。同时，创新社会保障机制，筑牢三重“防贫墙”，彻底消除搬迁群众返贫风险，从根本上让群众搬进新家后居住便利、办事便捷、生活无忧，切实保障搬迁群众“稳得住”。

图 7 《开启崭新生活》摄于宣恩县高罗镇麻阳寨村安置点

（二）党建引领社区管理是“能融入”的动力之源

党建引领是搬迁群众融入新社区的动力之源。宣恩县在安置点社区管理中，以社区基层党组织为战斗堡垒，充分发挥各级党员的先锋模范带头作用，实行“群众搬迁到哪里，党组织就建到哪里；搬迁群众在哪里，党员就在哪里”。党组织牵头、党员带头以人文关怀、政治宣讲、倡导文明新风、树立模范典型来激发群众的内生动力，并引导搬迁群众建立健全自治组织和管理制度，发挥主观能动性，增强群众的认同感、归属感，使搬迁群众快速融入社区生产、生活，真正在思想上“听党话、感党恩”，在行动上“跟党走、报党情”。

（三）建立长效增收机制是“可致富”的根本之策

“搬迁群众既是脱贫攻坚的对象，更是脱贫致富的主体。”要真正实现搬迁群众“安居乐业”，产业就业是根本途径。宣恩县在安置区及其周围积极发展特色产业，引进电子元件、服装加工、卫生洁具等劳动密集型企业。同时，宣恩县针对搬迁群众中各类人群的不同特点开发和设置就业岗位，培育其长期稳定就业的能力，通过开拓多元就业渠道为其提供就业岗位，让搬迁群众有业可就。围绕“志智双扶”，通过教育培训、村规民约、典型示范等方式激发搬迁群众内生动力，使其更加积极主动地融入新生活，抓住新的发展机遇，勤劳致富。通过围绕产业就业建立起长效发展机制，使搬迁群众发展可持续、增收有后劲，逐步实现“可致富”的目标。

专家点评

易地搬迁是解决“一方水土养不好一方人”、实现贫困群众跨越式发展的根本途径，也是打赢脱贫攻坚战的重要途径，既要抓好安置点建设和搬迁工作，更要抓好搬迁后的长效机制建设。湖北省宣恩县在按照“靠近县城和集镇、靠近中心村、靠近景区、靠近工业园区、靠近福利院”原则建设易地扶贫搬迁集中安置点的基础上，注重加强易地扶贫搬迁安置点社区治理体制机制建设，注重完善配套公共服务和产业就业项目设施，注重激发群众内生动力实现自我管理，全力破解“稳得住”“能融入”“如何富”三大难题，让易地搬迁群众不仅住有所居，而且业有所扶、幼有所育、学有所教、病有所医、老有所养，扎实写好了易地扶贫搬迁“后半篇文章”。

叶兴庆

国务院发展研究中心农村经济研究部
部长、研究员

拓展阅读

1. 《湖北宣恩：易地扶贫搬迁农民抽签选房》，新华网，2018 年 7 月 19 日。
2. 《湖北宣恩：易地扶贫搬迁安置点的“四点半学堂”》，中国文明网，2018 年 12 月 7 日。

湖北省乡村振兴局选送
撰稿人：彭毅，宣恩县乡村振兴局

执文旅融合彩笔
绘乡村振兴画卷

——湖南省花垣县十八洞村
文旅融合发展案例

引 言

2021年4月25日至27日，习近平总书记在广西考察时强调，全面推进乡村振兴，要立足特色资源，坚持科技兴农，因地制宜发展乡村旅游、休闲农业等新产业新业态，贯通产加销，融合农文旅，推动乡村产业发展壮大，让农民更多分享产业增值收益。

——《习近平在广西考察时强调　解放思想深化改革凝心聚力担当实干建设新时代中国特色社会主义壮美广西》，新华社，2021年4月27日。

背景情况

2013年11月3日，习近平总书记轻车简从，来到湖南省湘西土家族苗族自治州花垣县双龙镇十八洞村走访调研，与苗族同胞促膝座谈、拉家常、话发展，并首次提出了“精准扶贫”重要论述。从此，十八洞村成为全国精准扶贫首倡地，创造出中国脱贫攻坚样本。2021年6月，十八洞村成功创建矮寨·十八洞·德夯大峡谷国家5A级景区，入选全国“建党百年红色旅游百条精品线路”，被中央宣传部评为全国爱国主义教育示范基地，成为了铭刻新时代光辉的红色地标。

十八洞村扛牢“首倡之地当有首倡之为”的政治担当，弘扬伟大的脱贫攻坚精神，感恩奋进。立足生态环境优美、民族特色鲜明、文化底蕴深厚的资源禀赋，按照以文塑旅、以旅彰文的原则，深度挖掘文化资源，大力发展乡村旅游；以全国脱贫攻坚交流基地、湖南党性教育基地、全国青少年研学基地“三大基地”建设为基础，积极探索文旅融合发展新路径，旅游产业发展取得重大突破，荣获“中国美丽休闲乡村”“中国少数民族特色村寨”“中国传统村落”“全国乡村旅游示范村”“全国生态文化村”等殊荣。

主要做法

（一）聚焦脱贫经验交流，讲述一个动人故事

十八洞村作为全国脱贫攻坚交流基地，在发展乡村旅游过程中，始终注重传播和推广精准扶贫、精准脱贫文化，讲好脱贫攻坚的精彩故事。十八洞村在游客服务中心、新村部等处布置了脱贫攻坚

及音视频等展厅，合理设计不同主题板块，选取标志性的脱贫故事文字、图片及音视频等，运用LED显示屏、声光特效等技术向外来游客展示十八洞村是如何在“精准扶贫”方略的指引下，围绕“五个一批”“六个精准”等精准扶贫举措，创造性提出“七步法、九不评”“飞地经济”“四跟四走”“党建引领、互助五兴”等一些好做法，成为可复制可推广的全国样板。十八洞村还引导游客重走习近平总书记在梨子寨访贫问苦的考察路线，在精准坪广场聆听解说员讲解，于村内巷道与村民交谈，现场学习精准扶贫“十六字”方针[①]，使游客在真实的场景、生动的语言中获得沉浸式体验，在翻天覆地的山乡巨变与群众的幸福生活中真正感受“精准扶贫”重要论述的实践伟力。

十八洞村创新宣讲方式，联合双龙镇排碧九年制学校、排谷美小学，选拔和培育“十八洞青少年志愿服务队”“十八洞红领巾讲解员”，采取“汉语＋苗语”的双语讲述形式，利用周末和小长假，点对点、面对面为前来参观学习的中小学体验团队进行宣讲。通过声情并茂地讲解，使青年学子们在十八洞村战贫斗困的动人故事中深刻体会到，中国共产党是如何充分发挥社会主义集中力量办大事的制度优势，大力实施东西部扶贫协作、定点扶贫和对口帮扶的；是如何组织开展“万企帮万村”精准扶贫行动，广泛动员社会各界共同参与的；是如何带领村民谋产业、置家业、促就业，谱写出顽强拼搏、战贫斗困的壮丽诗篇的。十八洞村感恩奋进、脱贫致富的故事鼓舞人心，是中国脱贫攻坚的典范，吸引了全国各地游客纷纷慕名而来。

① 精准扶贫“十六字”方针指“实事求是、因地制宜、分类指导、精准扶贫”。

图1　讲解员在精准坪广场为外国游客讲解

（二）升华党性教育，开启一段红色之旅

十八洞村始终坚持高站位，深挖本村红色文化资源，大力发展品牌乡村红色游，设立村部放映厅、多功能会议室、党建学习书屋、筑梦书屋等红色旅游配套服务设施。通过播放《梦圆十八洞》纪录片、党课现场教学、布置专题会场等形式，开展重走红色路线、重温入党誓词、集体升旗宣誓等主题活动，举办红色歌唱、红色朗诵等多项比赛，推进党史学习教育走深走实。

为上好党课，十八洞村围绕学史明理、学史增信、学史崇德、学史力行四个阶段，采取专业队伍集中宣讲、专题宣讲、微宣讲与观看情景剧、红色电影实践活动相结合的形式，满足外来学习团队的需求，增强学员对中国共产党为什么“能”、马克思主义为什么“行”、中国

图 2　湘西州行政审批服务局在十八洞村开展主题党日活动

特色社会主义为什么“好”的理解。

（三）彰显民族特色，打造一场民俗盛宴

十八洞村坚持以“建设与原生态协调统一，建筑与民族特色完美融合”为原则，着力打造美丽特色乡村游，将民族元素全面融入乡村旅游，建设了富有民族风情的村级游客服务中心、电商服务站、特色产品店、金融服务站等旅游公共服务机构，并在机构旁设置了重要景点介绍以及民族经典语句的木质标志牌，与周边的自然要素巧妙融合，突出民族特色建筑风格，保持民族传统村落景观。村部门口通过建造石嵌画廊，以石碑画的形式，向游客展示拦门酒、篝火晚会、赶秋节等民族传统文化。梨子寨民族文化展示中心和飞虫寨十八洞苗绣合作社通过对苗绣的布展与陈列，推广特色苗绣非遗绝技，大幅增强了旅游吸引力。游客步行至梨子寨，可在颇具民族风格的摊位长廊中品尝

或选购腊肉、酸鱼、腌制泡菜、苞谷酸等特色产品，近距离体验民族美食文化，把玩竹制水车、小背篓等手工艺品，从中感受苗族人民的勤劳与智慧。村部外修建了由石板路和木质栏杆组成的文化广场，为村民积极开展“11·3”晚会和“三月三”“四月八”等传统节庆活动提供场所，外地游客可近距离观看苗剧、苗歌、苗舞，丰富旅游体验。

十八洞村不仅是省内的党性教育基地，也是全国爱国主义教育示范基地、青少年研学基地。十八洞村立足实际、精心谋划，着眼青少年群体，打造沉浸式研学活动，专门设立文化体验场所，让游客体验做苗绣、打糍粑、蜡染等活动。在十八洞村，青少年群体不仅能现场感受到党领导的脱贫攻坚伟大事业的成功，而且能体验到苗寨独有的民俗风情、农耕文化，真正接触大自然、回归大自然，享受一场底蕴

图3　游客体验苗家篝火晚会

深厚、特色鲜明、妙趣横生的民俗文化盛宴。

重要成效

（一）有力促进了文旅产业融合发展

十八洞村坚持推动文化和旅游深度融合，按照“以文塑旅、以旅彰文、宜融则融、能融尽融”的总体思路，以打造品牌特色乡村游为目标，通过积极探索精准扶贫、精准脱贫文化、红色文化、民俗文化与乡村旅游融合发展的路径和方法，有力推动了文旅资源互促共享，有效促进了十八洞村旅游事业的发展，也更好地为群众提供了高品质的文化体验和旅游服务。2021 年上半年，十八洞村游客量多达 24 万人次，旅游产业发展成效显著。

（二）有效推动了党史学习教育

首先，十八洞村作为全国脱贫攻坚交流基地，全国各地游客纷纷前往此地考察学习，通过参观展厅、实地考察、聆听讲解、座谈交流等方式，接受精神洗礼，学习实践经验，有效促进了减贫交流。其次，十八洞村作为湖南省党性教育基地，积极开展重走红色路线、重温入党誓词、集体升旗宣誓等主题活动，成功举办红色歌唱、红色朗诵等多项比赛，推进党史学习教育走深走实。2021 年以来，省内外共有 3500 多批次 14 万多人先后到十八洞村开展党史学习教育。最后，十八洞村积极完善了配套服务设施，如党建学习书屋、筑梦书屋共有藏书 3500 余册，内容涵盖学习强国、基层党建、文学读物等不同方面，既满足了不同人群的阅读需求，也成为向外界宣传党的理论政策的前沿阵地，真正为广大党员干部、游客开启了一段丰富理论、锤炼党性、筑牢信仰的红色之旅。

（三）极大推广了民族特色文化

十八洞村通过保持传统村落景观，建造石嵌画廊、特色文化广场、民族文化展示中心，举办民俗活动和提供民俗体验的措施，成功打造了沉浸式研学主题活动，拓展了研学项目，丰富了研学内容。2021 年以来，长沙、岳阳等地和湘鄂渝黔周边地区数千名中小学生研学团队先后到十八洞村参观学习，全国各地青少年研学团队在此考察达 19.5 万人次。

（四）充分带动了村民致富增收

2020 年十八洞村旅游收入超 1200 万元，带动十八洞村集体增收 57 万元以上。乡村旅游产业的兴旺有效带动了十八洞村农家乐与民宿快速发展。全村共有 17 家农家乐，吸纳了 80 余人参与经营，实现在家门口就业，每年户均增收 5 万元以上，直接让群众享受文旅融合发展红利，日子越过越红火。

十八洞村坚持文旅融合发展理念，通过深挖、盘活文化资源，有效发掘了精准扶贫首倡地的红色文化价值、民族文化价值，不仅吸引了各地游客到十八洞村旅游，推动旅游产业快速发展，促进群众稳定增收，也有效推广了十八洞村的特色文化，打造了十八洞乡村特色游的品牌，真正实现了文化与旅游相辅相成、相得益彰、深度融合，在乡村振兴的伟大事业中谱写了崭新的篇章。

经验启示

（一）科学制定发展规划

乡村振兴，规划先行。思想上要深刻认识到文旅融合发展的重要性，行动上要制定科学合理、因地制宜的文旅融合发展规划，明确各个阶段目标任务、具体措施、职责分工、工作要求等内容，统筹推进文旅融合发展。十八洞村坚持以文旅融合发展为中心，科学规划，精心布局，制定了《乡村振兴发展实施方案》《十八洞村村庄规划》，大力实施“文化＋旅游”融合发展工程，不搞大拆大建，注重保护重要红色景点、传统村落景观，以梨子寨为核心辐射带动其他三个自然寨发展，按片区合理规划不同区域旅游产业布局，稳步推进“三大基地”建设。

（二）深挖本土文化资源

推动乡村文旅产业发展，应全面了解当地的地理信息、民俗风情、历史典故等文化资源，并加以充分利用。十八洞村正是紧紧抓住精准扶贫首倡地这一红色文化资源，并且围绕民族特色文化，着眼非物质文化遗产，打造出红色乡村游、民俗乡村游品牌。同时注重文化产业延伸，打造文化体验项目，开发节庆、演艺和参与体验类活动，让游客深度体验当地的歌舞、技艺、美食等民俗文化，既丰富了旅游内容，又使得旅游更具互动性、趣味性，极大提升了游客的体验感。

（三）加大配套设施建设

首先，强化硬件基础。发展文旅融合需积极争资上项，引进系列旅游配套建设项目，丰富文旅融合载体，完善硬件基础设施建设。其次，提升软件服务。引入专业旅游管理团队，制定旅游运营规划，因地制宜开发新型旅游项目，做好市场分析、品牌营销、对外宣传等工作，形成制度化、规范化的旅游服务管理体系。最后，加大人才保障。注重培养本土人才，邀请专家为村内从事旅游行业人员授课，丰富理论知识，交流先进经验，开展讲解、厨艺等技能培训，同时引进更多乡村振兴管理、景区民宿管理、旅游餐饮服务、民族文化表演等方面的优秀人才。十八洞村通过修建游客服务中心、电商服务站等机构，引进田园综合体、高名山十八溶洞等旅游配套项目，全面打造文旅融合项目群，不断强化硬件基础，同时注重提升软件服务，优化旅游服务管理体系，培育人才队伍，提升整体服务水平，实现旅游产业的高质量发展。

专家点评

湖南十八洞村创建了一个文旅结合促进乡村振兴的经典案例。2013 年 11 月，习近平总书记调研十八洞村，提出了“精准扶贫”的重要论述。以此为契机，十八洞村成为了全国精准扶贫的样本。主要做法是结合本地的文化和旅游资源，立足生态环境优美、民族特色鲜明、文化底蕴深厚的禀赋基础，按照以文塑旅、以旅彰文的原则，以全国脱贫攻坚交流基地、湖南党性教育基地、全国青少年研学基地为基础，成功走出了文旅结合的路子。特别是十八洞村在如何制定乡村振兴规划、科学规划、精心布局方面很有借鉴意义。

周飞舟
北京大学社会学系主任，教育部长江学者特聘教授，博士生导师

拓展阅读

1. 《走红色路，十八洞村研学游火》，湘西网，2021 年 4 月 18 日。
2. 《十八洞村是“精准扶贫”的首发地，如今成了红色旅游的打卡地》，中国网，2021 年 5 月 6 日。
3. 《湘西十八洞村正式晋升 5A 景区 南粤基金打造农文旅融合发展新典范》，南粤基金公众号，2021 年 6 月 14 日。

湖南省乡村振兴局选送
撰稿人：田晓、施金通、邓逸夫，
花垣县双龙镇十八洞村

实行全产业链帮扶 小鸽子变成大产业

——广东省广州市对口帮扶梅州市的生动实践

引 言

2020年9月16日至18日，习近平总书记在湖南考察时指出，要深入推进农业供给侧结构性改革，因地制宜培育壮大优势特色产业，推动农村一二三产业融合发展。要深化农业农村改革，激活乡村振兴内生动力。

——《习近平在湖南考察时强调　在推动高质量发展上闯出新路子　谱写新时代中国特色社会主义湖南新篇章》，新华网，2020年9月18日。

背景情况

梅州市位于广东省东北部，地处闽粤赣三省交界，是省内唯一全域属原中央苏区范围的地级市。梅州绿色生态资源丰富，是重要的农副产品生产基地。然而，受地理条件、劳动力、村集体自我发展能力等因素影响，当地农民主要以普通种植业为主，产业结构单一，抗风险能力不高。加之梅州山区可耕种土地少，部分村集体用地比较困难。脱贫攻坚前期，各市（区、县）普遍以村为单位开展产业扶贫，导致产业帮扶项目普遍存在投入资金少、规模小、收益低、可持续性差等问题，产业项目联动性不强，推进难度较大，难以形成规模化、连片化发展。与此同时，当地有实力的农业龙头企业数量少，农特产品市场化、品牌化建设底子薄弱，带富效用不明显，尚未形成稳定增收的长效机制。

2020年底，广州对口帮扶梅州如期完成脱贫攻坚任务。2021年开始，接续开展巩固拓展脱贫攻坚成果和乡村振兴驻镇帮镇扶村工作。为攻克梅州乡村产业发展难题，广州对口帮扶梅州指挥部（以下简称“广梅指挥部”）坚决落实广州市委“一盘棋”决策部署，大力推动对口帮扶梅州产业共建与脱贫攻坚、乡村振兴联动发展，加大村村联动力度，总结推广“大带小、小促大”[①]产业帮扶模式。产业共建与精准扶贫、乡村振兴队伍密切配合、互促共进，形成帮扶工作合力，统筹带动帮扶村抱团发展产业帮扶项目，积极探索构建“种养和初加工在帮扶村、精深加工和服务平台在共建产业园、主要消费市场在粤港澳大湾区”的一二三产业全链条帮扶体系，推动龙头企业和知

① “大带小、小促大”指产业共建园龙头企业带动脱贫村、脱贫村扶贫产业促成产业共建项目。

图 1 “陈小鸽”肉鸽养殖基地（二期）

名品牌向帮扶村延伸带动，使分散的小生产对接龙头企业产业链、供应链，并培育壮大了以梅州市金绿现代农业发展有限公司（以下简称“金绿公司”）为代表的一批农业龙头企业，成功打破梅州乡村产业发展瓶颈，提升了产业帮扶质量效益，真正建立起“造血”帮扶长效机制，为乡村振兴打下坚实基础。

主要做法

（一）“一盘棋”整体推进，众志成城聚合力

一是党政同抓善统筹。广州市委主要领导强调，要提升产业帮扶质效，帮扶打造完整的特色产业链，并多次到梅州调研督导，向金绿公司负责人详细询问公司发展情况，推动梅州肉鸽全产业链发展。广州市委分管领导深入养殖基地调研指导，市政府分管领导亲自购买

"陈小鸽"系列产品，党政同抓、高度重视、高位推进，为梅州肉鸽产业注入了强大动力。

二是整合职能好协调。2018年机构改革后，广州市将精准扶贫、乡村振兴、对口帮扶三项职能整体归口市对口支援办，指导广梅指挥部开展前方指挥、统筹、协调工作。进入全面推进乡村振兴新阶段后，乡村振兴驻镇帮镇扶村指挥部成员与对口帮扶指挥部成员实行一套人员名单、一套审批流程、一套工作程序、一套执行标准，建立健全重大事项部务会议决定机制、各级派驻工作队总召集人制度、每周推进例会制等一系列抓落实制度。

三是携手同心齐攻坚。为尽快融入当地，更好开展工作，广梅指挥部总指挥挂任梅州市委常委、副市长，副总指挥挂任市委副秘书长，驻县（市、区）对口帮扶工作队队长挂任被帮扶县（市、区）委常委、副县（市、区）长，驻镇帮镇扶村工作队队长挂任镇党委副书记、队员兼任村第一书记。12名广梅指挥部干部全部下沉园区，担任园区领导、相关职能局支部书记或国有企业负责人。帮扶队伍深度融入当地，与梅州干部融合管理，互学互鉴、互促共进，形成了推进乡村振兴的强大合力。

（二）村村联动扩规模，做大产业链上游

一是深入调研选项目。2016年广州珠江实业集团对口帮扶兴宁市龙田镇羊岭、碧园、曲塘三个村，深入调研后，非常看好由返乡创业青年陈伟波在2013年创立的金绿公司。该公司具有多年的肉鸽养殖经验，公司负责人年轻、视野开阔，同时肉鸽养殖前景广阔，但由于缺乏资金等发展不顺利，养殖基地只有200多亩，规模受限。于是，广州珠江实业集团决定与金绿公司展开合作，2017年帮助该公司注册了"陈小鸽"品牌，2020年投入141.05万元帮扶资金，通过提供培训

图 2　肉鸽养殖重点生产区

等，帮助实行“六个统一”[①]规范化管理，使该公司每年能够按合同约定按时分红，为村民提供肉鸽养殖等技术培训。

二是把准方向快联动。以往帮扶资金直接下拨到村，各自安排产业帮扶项目，虽然有一定成效，但项目零星分散、管理难度大、难以形成良性循环。广州市派驻兴宁市对口帮扶工作队请示广梅指挥部后，与金绿公司洽谈，引导各帮扶单位、各村打破思维禁锢，把帮扶资金集中投入金绿公司，助力金绿公司扩大养殖规模。同时，对有能力有意愿的农户提供培训，改进散养技术，带动农户提高乳鸽养殖生产效率。脱贫户钟会权是肉鸽基地的饲养员，通过 4 个月的技能培训正式上岗，钟会权激动地说：“如今有一份稳定的工作，还有时间照顾小孩，实现家门口就业。”

① “六个统一”指统一种鸽、统一技术、统一培训、统一饲料、统一商标、统一收购。

图 3　肉鸽养殖现场

三是农光互补增效益。在推进养殖基地三期项目过程中，广州市派驻兴宁市对口帮扶工作队经过考察，发现养殖棚顶连片面积大、无遮挡，非常适合加盖光伏发电设施。经过积极协调金绿公司和兴宁市发改局等相关单位，做通 35 个帮扶村工作，通过鸽棚加固、改造变压器等措施，在鸽棚顶成功架上光伏电板，创建了“农光互补”模式，突破了光伏项目用地、租金等因素的瓶颈制约。金绿公司无偿提供 7200 平方米鸽棚供帮扶村光伏建设使用，年发电量达 305.95 万千瓦时，不计政府补贴，按现行价格，2020 年发电收益为 122.38 万元。帮扶村和农户从土地租赁到乳鸽养殖到光伏发电，每个环节都能获得稳定分红。

（三）科技赋能深加工，做强产业链中游

一是校企合作强支撑。广州仲恺农业工程学院领导和农村科技特派员有力支持了兴宁鸽的发展。该校轻工食品学院自 2016 年开始与金绿公司开展合作，已经联合共建广东省肉鸽工程技术研究中心、广东省博士工作站、广东省产教融合型企业、广东省岭南特色食品工程技术研究中心肉鸽分中心和校企产学研合作基地。2019 年与金绿公司签订校企股份合作协议，2020 年联合立项广东省重点研发项目，支撑兴宁市龙田镇成为全国第一个肉鸽产业强镇。该校借助农业学科优势，从育种、养殖、疫病、设备、信息、市场等方面，全链条全方位为兴宁鸽提供技术服务，将肉鸽产业作为乡村振兴重点科技服务产业，形成了乡村振兴科技支撑产学研合作新模式。

二是产品创新品类多。仲恺农业工程学院农村科技特派员着力帮扶打造“陈小鸽”品牌，制定肉鸽福利屠宰以及肉鸽肉质客观评价方法，并借助现有营养组学技术，解析了鸽汤在改善围绝经期的代谢途

图 4　肉鸽精深加工产品

径和物质基础。此外，从肉鸽精深加工、标准制定等方面着手，帮助企业开发了盐焗乳鸽、酱香乳鸽、红烧乳鸽等“陈小鸽”系列休闲产品，以及虫草花鸽子汤、红枣枸杞鸽子汤、花胶老鸽汤、人参老鸽汤等“陈小鸽”多款自热鸽子汤，为鲜中鸽、鲜老鸽等“陈小鸽”鲜鸽以及“陈小鸽”鲜鸽蛋的品质保鲜提供了技术支撑，使“陈小鸽”产品不断推陈出新，品类越来越多样化。

三是产业共建开新局。2020 年，在广梅指挥部指导下，广州市派驻兴宁市对口帮扶工作队将金绿公司“年屠宰 1500 万只活禽加工产业一体化项目”引入广州天河（兴宁）产业共建园区，项目占地约 38 亩、投资 1.3 亿元，2020 年 6 月正式动工，2021 年屠宰车间、食品车间、部分生活功能区及厂区配套设施建设竣工并正式投产，利用仲恺农业工程学院科研成果，产品经前处理及卤制后实现全线自动化。

（四）开拓市场畅销路，做优产业链下游

一是宣传有力亮品牌。广州市委主要领导在工作推进会上强调，“要打造特色产业品牌，立足被帮扶地农特产品、生态旅游、红色资源等特殊优势，充分发挥市场作用，进一步整合资源，形成完整特色产业链，打造更多像梅州‘生长地’高山红薯、‘陈小鸽’肉鸽等特色品牌产业”。“陈小鸽”知名度在广州陡升。为加大产品宣传力度，广梅指挥部和广州市派驻兴宁市对口帮扶工作队在广州地铁站投放宣传“陈小鸽”系列产品的公益广告，黄金时段在广州核心商圈万菱会、天河城等商业综合体的户外大屏幕上免费投放“陈小鸽”系列产品广告，广梅指挥部为企业多次举办推介会，多种途径增加了金绿公司产品曝光度，解决了企业品牌建设和市场销售难题。

二是综合施策畅销售。2020 年初疫情期间，广梅指挥部了解到“陈小鸽”系列产品出货量下降 60%，第一时间与广州市商务局、广

图 5　肉鸽产品销售连锁门店

州市供销总社联系，立即采取措施对接广州社区超市、知名电商平台，广州市派驻兴宁市对口帮扶工作队联系一亩田、金点物业、马马先等大型电商平台和天河区大型物业公司，共同推动销量迅速恢复正常。为帮助金绿公司开拓市场，广州市派驻兴宁市对口帮扶工作队多措并举，在天河区迎春花市免费提供档口、在天河核心商圈举办对口帮扶兴宁农特产品展销会，借力粤港澳大湾区“菜篮子”暨广州现代农业嘉年华活动以及各类直播带货活动等，“陈小鸽”系列产品已畅销粤港澳大湾区市场。

三是政府搭台拓市场。广梅指挥部大力推荐金绿公司申报粤港澳大湾区“菜篮子”生产基地以及粤港澳大湾区“菜篮子”产品加工企业，推动金绿公司成为第一批认定的粤港澳大湾区“菜篮子”生产基地和粤港澳大湾区“菜篮子”产品加工企业，协助金绿公司在天河区牵头建设首个兴宁帮扶产品展销中心，取得了良好的经济效益和社会效益。2021 年，广州还将联合当地推动金绿公司在兴宁承办中国肉鸽全产业链大会。

重要成效

2021 年 6 月中旬，金绿公司“年屠宰 1500 万只活禽加工产业一体化项目”正式投产，标志着广州全产业链帮扶梅州产业发展“小促大”经典案例成功诞生。过去五年，广州持续稳步抓好精准扶贫政策、责任、工作“三落实”，一路扶持推动，使金绿公司的养鸽业迅猛发展，仅用 3 年时间便完成跨越式增容，从单一养殖的“陈小鸽”鸽场提升为一家集农合养殖、生产加工和品牌销售三产融合发展的企业。“陈小鸽”的发展壮大，成为广州帮扶梅州打造“从田头到舌尖”特色产业链的生动实践。

（一）资源整合壮大乡村产业

广梅指挥部通过村村联动，整合帮扶村资金、土地等资源，破解了帮扶产业散、规模小的发展瓶颈，帮助“陈小鸽”产业实现规模、效益全面提升，助力金绿公司摘获广东省精准扶贫贡献奖、乡村振兴金融服务示范点、广东省重点农业龙头企业等荣誉。在广州的大力推动下，兴宁市的 44 个原相对贫困村、13 个面上村、1071 户 3611 名脱贫户与金绿公司达成合作，共投入 2053.7 万元帮扶资金，将肉鸽养殖基地扩增到 1000 亩，养殖规模达 15 万对，年销售商品肉鸽和种鸽苗 300 万只，成为粤东地区最大的肉鸽生产基地。2020 年，金绿公司产值达 7000 多万元，比 2016 年的 1000 多万元增长了 60% 左右。“年屠宰1500万只活禽加工产业一体化项目”投产后，活禽屠宰能力每年可达1500万只，其中肉鸽屠宰加工能力为省内最大，产值可达3亿元。

（二）联农带农巩固稳定脱贫

2016年对口扶贫工作开展以来，广州引导珠江实业集团帮扶的碧园村、羊岭村投入217.25万元入股金绿公司金鸽养殖基地二期项目，2020年实现10%的稳定收益；引导天河区帮扶的35个村投入241.78万元入股金绿公司金鸽养殖基地三期项目，建设6000平方米10个鸽棚，饲养种鸽2万对，2020年产出40万只乳鸽，年稳定收益7%，为村集体经济和脱贫户提供了稳定、长期的收入来源；引导龙田镇脱贫户小额贷款100万元入股该项目，脱贫户2020年稳定收益达10%。2020年，金绿公司销售额4850万元，为脱贫户发放分红319.6万元。到2021年底，脱贫户累计分红收益预计可达462.3万元。

在帮扶单位和金绿公司的带动下，碧园村和周边农户2000多人参与肉鸽养殖，肉鸽养殖已成为该村大部分农户的主要收入来源。2020年，该村农业总产值7500万元，其中肉鸽养殖及加工产值达5000多万元，户均收入2.2万元。56户脱贫户通过项目分红52.13万元，户均增收9836元，实现了稳定脱贫，该村更是获评全国“一村一品”肉鸽产业示范村。此外，鸭桥村的农光互补产业项目效益明显。2018年至2020年，总投资148.5万元分三期建设的光伏发电帮扶项目，其中有226千瓦建在“陈小鸽”的鸽棚上，每年收入达16万元。该项目被评为“广东地区立体农业农光互补扶贫项目亮点工程”。

（三）政企联动打造鸽业品牌

广州、梅州两地政府极力帮助和支持“陈小鸽”品牌的宣传打造，多措并举聚资源、搭平台、强实力、助推广，使“陈小鸽”迅速被行业和消费者所认可，荣获广东省名牌产品等称号。在“丹霞杯”第五届“创青春”广东青年创新创业大赛暨首届粤港澳大湾区青年创新创业大赛（农业农村组）上，“陈小鸽”荣膺第一届青农优品十佳新锐品牌。在广州举行的首届世界鸽王美食大赛暨第三届中国鸽业发展大会上，“陈小鸽”获评中国鸽业著名营销品牌。在全面推进乡村振兴的新征程上，广州还将持续深化政企联动，帮助企业在进一步整合资源、完善产业链的同时，助推帮扶地区实现乡村全面振兴。

经验启示

产业兴则乡村兴。广州对口帮扶梅州，立足特色产业发展，将小鸽子打造成乡村振兴的大产业，成功打造省内对口帮扶的“广梅样本”，探索一条独具特色的畜禽养殖业高质量发展道路。

（一）产业选择与布局应坚持因地制宜

广州对口帮扶梅州指挥部依托广梅产业园，因地制宜，在梅州全域大力推广产业扶贫村村联动。梅州生态资源、农特产品等优势突出，但相关产业发展面临着平台、技术、品牌、物流、渠道等方面的痛点难点，在一定程度上制约了产业帮扶工作开展。广州对口帮扶梅州工作结合帮扶地区实际情况，切实践行“绿水青山就是金山银山”理念，从“一核一带一区”不同功能定位出发，着力推动梅州生态资源、绿色产品与粤港澳大湾区的产业、资本、科技、市场、品牌等优势更好地对接起来，着力提升绿色产业的产业链、价值链、供应链水平，“一盘棋”统筹推动乡村产业发展提质增效，为乡村产业振兴工作提供了全新的思路。

（二）产业发展思路应坚持解放思想

产业的发展既要充分发掘本地的优势资源，又不能仅仅局限在本村本镇。扶志扶智，不光指帮扶脱贫户，也需要帮助当地干部开拓视野，摒弃固有的思维，特别是要跳出小农意识的局限，要勇于担当、开拓创新、解决困难。村村联动，哪里有优势产业，资源就应该投入到哪里。选取有实力的龙头企业金绿公司作为产业帮扶项目合作对象，既提高了帮扶资金安全性，也提高了带富致富能力。开对"药方子"，才能拔掉"穷根子"。村村联动，正是广州精准帮扶梅州开出的一剂良药。从以往的各村"单打独斗"到如今的"村村联动"，"陈小鸽"肉鸽的发展模式不仅打响了产业品牌，还带动脱贫户实现稳定增收。因此，在新发展阶段，产业发展思路上，解放思想，开拓思维，推动产业振兴。

（三）产业发展模式应坚持联动机制

广州对口帮扶梅州以"陈小鸽"肉鸽等乡村特色产业为代表的"小促大"项目，创新产业帮扶模式，强化本地农业龙头企业带动，通过涵盖从生产、加工到销售的全产业链帮扶模式，加大产销衔接力度，推动"公司＋基地＋农户"模式向规模化、品牌化发展，在壮大乡村产业的同时，促成亿元以上产业共建项目落地，实现了产业共建与乡村振兴的有效衔接、互利共赢、融合发展，进一步巩固了脱贫成效，为梅州苏区振兴发展安上了强劲引擎。因此，在新发展阶段，脱贫地区在产业发展模式上坚持融合思维和系统思维，建立产业发展的联动机制和长效机制，实现产业振兴。

专家点评

对口帮扶，产业帮扶是关键。但是农业产业发展面临自然、市场等多方面风险，推进扶贫产业可持续发展需要久久为功。2016 年以来，广州对口帮扶梅州，立足特色产业发展，锚定养鸽产业，以“陈小鸽”品牌打造为重点，以村村联动扩大规模，以科技支撑提升市场竞争力，帮助培育主体、开拓市场、延长产业链，让梅州养鸽产业迅猛发展，从单一养殖的“陈小鸽”鸽场提升为一家集农合养殖、生产加工和品牌销售三产融合发展的企业，成为巩固拓展脱贫攻坚成果同乡村振兴有效衔接的鲜活案例。实践证明，对口帮扶是先富带后富、逐步实现共同富裕的重要举措，要根据产业发展形势，及时调整优化对口帮扶政策，持续发挥好对口帮扶制度优势，进一步合力推进帮扶地区乡村振兴。

金文成
农业农村部农村经济研究中心主任

拓展阅读

1. 《小鸽场“飞”出三产融合大产业》，新浪网，2021 年 2 月 26 日。
2. 《一个“小鸽”衔来的大产业》，《广州日报》2020 年 6 月 30 日。

广东省乡村振兴局选送
撰稿人：欧阳可员，原广州对口帮扶梅州指挥部
刘慧芳，广州市派驻梅州市驻镇帮镇扶村指挥部

打造螺蛳粉全产业链 夯实产业基础

——广西壮族自治区柳州市螺蛳粉产业振兴新探索

引言

2021年4月25日至27日，习近平总书记在广西考察时指出，发展特色产业是地方做实做强做优实体经济的一大实招，要结合自身条件和优势，推动高质量发展。要把住质量安全关，推进标准化、品牌化。

——《习近平在广西考察时强调　解放思想深化改革凝心聚力担当实干　建设新时代中国特色社会主义壮美广西》，新华社，2021年4月27日。

背景情况

乡村振兴，产业兴旺是支柱。柳州市坚持以工业化理念谋划螺蛳粉产业发展，推动“小米粉”发展为地方特色经济“大产业”，2016 年至 2020 年短短 5 年时间，柳州螺蛳粉产业实现了“三个百亿”[①]。柳州市打造了一批特色鲜明的扶贫产业，产业扶贫成效显著，为巩固拓展脱贫攻坚成果同乡村振兴有效衔接奠定坚实基础。

“小米粉”很小，最早的螺蛳粉摊，出现在 20 世纪 70 年代末鱼峰山下的路边夜市，是柳州市民偏安一“城”的街头美食。“大产业”很大，2020 年袋装柳州螺蛳粉销售收入达 109.94 亿元，产品远销美国、加拿大、阿根廷、俄罗斯等 20 多个国家和地区，出口额超 3000 万元，30 万个就业岗位遍布在全产业链的各个环节。

如何让螺蛳粉从路边摊、小门店、小堂食的窠臼中跳出来，从街头小吃升华为大产业？柳州市大刀阔斧、精准发力推出“六个一”工程：编制一个规划，出台《柳州螺蛳粉产业发展规划》；讲好一个故事，深度挖掘螺蛳粉历史渊源和文化内涵，以文化为纽带，以螺蛳粉为媒介，助推产业发展；严管一个标准，严格执行《柳州螺蛳粉食品安全地方标准》，紧抓食品安全这一生命线，确保舌尖上的安全；建设一批产业集聚区，重点打造全产业链螺蛳粉产业园、螺蛳粉特色小镇、螺蛳美食文化街、螺蛳粉原材料种养和加工基地，实现产业集聚效益；培育一批龙头企业和知名品牌，重点在基地建设、新产品研发、企业上市、技术改造等方面给予龙头企业支持，鼓励企业向品牌要效益；设立一个螺蛳粉检测中心，提供优质、高效、便捷的产品质量检

① “三个百亿”指实现袋装柳州螺蛳粉销售收入约 110 亿元、配套产业销售收入约 130 亿元、实体门店销售收入约 118 亿元。

测服务。

主要做法

（一）抓统筹，认真谋划促发展

如何走好未来的路，推动高质量发展？柳州市委、市政府始终按照中央和自治区关于推进农业高质量发展及加快农村一二三产业融合发展的要求，立足于地方特色食品——柳州螺蛳粉，坚持以二产带动一产和三产融合发展，走出了一条“小米粉带动大产业”的产业发展道路。

一是加强政策引领。先后出台了《柳州市全面推进螺蛳粉产业升级发展的若干政策措施》《柳州螺蛳粉原材料示范基地认定办法》《“柳州螺蛳粉”地理标志证明商标保护工作实施方案》《柳州市大力推进螺蛳粉产业升级发展的实施方案》等文件，在资金投入、税费减免、金融支持、基地建设、品牌培育、土地保障、人才支撑、技术支持等方面保障柳州螺蛳粉产业的升级发展。

二是强化组织领导。柳州市成立了以柳州市商务局、柳州市市场监督管理局等 21 个职能部门构成的柳州市加快推进柳州螺蛳粉高质量发展工作领导小组，形成党委牵头、政府主抓、各部门各司其职的工作机制，定期开展调研督导、召开专题会议，高质量推进螺蛳粉产业发展及国家级现代农业产业园建设，统筹协调推动柳州螺蛳粉全产业链的健康发展。

（二）定标准，着眼质量强技术

10 年前的柳州螺蛳粉是什么状况？“门店虽多，可形不成规模；食者虽众，可出不了柳州。”为改变这一状况，柳州市围绕质量和技术提升竞争力。

一是支持质量建设。柳州螺蛳粉产业化在申请食品生产许可证时就遇到了阻碍。首先，网上销售规模越来越大，螺蛳粉企业急需办理相关市场准入资质；其次，家庭作坊式生产，环境卫生、产品质量难以保证。根据柳州螺蛳粉的生产工艺和产品特点，在当时的食品生产许可28大类食品分类中，没有与之相应的产品标准。于是2015年6月，柳州市成立柳州螺蛳粉食品安全地方标准编制领导小组，组织起草《食品安全地方标准柳州螺蛳粉》，规定袋装螺蛳粉的用料、包装、产品理化指标、微生物指标等。柳州市分别于2019年和2021年在鱼峰区和柳南区的螺蛳粉产业集聚区内建立了质量检测服务站，同时随着《柳州螺蛳粉汤（配）料包生产规范》《柳州螺蛳粉生产消毒杀菌规范》《田螺稻田生态养殖技术规范》等标准的陆续出台，柳州螺蛳粉将标准化的理念贯穿整个产业。柳州市一直把产品质量视为螺蛳粉产业的生命，构建市、县、乡三级农产品监管检测体系，探索建设“柳州螺蛳粉可追溯体系”，全力把好柳州螺蛳粉食品安全关，切实保障柳州螺蛳粉产业高质量发展。

二是支持推动螺蛳粉企业技术改造。柳州市每年都重点对柳州螺蛳粉企业实施技术改造、技术创新、信息化建设等提供工业企业发展扶持资金。螺蛳粉企业通过研发创新，提升了米粉制作工艺，并建立了物理杀菌、真空包装等食品生产全流程标准化生产线等。

（三）树品牌，多种渠道拓市场

“美在深山无人识。”柳州螺蛳粉面临着“名头很响市场不旺”“市场有需求产品跟不上”等尴尬局面。究其原因，柳州螺蛳粉企业品牌管理薄弱，对已注册成功的地理标志商标缺少包装、营销、统一标识的意识，导致产品市场认知度不高。

图 1　柳州市螺蛳粉加工厂生产线工人正在包装米粉

一是加强品牌塑造。“酒香也怕巷子深”，一方面，柳州全力打造“柳州螺蛳粉”品牌形象。2018 年 7 月，“柳州螺蛳粉”地理标志证明商标成功注册，先后授权许可 47 家品牌企业使用地理标志商标。2019 年，柳州市启动国际商标注册工作，向 44 个国家和地区申请注册“柳州螺蛳粉”国际商标。截至 2021 年 10 月，已成功在 18 个国家和地区获得品牌保护。另一方面，积极通过媒体宣传，将柳州螺蛳粉打造成为广西特产和“一市一品”核心品牌，积极组织企业参加广西特产行销全国系列展会。依托广西“壮族三月三”电商节成功打造网上“柳州螺蛳粉节”。每年国庆结合柳州国际水上狂欢节，举办柳州螺蛳粉美食节系列活动，举办螺蛳粉万人宴。充分利用“618”“双十一”等购物节吸引巨大流量，打造柳州螺蛳粉“网上集聚区”。柳州市还通过开展优质品牌评比活动，形成了“佳味螺”“螺霸王”“螺状元”等一批有较高知名度和影响力的螺蛳粉品牌。

二是支持企业拓市。支持柳州螺蛳粉企业及关联产品生产加工企业开展电商、展会和境外广告宣传，对参加国内外大型博览会、展览会、交易会、推介会、采购会或开展境外广告宣传的企业，按照实际投入给予一定比例补助。

三是支持文旅建设。柳州市深度挖掘螺蛳粉的历史文化渊源和背后的故事，鼓励开发制作柳州螺蛳粉文化产品，充分利用新媒体做好宣传推广工作。为扩展螺蛳粉文化内涵，树立品牌形象，柳州市打出了一整套“组合拳”：精心编撰出版《柳州螺蛳粉》丛书，制作宣传片，着力打造柳州螺蛳粉产业园国家4A级旅游景区，重点建设螺蛳粉饮食文化博物馆、柳州螺蛳粉特色小镇、螺蛳美食文化街、螺乐园主题乐园等，设计制作螺蛳粉玩偶和卡通形象，多角度、全方位展示螺蛳粉所蕴含的丰富而独特的地域性餐饮文化特质。

（四）聚合力，瞄准龙头强扶持

产业化不是一蹴而就的。制约柳州螺蛳粉发展的主要因素，主要表现在缺少龙头企业带领，种养规模或生产企业规模较小，产业链不长，分布散、集约化程度不高、竞争力弱。针对这些薄弱环节，柳州市按照“强龙头、补链条、聚集群”的思路，制定龙头企业培育方案，实施强链延链补链行动计划，推动产业集群发展。

一是加大补助引进螺蛳粉生产龙头。坚持招大育强，推动龙头企业提质升级，着力构建龙头企业与各类经营主体的利益共同体。抓住人、地、钱等关键环节，让人尽其才、地尽其用、钱尽其效，最大限度激发各种资源要素的活力。深化农村土地流转改革，激活乡村振兴资源要素。柳州市级层面建设专门产业园区，对入驻园区、直接租用园区工业厂房的螺蛳粉生产企业，给予相应的厂房补贴；支持柳州螺

图 2　工人在制作螺蛳粉配料酸笋

蛳粉企业购地建厂，实行土地价款优惠。

二是加大奖励支持螺蛳粉企业做大做强。柳州市政府加大龙头企业上市奖励力度，由市政府安排财政资金进行奖励。通过激励企业完善科技创新做大做强，推进产学研合作、工艺改进、设备改造，为螺蛳粉产业提供扎实的配套支撑，柳州螺蛳粉企业实现了自动化、规模化生产。

三是加强原材料生产集聚区建设。加快建设柳南区国家现代农业产业园、鱼峰区螺蛳粉原材料标准化生产示范基地等螺蛳粉原材料生产集聚区，推动螺蛳粉原材料基地规模化、标准化、产业化发展，充分发挥示范带动作用，推动以产业发展巩固拓展脱贫攻坚成果同乡村振兴有效衔接。

四是加强利益联结确保致富成效。柳州市结合与产业发展相关的巩固拓展脱贫攻坚成果同乡村振兴有效衔接的政策，在融安县、融水

图 3　柳州市柳南区四合村的脱贫户在种植专业合作社采摘豆角

苗族自治县、三江侗族自治县等脱贫县，推广“企业 + 合作社 + 基地 + 农户”的产业帮扶模式，大力推广订单农业，培育原材料生产企业，打造一批“三品一标”特色米粉辅料基地，在原材料基地的布局上，优选经济条件较差的村屯，带动本地农民共享产业红利。

重要成效

柳州通过工业化的方式让柳州螺蛳粉这个特色小吃发展升级，使柳州螺蛳粉实现了从“现煮堂食”到“袋装速食”的转变，“小米粉”逐渐成为名副其实的“大产业”“国际产业”。

（一）产业实现大发展

在政府的精心谋划布局、倾力统筹支持下，引导整个产业走出了一条标准化、工业化、规模化和一二三产业融合发展的路子，柳州市螺蛳粉产业实现了大发展。2021 年 1 月至 9 月，柳州市预包装螺蛳粉日均生产 467 万袋，累计销售收入 112.23 亿元，同比增长 45.68%。螺蛳粉产业的兴起，带动了大米、豆角、竹笋、螺蛳、木耳等一批原材料种养业蓬勃发展，柳州市原材料种养殖规模达到了 50 多万亩，年产值近 25 亿元。

（二）品牌实现大提升

通过品牌营销，柳州螺蛳粉作为柳州成功打造的城市名片，已享誉海内外。在由南方周末城市（区域）研究中心评出的 2020 十大“最具能见度”城市中，柳州凭借螺蛳粉的传播力以“风味之城”排

图 4　柳州市融水苗族自治县的少数民族群众在分享螺蛳养殖丰收的喜悦

名第二；2020 年，网友评选出中国对外输出的“新四大文化”——螺蛳粉、广场舞、中国网文、网购中国商品，其中螺蛳粉排名榜首。随着柳州螺蛳粉品牌影响力的提升，带动旅游等相关产业发展。2020 年柳州市螺蛳粉文化旅游体验人数超过 123 万人次，实现旅游消费 5.7 亿元。2021 年“五一”小长假，柳州游客量跃升至广西第一，超过首府南宁和著名旅游城市桂林。

（三）农民实现大增收

在龙头企业带动下，从 2014 年第一包袋装螺蛳粉诞生到 2020 年底，该产业用 7 年的时间实现了“三个 100 亿”，产业链创造了 30 多万个就业岗位，迅速发展成为畅销全球的网红美食。在引进龙头企业的同时，通过建立有效利益联结机制，螺蛳粉产业发展为柳州农民持续稳定增收提供了保障。全市 20 万农村人口参与螺蛳粉原材料种养殖，其中 5500 多脱贫户约 2.8 万脱贫人口人均年增收 9000 元以上。

经验启示

柳州市螺蛳粉产业成功的经验说明，只要深入挖掘特色资源，走创新发展之路，小特产也可以做成大产业。柳州市以高质量发展理念为指引，创新产品、严格标准、保证品质、塑造品牌、拥抱互联网，努力打造螺蛳粉全产业链，为乡村振兴注入发展动力。

（一）做好顶层设计，明确主体职责

产业的转型升级不能只依赖于企业单打独斗。政府需要在这一过程中承担起宏观调控的职责，做好顶层设计，结合本地发展情况，统筹产业转型方向，明确产业发展思路。同时，在发展过程中通过一定

的奖惩机制鼓励和引导企业的转型升级，监督企业的改革发展。柳州市螺蛳粉产业发展过程中明确了政府的引导性职责，通过顶层设计进行前瞻性规划，宏观引导整个产业的发展。柳州市一直坚持自上而下推动螺蛳粉产业发展，在产业发展的初期用工业化理念引领螺蛳粉产业发展，通过标准化生产、市场化发展以及规模化集聚等工业理念的转化，将螺蛳粉产业从街头小吃转变为一个“百亿”产业。

（二）以需求促创新，推动产业转型升级

市场是产业的生命。供给侧结构性改革突出的是供给侧与需求侧关系调整，通过供给侧的改革适应市场需求侧的发展，柳州市螺蛳粉从“现煮堂食”到“袋装速食”的发展正是迎合需求做的转型升级。当地在充分调研市场对袋装速食食品的口感需求的基础上，通过工业化理念和技术化处理，将预包装技术引入，对产品不断进行工业化、标准化提升，使地方小吃摆脱地域的限制，可以原汁原味地快递到世界各地。这一紧盯市场需求的供给侧改革，推动了产业的迅速发展。同时，柳州市重视品牌打造，精准瞄准市场，借助“螺蛳粉节”、“双十一”购物节等推介，推动螺蛳粉品牌飞出广西、飞向全球。

（三）以龙头带产业，推动三次产业融合

一个产业要成为富民产业、可持续发展产业，关键要有“龙头”带动，必须着力在补链、延链、强链上下功夫。袋装柳州螺蛳粉的诞生、螺蛳粉加工企业的引进、加工园区的建成，使得柳州螺蛳粉产业有了“龙头”，在这个产业快速壮大的过程中，柳州积极发展竹笋种植、螺蛳养殖等相关产业，同时推动袋装螺蛳粉加工、开发文化旅游、文创产品，建设柳州螺蛳粉特色小镇，发展螺蛳粉文化主题旅游等二三产业，延长特色产业链条，促进了一二三产业融合发展。

专家点评

螺蛳粉作为广西壮族自治区柳州市本土的地方特色食品，质量过硬，且具有区域性特色产品的强大品牌优势。2016年至2020年短短5年时间里，柳州市坚持以工业化理念谋划螺蛳粉产业发展，通过制定标准，着眼质量建设与技术改造，逐步摆脱了这个产品的地域限制，这期间柳州螺蛳粉产业实现销售收入、配套产业收入、实体门店销售收入“三个百亿”的经营目标；通过做强品牌、以企拓市、文旅融合等做法不断提升了螺蛳粉的市场认知度；通过龙头企业带动，聚合力追求利益共享，努力打造出了一条螺蛳粉全产业链。这些措施实现了螺蛳粉由地方“小米粉”向特色“大产业”的发展迁越，极大地为乡村振兴注入了发展动力和活力。这些经验值得重视。

杜志雄

中国社会科学院农村发展研究所党委书记，二级研究员，博士生导师，获得文化名家暨“四个一批”人才及国家“万人计划”哲学社会科学领军人才称号，享受国务院特殊津贴专家

拓展阅读

1. 《柳州大力打造螺蛳粉全产业链》，人民资讯，2021年5月18日。
2. 《小小螺蛳粉做成“三个百亿”大产业》，光明网，2021年6月18日。

广西壮族自治区乡村振兴局选送
撰稿人：郑浩洁，柳州市乡村振兴局

打造乡村旅游“什寒模式”助力乡村振兴

——海南省琼中黎族苗族自治县什寒村的乡村旅游探索

引 言

2021年4月25日至27日，习近平总书记在广西考察时指出，推动经济高质量发展，既要深刻认识贯彻新发展理念、构建新发展格局对推动地方高质量发展的原则要求，又要准确把握本地区在服务和融入新发展格局中的比较优势，走出一条符合本地实际的高质量发展之路。

——《习近平在广西考察时强调 解放思想深化改革凝心聚力担当实干 建设新时代中国特色社会主义壮美广西》，新华社，2021年4月27日。

背景情况

什寒村坐落于琼中黎母山和鹦哥岭之间的高山盆地，海拔800多米，是海南海拔最高的村庄之一。什寒村居住着黎苗同胞108户523人，其中黎族196人，苗族327人，是全省为数不多的黎苗共同居住村庄。长期以来，受气候低寒、交通闭塞、生态开发限制等因素影响，该村曾经是琼中最偏远、最贫困的村庄之一。自2013年8月以来，在省委办公厅等部门的定点帮扶下，琼中县委、县政府积极转变工作思路，坚持“循序渐进、特色布点、示范连线、片区成面、全域开发”的乡村休闲旅游立体空间发展布局，将什寒村列为第一个“奔

图1 最美中国乡村什寒村入口

图 2　中国少数民族特色村寨什寒村标识

格内”[①]乡村旅游示范点。

什寒村发挥生态环境、资源禀赋、民族风情等独特优势，依托“党员驿站”党建服务品牌，推行“旅游 + 帮扶”模式，构建“政府 + 企业 + 合作社 + 农户”管理模式，大力发展“奔格内”乡村休闲旅游，探索出了一条开发休闲农业和乡村生态旅游与山区生态小康新农村建设良性互动的新路子，引领农户逐步走上了旅游致富之路。

① 奔格内，黎言“来这里”，是琼中乡村旅游自由行的代名词。琼中的乡村旅游有雨林探秘、田园风光、黎苗风情、村落民俗、休闲农业以及红色文化六大特色。奔格内就是串联以上六大特色资源形成一条条特色鲜明、个性独特又互补交叉的自由行线路。

主要做法

（一）以旅游开发为重点，推动产业结构由传统低效向新兴高效突破

为改变什寨村村民守着青山绿水却过着穷困日子的现状，琼中县委、县政府积极转变工作思路，坚持以旅兴农、农旅结合的工作思路，充分发挥什寨村生态环境优美、黎苗文化丰富等优势，做足乡村旅游新业态文章。

一是做好“吃”的文章。挖掘黎苗传统特色饮食，引导有条件的农户经营黎、苗农家乐，打造什寨黎苗特色长桌宴，开发三色饭、竹筒饭、山鸡、野生芭蕉芯、白花菜、鱼茶等原生态特色美食，使之成为游客到什寨后必会感受的味蕾体验。

二是提高“住”的质量。结合黎苗文化元素，把象征黎族的甘工鸟和苗族的牛角等黎苗图腾元素加入到民宿建筑上，打造民族风情浓

图3　什寨花梨寨饭店

图4　什寨民宿

厚、简约舒适的“奔格内”民宿。同时，利用现有民宿，带动村里脱贫户在什寒客栈就业，并在全村民宿客栈安装 WiFi，实现 WiFi 全村覆盖，为游客提供住宿新体验。

三是推进“行”的畅通。利用什寒山地坡缓、植被丰富、田园景观优美的自然条件，修建进山旅游观光公路和“奔格内”国家步道，配套完善自行车绿道、木栈道、乡村巴士、自驾车营地、指示标识等设施，构建“慢游”的旅游出行体系。

四是开发“游”的主题。引导 16 户农户参与乡村游项目开发，大力开展户外探险游、自驾车游、骑行游、户外露营、森林科考等项目，为进山游客提供多元化的旅游服务。

五是做足“购”的特色。结合什寒自身环境，引导农户大力发展益智、铁皮石斛、养蜂、高山云雾茶、灵芝、山兰米等特色农业，同时将这些当地土特产包装成为“什寒山珍”系列旅游农特产品，提升土特产品附加值。

六是完善“娱”的功能。不定期举办篝火晚会表演原生态黎苗歌舞，引导当地群众踊跃参与，使之成为什寒游客必看节目；开展黎苗婚俗，黎锦苗绣坊展示黎、苗非物质文化遗产，让游客体验什寒丰富的黎苗风情和独特文化内涵。通过大力发展乡村旅游，根据当地民俗特色，将什寒村列为“奔格内”乡村旅游帮扶示范点，大力实施“基础设施、环境风貌整治、亮化净化美化”三大工程，不断完善旅游基础设施配套建设，建成游客咨询服务中心、什寒文化广场、黎锦苗绣坊、待内典驿站等一批旅游基础设施，为什寒村加快发展乡村旅游奠定了基础。同时，围绕“吃、住、行、游、购、娱”旅游六要素，鼓励和扶持有条件的脱贫户参与农家乐、民宿客栈、旅游商品开发等新业态，大力开发黎苗特色饮食文化、黎苗歌舞表演、黎苗婚庆活动等乡村旅游产品，不断满足游客回归自然、生态、健康的旅游产品需求。

（二）以扶能扶智为先导，推动村民意识从“要我致富”向“我要致富”突破

借助省委办公厅等部门定点帮扶力量，建立“省、县、镇、村”四级联动帮扶机制，通过“帮思想、帮资金、帮技术、帮门路”，切实转变群众思想观念，激发脱贫致富的决心和信心。一是帮思想，驻村工作队主动与村民交心谈心，宣传勤劳致富正面典型，组织村民到县外考察学习，既开阔了村民视野，增长了见识，又转变了观念。二是帮资金，省、县联手投入帮扶资金2000多万元，用于什寒村的乡村旅游基础设施建设。同时，推广小额信贷“琼中模式”，大力开展农民住房财产权抵押贷款和林权抵押贷款，解决村民生产生活资金短缺的问题。三是帮技术，聘请养蜂、养鹅、南药种植、旅游服务等方面的专家，免费对村民现场教学解惑、发放技术资料，驻村工作队实时“授”后跟踪，提高村民的生产、服务实用技能水平。四是帮门路，积极为村民量身定制脱贫产业计划，通过帮思想、帮资金、帮技术、帮门路的帮扶方式，帮助村民改变思想意识，提供产业发展资金和技术支持，使什寒乡村旅游的软件服务水平逐渐提升。

（三）以利益分配为导向，推动经营管理从单一主体向多元主体突破

改变传统产业帮扶方式，采取政府引导、企业参与、银行支持、镇村创建的方式，合理分享利益，推动形成“政府 + 公司 + 农民合作社 + 农户 + 品牌 + 基地”多方共建、“产业发展 + 生态保护 + 文化传承 + 环境整治 + 休闲旅游 + 高效农业 + 品牌农业”融合发展的经营管理新模式。具体做法是，县政府负责编制乡村旅游规划、设计旅游路线、完善基础设施建设、优化发展环境、招商引资等；旅游公司负责跟踪指导、经营管理和商业运作以及搭建资本运作平台；农民合作社负责民宿日常管理、组织黎苗歌舞演出、农副产品加工销售、提供住宿餐饮等；农户负责维护修缮各自的传统民居和环境卫生。同时，积极引导农户将闲置的房屋、空闲的用地等资源作为资产入股到旅游公司，旅游公司改造成标准化驿站、客栈、民宿、露营地、茶吧。

（四）以富美乡村为载体，推动村庄面貌从老旧落后向美丽富饶突破

为改善什寒村人居生活环境，琼中以“富美乡村”建设为突破口，围绕“产业富民、特色居家乡村、黎苗文化传承、社会管理创新”四大工程，打造了集“富、美、趣、和”于一体、可游可憩、宜商宜居的什寒旅游村庄。一是实施“产业富民工程”，坚持“宜游则游、宜农则农”的原则，依托“奔格内”乡村旅游带动效应，深挖什寒黎

图 5 特色居家乡村工程

苗混居传统文化，策划什寒长桌宴、黎苗民宿、国家步道、什寒山珍、原生态黎苗歌舞篝火晚会、少数民族传统趣味体育运动等丰富多彩的“奔格内”乡村旅游产品，实现乡村旅游与农业、文化融合发展。二是实施“特色居家乡村工程”，坚持以生态环境保护为前提，科学合理开发和利用生态资源。在什寒村规划建设中，充分保护和尊重现有农村的地形村貌、田园风光、农业业态。同时，正确处理“自然之美”与“人工之美”的关系，既保留传统的自然风貌，又赋予独特的黎苗文化内涵，使村庄面貌发生美丽蝶变。

三是实施“文化传承工程”，继承和发扬黎苗特色文化，结合“三月三”等民俗节日，大力发展黎苗歌舞、黎锦苗绣、特色小吃等文化形态，实施文物、遗址保护工程，为什寒村民打造黎苗浓郁的文化氛围，加大什寒的对外吸引力。四是实施“社会管理创新工程”，开展农村新社区的规范化建设和社会保障的无缝化整合，依托什寒村级组织活动场所设立“农事村办”便民服务窗口，按照“一个窗口受理，一站式办结”模式，将涉及农民切身利益的民政、综合治理、计生、党员服务、新农保、国土和小额信贷等服务事项纳入窗口。

（五）以党员驿站为抓手，推动组织功能从分散管理向集中服务突破

什寒村注重强化村党支部在旅游开发建设中的政治引领和服务协调作用，依托党员驿站挂起了琼中首个“奔格内”乡村生态休闲旅游客栈招牌，并成立党员驿站旅游咨询服务中心。通过将党员驿站“服务进山游客”的功能延伸成为“奔格内”原生态民俗体验游，摸索出农村基层组织建设和山区旅游发展相结合的新模式，打造“党员驿站”党建服务品牌与“奔格内”乡村旅游有机对接的示范点。只要游客一个电话，该村党员便可为游客提供餐饮、住宿、露营、探险、爬山、涉溪等多项旅游服务，使游客更加方便快捷地体验什寒本土黎苗韵味。

重要成效

（一）带动了村民收入的持续增长

什寒村从2013年的2家农家乐，发展到2021年的18家农家乐和20家特产店，建设了28间民宿、49间客房，其中，有10户脱贫户参与民宿经营，有30户脱贫户参与农家乐和特产店经营。同时，旅游公司吸纳20名村民（含17名脱贫户）参加工作，平均月工资约2000元，农民人均收入由2009年不足1000元增至2020年18650元，增长了近20倍，有效实现了脱贫致富，巩固拓展了脱贫成果。村民开办的农家乐虽然不豪华，但凭着什寒村的青山绿水、富含负氧离子的空气、村民淳朴的待客之道和地道的农家菜，仍然有力地吸引了远道而来的游客。随着什寒村的游客越来越多，农家乐的生意也越来越好，村民的腰包渐渐鼓起来了，电视、音箱、电脑、小轿车也越来越多地进入到村民的日常生活。

（二）实现了乡村旅游的快速发展

琼中县通过"打绿色牌，走特色路"的总体发展思路，以全域旅游为目标，以"奔格内"乡村旅游为主线，以大景区、景点、度假酒店建设和乡村旅游为互动，深入挖掘特色产业、黎苗文化、红色文化等旅游元素，打造了乡村旅游的"什寒模式"，推动了"奔格内"乡村旅游的快速发展。2017年至2020年，全县旅游接待游客509.93万人次，旅游总收入21.58亿元，2021年1月至9月，全县旅游接待游客95.83万人次，旅游总收入4.93亿元，同比分别增长 176.96%、210.24%，其中，乡村旅游实现旅游收入 1389.5 万元，同比增长 71.22%，直接吸纳就业 3000 多人，间接带动 10000 多人就业，并通过旅游帮扶实现 4000 余人持续稳定脱贫，走出了一条“造血式”旅游致富新路子。此外，什寒村先后获得了 2013 年“最美中国乡村”、2017 年“全国‘景区带村’旅游扶贫示范项目”和 2019 年“全国乡村旅游重点村”等多项荣誉称号。

（三）开创了农村基层党建工作的新格局

琼中县通过将什寒村基层组织活动场所打造升级成为“党员驿站”，依托党员驿站挂起了琼中首个“奔格内”乡村生态休闲旅游客栈招牌，把党员驿站“服务进山游客”功能延伸成为“奔格内”原生态民俗体验游，实现了农村基层组织建设和山区旅游发展的融合，开创了农村基层党建工作的新格局。“党员驿站”党建品牌受到基层党员、群众、游客的广泛欢迎，成为琼中绿色发展中不可或缺的“红色元素”，也成为琼中“奔格内”乡村旅游的一大特色。

经验启示

（一）在乡村旅游开发中要高度重视生态保护

“绿水青山就是金山银山”，保护生态环境是实现脱贫致富和乡村振兴的重要前提。在原生态资源丰富的乡村进行旅游开发，要坚持居民零动迁、生态零破坏、环境零污染的宗旨，做到村民不失业、不失地、不失居，不搞大拆大建，保持原生态的自然环境，以优美的田园风光吸引八方来客，实现乡村旅游增资产、增就业、增收入的目标。只有把保护生态环境摆在重要位置，充分认识少数民族地区原始风貌的价值，才能把生态优势转化为经济优势，打造可持续发展的“绿色银行”。

（二）在乡村旅游开发中要严格做到规划先行

规划是行动的先导，要坚持把规划摆在首要位置，高起点、高标准狠抓发展规划编制和实施。只有做好规划，科学论证，反复研究，才能有条不紊地实现乡村旅游开发，并达到预期效果。什寒村正是通过先后出台《什寒村委会联手扶贫规划》《什寒村危房改造实施规划》《什寒村村庄建设规划》等文件，为建设和发展提供了全方位的支持和保障，才实现了乡村旅游的快速发展。

（三）在乡村旅游开发中要充分实现产业融合发展

产业融合发展是巩固拓展脱贫攻坚成果、全面推进乡村振兴的关键抓手。在乡村旅游开发中要综合运用得天独厚的生态资源和民族特色文化优势，充分结合具有地方特色的农业产业，通过延长产业链，推进多业态融合，不仅能够拓宽村民的致富之路，获得村民的支持，而且能够为乡村旅游增添源源不断的发展后劲，更好地实现群众的发展致富。

（四）在乡村旅游开发中要持续强化基层党建

发展乡村旅游既是富民工程，也是党建工程，在乡村旅游开发中要不断加强党建引领，提升村党员干部的能力，通过选优配强村“两委”班子，开展党支部创建、选派第一书记等活动，进一步提升党支部工作水平，发挥基层党组织的模范带头和战斗堡垒作用，实现基层党建和乡村旅游的有机对接。这既能为乡村旅游开发注入强劲力量，也能推动乡村旅游开发始终朝着促进全体村民发展致富的方向前进。

专家点评

该案例是一个典型的依靠旅游带动脱贫和发展致富的案例。海南省琼中黎族苗族自治县什寒村在乡村旅游开发中，综合运用得天独厚的生态资源和民族特色文化优势，充分结合具有地方特色的农业产业，通过延长产业链，推进多业态融合，带动当地村民持续稳定脱贫，走出一条“造血式”旅游致富新路子。什寒村先后获得2013年“最美中国乡村”、2017年“全国‘景区带村’旅游扶贫示范项目”和2019年“全国乡村旅游重点村”等称号，探索出了生态旅游开发与美丽乡村建设良性互动的“什寒模式”。依托乡村的生态功能和文化功能，巧妙融合“自然之美”与“人文之美”，什寒村的产业振兴故事非常精彩，为民族地区的乡村振兴提供了很有价值的参考。

王亚华

清华大学公共管理学院教授、博士生导师、副院长，清华大学中国农村研究院副院长，教育部青年长江学者，教育部新世纪优秀人才，北京市中青年社科理论人才

拓展阅读

1. 《海南什寒：“天上”的最美中国乡村是这样发家致富的》，一财网，2018年5月10日。
2. 《琼中什寒村：昔日的贫困小山村，蜕变为“中国最美乡村”》，南海网，2021年7月18日。

海南省乡村振兴局选送

撰稿人：胡晓梦，琼中黎族苗族自治县乡村振兴局
赵建光，琼中黎族苗族自治县旅游和文化广电体育局

建立“两金一链”“青疙瘩”变“金疙瘩”

——重庆市涪陵区探索建立榨菜产业利益联结机制

引 言

2021 年 8 月 23 日至 24 日，习近平总书记在河北承德考察时指出，产业振兴是乡村振兴的重中之重，要坚持精准发力，立足特色资源，关注市场需求，发展优势产业，促进一二三产业融合发展，更多更好惠及农村农民。

——《习近平在河北承德考察时强调　贯彻新发展理念弘扬塞罕坝精神　努力完成全年经济社会发展主要目标任务》，中共中央党校网站，2021 年 8 月 25 日。

背景情况

涪陵地处武陵山集中连片贫困地区，集山区、库区、革命老区于一体，是重庆市原 4 个市级扶贫开发重点区县之一。党的十八大以来，涪陵区深入推进精准扶贫、精准脱贫，于 2015 年底实现整区脱贫摘帽，至 2020 年底，全区 6.06 万建档立卡贫困人口全部脱贫、63 个贫困村全部出列。涪陵是榨菜的起源地，是享誉世界的“榨菜之乡”。多年来，涪陵区委、区政府高度重视榨菜特色产业发展，将其作为农

图 1　青菜头上架风干脱水

业农村经济发展和富民兴企第一民生产业，有效推动了巩固拓展脱贫攻坚成果同乡村振兴有效衔接。

收售农户青菜头的大户过去被叫作"榨菜贩子"，"榨菜贩子"收购菜农的青菜头，一部分直接鲜销给榨菜企业，一部分加工成榨菜半成品出售。菜农、"榨菜贩子"、企业结合松散，种植的多与少、价格的高与低、原料的供与求往往随着市场变化而大起大落，特别是原料收购定价权握在企业手中，导致菜农、"榨菜贩子"的利益得不到有效保证。"榨菜贩子"和菜农的关系就像"猫捉老鼠"一样。

一方面，由于榨菜企业出价不确定，"榨菜贩子"走村串户收购青菜头时就得拼命压价，否则就有亏本的风险，而菜农的希望却是卖个好价钱。另一方面，雨水节气前砍收的青菜头品质最好，榨菜企业爱收，但这时候的青菜头个头儿不大；过了雨水节气，青菜头迅速膨胀，重量增加不少，菜农喜欢这时候卖。但这时青菜头筋多，口感也差，榨菜企业不愿意收。所以，有时候菜农就躲着上门收购的"榨菜贩子"。这种"猫捉老鼠"的游戏，伴随着涪陵榨菜产业的发展，持续了几十年之久。

市场的千变万化、时高时低的菜价等情况，使单一菜农长期处于弱势。一旦"捂货"捂过了头，外地青菜头进来了，供大于求，本地青菜头就会烂在地里。企业总是收不到足够的优质青菜头，农户也常常承受"菜贱伤农"的苦果。针对"千家万户的小农户难以应对千变万化的大市场和农民的市场履约意识不足"两大现代农业发展难题，如何让这一优势特色传统产业紧密联系千家万户，带动脱贫群众稳定增收致富，成了摆在涪陵区各级领导干部面前一张必须用心做好的"答卷"。

主要做法

（一）建立一项核心补助制度

涪陵区立足以榨菜产业为主导的“2+X”[①] 扶贫产业体系，大力发展农民专业股份合作社，推动建立强有力的补助制度。2019 年，全区以村为单位新组建发展农民股份合作社 255 个，其中榨菜股份合作社 197 个。按照每发展 1 个符合条件股份合作社财政补助资金 25 万元的标准，因地制宜支持发展股份合作社，让“资金变股金”“农民变股东”，补助资金中：5 万元作为村集体经济组织股份，每年以 5% 的固定分红用于对贫困户的慰问、救助、帮助发展生产等；8 万元作为村集体经济组织扶贫基金，每年以 5% 的固定分红用于入社贫困户点对点分红；7 万元作为合作社基础设施建设、发展生产资金；另外 5 万元作为与合作社签订协议的龙头企业股金。通过确权入股，让菜农、“榨菜贩子”、企业等与贫困户紧紧地抱在一起，让曾经的“榨菜贩子”变成如今的股份合作社理事长。

（二）打造“两金一链”利益联结机制

2019 年，涪陵区印发《深化落实“2+X”现代山地特色高效产业惠贫带贫利益联结机制的实施方案》，提出着力建设榨菜全产业链利益共同体，建立完善长效机制，初步构建“一个保护价、两份保证金、一条利益链”的经营管理、资源盘活和收益分配机制。据此，涪陵区全面推广“龙头企业 + 合作社 + 贫困户”惠贫带贫模式，探索建立“两金一链”利益联结机制，让企业、合作社、贫困户都吃上“定心丸”，增加抵御市场风险能力，以实现贫困户到大市场的紧密“链”

① “2+X”扶贫产业体系指涪陵区建立以榨菜、中药材为主导，柑橘、畜牧、蚕桑、笋竹等为后续骨干产业的山地特色扶贫产业体系。

图 2 涪陵区扶贫主导产业——成片种植的青菜头

接。2020 年，114 个村集体经济组织分红 49.385 万元，4310 户入社脱贫户享受分红 85.225 万元。

一个保护价，即保护价优先收购。合作社与入社菜农（含贫困户）约定雨水节气前按不低于 760 元 / 吨的保护价 + 随行就市的价格标准进行收购（市场价高于保护价按市场价收，低于保护价按最低保护价收），同时对入社贫困户实行优先收购，种多少收多少，应收尽收，带动种植积极性。

两份保证金，即两份履约保证金。国有上市企业涪陵榨菜集团等龙头企业与全区 197 个榨菜股份合作社全面签订初加工订单生产协议，合作社按每吨 30 元标准缴纳履约保证金，企业保证每吨原材料在扣除各项成本费用后合作社能有 150—200 元利润空间；合作社与入社菜农签订青菜头保护价收购种植协议，菜农按每吨青菜头 10—30 元

图 3 农户在合作社务工“看筋剥皮”

标准缴纳履约保证金（其中贫困户给予一定优惠），在履约结束时返还，解决了农民的市场履约意识不足问题。

一条利益链，即一条利益共同体联结链。榨菜企业将腌制、“看筋”等初加工前移到合作社，解决企业用工、收储有限的难题；合作社成为榨菜企业的第二生产车间，赚取初加工利润，促进合作社发展，增强联企联农的能力；合作社保护价订单收购，使榨菜价格得到有效保证，增强菜农特别是贫困户种植积极性，激发其内生动力，同时合作社对入社菜农实行“保底分红 + 股改分红 + 务工收入 + 盈余二次分红”的分配机制，带动贫困户就近就地务工，促进贫困群众稳定增收致富，以实现菜农、合作社、龙头企业三方受益。

（三）构建三产联动融合发展模式

2018 年 7 月，涪陵区获批创建国家现代农业产业园。涪陵区委、区政府坚持高位推动，把创建国家现代农业产业园列为重大专项工作，

图 4 涪陵国家现代农业产业园青菜头种植基地

由主要领导负责抓建设，是涪陵区重点建设的三大国家级平台之一。

在国家现代农业产业园的创建中，涪陵区把一二三产业融合发展作为乡村产业振兴的一个重要着力点，在实施榨菜种植和加工升级的同时，积极推动农文旅深度融合，打造现代农业科普教育基地、榨菜文化产业风情园、观光体验示范园等。2019 年 12 月，重庆市涪陵区现代农业产业园成功通过农业农村部、财政部认定，正式入列“国字号”现代农业产业园。同年，涪陵榨菜集团宣布投资 50 亿元打造“中国榨菜城”，预计将于 2022 年建成投产，拟通过集中展示中国榨菜的历史文化、传统制作技艺，开发榨菜观光旅游，进一步推动农文旅融合发展。2020 年，产业园总产值达 115 亿元，其中榨菜产值 90.8 亿元，同比增长 6.3%。通过产业园带动，榨菜行业每年实现营业收入 10 亿元以上，解决务工就业 2 万人以上，产业园内农民人均可支配收入 2.3 万元，高出全区农民平均水平 33.5%。

重要成效

2020年初，青菜头收购旺季正值新冠肺炎疫情爆发，为有效应对疫情影响，涪陵区引导榨菜股份合作社通过保护价优先收购、保底与盈利分红、合作社吸纳务工三种模式，保障贫困户稳定增收。全区组建专项督查指导组开展全覆盖巡回指导督导，41家榨菜企业和197个榨菜股份合作社主动作为，采取“价格承诺、分散设点、同价同步”等措施，先后设立收购网点2000多个，分散售菜人群，各机关、企事业单位组织志愿砍收队，在做好防护的前提下，积极帮助缺少劳动力的贫困户、大户砍收，全区青菜头比往年提前5天完成收购，实现了应收尽收。

2020年，涪陵区青菜头种植涉及23个乡镇（街道）60万农民，

图5　党员突击队志愿者帮助贫困户收砍青菜头

砍收面积 72.71 万亩，总产量 160.81 万吨，较上年增长 0.4%；销售总收入 141681.29 万元，较上年增加 6153.79 万元，农民人均青菜头种植纯收入 1907.14 元。全区 12200 余户贫困户种植青菜头 2.14 万亩，总产量 3.5 万吨，销售总收入 2730 余万元，户均销售收入 2244 元，较上年增收 15%。如重庆市涪陵区莱和榨菜股份合作社，共吸纳菜农入社成员 159 个，其中贫困户成员 28 个，带动周边村社 300 余户农户及贫困户发展绿色优质青菜头种植 3000 余亩，每年初加工 5000 余吨榨菜半成品。百胜镇中心村贫困户袁亮 2019 年加入莱和榨菜股份合作社，与合作社签订保护价订单协议，种植青菜头近 30 亩。2020 年，袁亮砍收青菜头近 80 吨，扣除肥料和雇工成本，仅种植青菜头单季净收入就达 6 万多元。目前，像袁亮这样加入该合作社的脱贫户共 28 户，每年还将享受村集体经济组织扶贫基金 5% 固定分红和合作社

图 6　孩子们围着青菜头玩耍

盈利二次分红。此外，合作社优先吸纳脱贫户从事初加工务工，每户至少净收入 1000 元。“三种模式”作保障，让脱贫户实现了稳定增收。

2021 年，全区砍收青菜头 72.95 万亩，总产量 162.59 万吨，最高收购价达 1500 元 / 吨，农民人均种植收入 3100 余元，创历史新高。截至 2021 年，涪陵全区有榨菜重点龙头企业 19 家（国家级 1 家、市级 14 家、区级 4 家），年成品榨菜生产能力 60 万吨以上，销售额约 50 亿元，上缴税收约 5 亿元。

涪陵区将紧紧抓住成渝地区双城经济圈建设机遇，继续以“涪陵榨菜”“涪陵青菜头”品牌为统揽，按照夯实供给链、提升价值链、完善利益链、延伸产业链要求，围绕转变经济发展方式、完成现代榨菜产业战略性结构调整和转型升级主线，着力推进榨菜产品、机制、科技创新，努力将涪陵建成全国规模最大、品牌最响、销售最广的榨菜鲜销、加工基地，推动成渝地区协同打造中国酱腌菜产业发展高地。力争到 2025 年，全区青菜头种植面积 73 万亩、总产量 170 万吨，鲜销早市青菜头 60 万吨，产销成品榨菜 55 万吨，实现榨菜产业总产值 150 亿元、利税 35 亿元，把涪陵榨菜真正打造成为全市乃至全国特色效益农业样板产业，成为中国酱腌菜行业的旗舰，更好地发挥榨菜产业带农惠农效益。

经验启示

（一）坚持以党委政府主导与市场融合为前提

涪陵区委、区政府立足实际，围绕以榨菜、中药材产业为主导的“2+X”产业体系，大力发展农民专业股份合作社，建设全国最大的榨菜生产基地。2019 年，涪陵区落实资金 6430 万元，按照每发展 1 个符合条件股份合作社财政补助资金 25 万元的标准，因地制宜支持发展农民股份合作社 255 个，其中榨菜股份合作社 197 个，占比 77.3%。

（二）坚持以重点龙头企业带动为依托

充分发挥国有上市龙头企业涪陵榨菜集团等全区 41 家榨菜生产企业在带贫惠农方面的带动作用，其中榨菜重点龙头企业 19 家。榨菜集团等龙头企业与全区 197 个榨菜股份合作社全面签订初加工订单生产协议，实行订单式生产。

（三）坚持以“园区 + 基地”辐射为支撑

涪陵国家现代农业产业园区成立重庆振涪农业科技有限公司，落实资金 3200 万元，规范组建榨菜股份合作社 124 家，共吸纳 17033 户农户入社，其中入社贫困户 2269 户，实现产业园区贫困户种植青菜头全覆盖。2020 年，涪陵国家现代农业产业园区青菜头砍收面积 19.13 万亩，入社贫困户户均年增收 6000 元以上，成为全球最大的榨菜科研生产加工基地。

（四）坚持以股份合作社“链”接为核心

通过以龙头企业为依托组建股份合作社，实施“资源变资产、资金变股金、农民变股东”（即“三变”）改革，组织动员有劳动能力、有产业发展意愿的青菜头种植贫困户应入社尽入社，解决了千家万户的小农户难以应对千变万化的大市场的难题，疏通了堵点，让股份合作社成为连接龙头企业和农户的“桥梁”。2019 年全区 197 个榨菜股份合作社入股社员 20774 户，其中贫困户直接入社 4310 户，2020 年，入社贫困户共获得分红 85.225 万元。

专家点评

千家万户的小农户难以应对千变万化的大市场和农民的市场履约意识不足，是各地推进产业振兴面临的普遍性难题。重庆市涪陵区通过构建“一个保护价、两份保证金、一条利益链”的经营管理机制，形成了农户、合作社、龙头企业三方受益的利益共同体，既有效应对了新冠肺炎疫情的影响，又促进了榨菜产业的快速发展。这是实施“资源变资产、资金变股金、农民变股东”改革，让股份合作社成为连接龙头企业和农户的“桥梁”，有效促进传统特色农业现代化的鲜活案例，很有借鉴参考价值。

金文成

农业农村部农村经济研究中心主任

拓展阅读

1. 《那个计划春天摘穷帽的汉子，怎样了——回访“押宝”榨菜的重庆涪陵区贫困户袁亮》,《新华每日电讯》2020 年 3 月 3 日。
2. 《首届中国酱腌菜产业联盟高峰论坛在渝举行》，重庆市涪陵区人民政府官网，2021 年 12 月 1 日。

重庆市乡村振兴局选送
撰稿人：张晋创、于晓虎、刘雪姣，涪陵区乡村振兴局

推进川西林盘保护修复
探索公园城市乡村表达

——四川省大邑县践行新发展理念的实践

引 言

2020 年 9 月 16 日 至 18 日，习近平总书记在湖南考察时强调，要牢固树立绿水青山就是金山银山的理念，在生态文明建设上展现新作为。

——《习近平在湖南考察时强调　在推动高质量发展上闯出新路子　谱写新时代中国特色社会主义湖南新篇章》，新华网，2020 年 9 月 18 日。

背景情况

四川大邑县位于成都平原西部，全县辖3个街道、8个镇，幅员面积1327平方公里，拥有西岭雪山等6个国家4A级旅游景区以及中国道教发源地鹤鸣山、子龙祠墓等一批独有的、不可替代的乡村文化旅游资源，是成都市内林盘资源最丰富的区（市）县之一，有现状林盘共1042个，林盘类型丰富，保存完整度高，林盘建设用地面积22365亩。“十三五”以来，大邑县认真贯彻落实中央一号文件精神，立足新发展阶段、贯彻新发展理念、融入新发展格局，以农业为本底，以川西林盘保护修复为载体，将林盘作为公园城市建设“主抓手”、城乡融合发展“助推器”、农商文旅体融合示范“新引擎”，进一步盘活乡村闲置资源，拓展产业发展空间，营造乡村新消费场景，加快农业农村现代化，持续推进乡村全面振兴。截至2021年11月，已建成以溪地·阿兰若、大地之眼等国内十大精品民宿品牌为引领的精品林盘44个，9家民宿酒店获评携程五星级。2020年，大邑县农业增加值增幅居成都市第二，获评全国县域旅游综合实力百强县、成都市实施乡村振兴战略推进城乡融合发展先进县，董场镇祥和村[①]获评中国美丽休闲乡村；2021年上半年，大邑县农村居民人均可支配收入在全省高收入组排位第10位，同比增幅13.4%。

① 两项改革后，大邑县董场镇祥和村根据调整优化，更名为大邑县沙渠街道祥龙社区。

主要做法

（一）坚持“三个结合”，重塑乡村空间新格局

以绿色生态为根本，采取“策划规划＋设计营造”新方式，立足“三个结合”，构建公园式乡村新空间。一是坚持林盘保护修复与实施乡村建设行动相结合。深入实施“美丽蓉城·宜居乡村”建设行动，高质量做好乡镇行政区划和村级建制调整改革“后半篇”文章，分类推进 147 个村（社区）规划，以整田、护林、理水、改院为主要内容，策划规划 200 个形态优美、业态丰富、具有“国际范、天府味”的川西林盘，提升“雪山下公园城市·文旅大邑”的城市识别力。二是坚持林盘保护修复与塑造大地景观相结合。遵循“植绿筑景、引商成势、产业聚人”的理念，深度挖掘川西林盘的生态、生活、生

图 1　大邑县林盘庄园项目

产价值，将每一个林盘规划策划成一个大地景观单元、一个农商文旅体融合发展单元、一个生态价值转化单元、一个高品质宜居生活单元。三是坚持林盘保护修复与构建产业功能圈相结合。坚持“统筹保护、分级分类控制、保护与利用相结合、可操作可持续发展”的原则，将县域内 941 个可利用林盘细分为 11 个林盘复合功能圈组团，展现“五廊道 +11 组团 +6 大景区 + 百林盘”① 的空间布局。

（二）探索“三类模式”，激发林盘保护修复新活力

推进生态价值创新转化，探索“三类模式”，释放林盘保护修复新活力。

一是探索林盘经济发展新模式。秉持“一个精品林盘聚落催生一个规上服务业企业”的理念，利用县域 941 个可利用林盘和 8.5 万亩林盘面积，招募林盘保护修复合伙人、新村民等。引进乡伴文旅等国内知名品牌民宿企业，以“川西林盘 + 主题精品民宿”的模式，打造南岸美村“溪地 · 阿兰若”“咏归川”等国内知名品牌民宿聚落；以“林盘聚落 + 农业主题公园”的模式，政村企民携手，打造稻乡渔歌田园风光林盘聚落群。

二是探索林盘社区管理新模式。推动乡村治理和服务下沉到林盘聚落，实施公共服务设施三年攻坚行动计划和幸福美好生活十大工程，紧扣“迎大运 · 爱成都”主题，加快推进数字乡村试点县建设，打造庙湾林盘、新福里林盘等一批主题林盘社区，形成一批林盘社区精品游路线，拓展林盘社区消费场景。

三是探索乡村资源活化新模式。采取“国有平台公司 + 金融资

① 五廊道指成温邛高速路、成温邛快速路、天新大快速路、大西路、安出路 5 条交通干线；11 组团指所辖的 11 个行政区划的街镇；6 大景区指西岭雪山、新场古镇、花水湾温泉、刘氏庄园、建川博物馆、天府花溪谷等 6 个国家 AAAA 级旅游景区；百林盘泛指 200 个川西林盘。

图 2 大邑县南岸美村“溪地·阿兰若”精品民宿

本 + 村集体经济”的模式，通过“租赁、入股、有偿退出、拆院并院”等方式盘活林盘集体建设用地资源，以经营城市理念，经营好 128 个涉农村社区和 200 个重点林盘，提升打造“1979 雾山厂盒”和“山之四季”民宿酒店等一批旅游康养度假酒店。引进农发行四川省分行等金融资本 150 亿元，推动全域川西林盘建设，发展壮大集体经济，把乡村生态价值、林盘资源转化为农民增收实效。

（三）营造“三大场景”，加快培育新产业新业态

以场景营造为产业功能植入提供空间场景，形成引人、聚流、活商效应，促进农商文旅体融合发展。

一是营造公园式景区新场景。以“文旅大邑”为主线，以“国际生态文化旅游目的地”为目标，实施雪山生态修复工程、雪山红色文化塑魂工程等五大工程，加快冰雪旅游目的地公园、森林康养旅游目的地公园等 12 个文化旅游公园建设，打造“文旅大邑”公园式景区

图3　大邑县“1979雾山厂盒”民宿酒店

图4　大邑县“天府花溪谷”

场景，天府花溪谷成功创建国家4A级旅游景区。

二是营造“林盘+”消费新场景。以11个镇（街）、6个国家4A级旅游景区、3个农业园区为载体，让规划建设的200个川西林盘、868公里乡村绿道成为原住村民和新村民的创新创业地、增收致富路，大力发展“林盘+”经济，加快在绿道、驿站等重要节点嵌入服务功能，植入乡村会客厅、田园旅居体验等消费场景，采用“场景营造+产业植入”模式，推动田园村林盘“箐山月”、稻乡渔歌林盘建筑艺术博物馆“大地之眼”等一批林盘成为新场景的价值增值地。

图5　大邑稻乡渔歌田园综合体“大地之眼”艺术中心

三是营造农商文旅体融合新场景。聚焦生态果蔬、优质粮油、道地中药材（青梅）3个10万亩优势产业基地，提升10大地标产品品

图 6　大邑县稻乡渔歌林盘聚落

牌价值，梳理整合优势资源，精心策划包装一批重大项目，实施“五个一”行动①，引入社会资本分期分类实施 200 个川西林盘保护修复，强化美学运用、品牌引入和专业运营，将每个林盘开发成不同主题的农商文旅体融合新场景。

重要成效

（一）聚焦规划策划，重塑产业经济地理

一是统筹专业策划。围绕国土空间和“十四五”规划编制，联动阿特金斯等世界一流策划机构，以绿色生态为根本、自然山水为映衬、特色文化为内核，全域构建以县城建设为重要载体、3 个产业功能

① “五个一”行动指一个林盘引进一个企业、实施一个农商文旅体融合项目、建立一个产学研基地（学校）、建设一个特色农产品博物馆、组建一个村集体经营公司。

区为支撑重点、覆盖 9 个镇和 200 个精品林盘的“1392”新发展格局。二是统筹顶层规划。联动新加坡 CPG 集团等世界一流规划设计机构，发动乡村规划师和群众参与，系统编制川西林盘保护修复规划，绘制林盘现状图、保护名录表和开发利用规划图，实现多规合一、“五态”融合。三是统筹美学设计。联动中国“九大美院”组建乡村社区空间美学研究创作基地，围绕雪山、森林、温泉、古镇、田园等独特优势，进行在地性极强的林盘美学设计，让各美其美、美美与共的全域林盘成为推动大邑乡村振兴的强大竞争力。

（二）聚焦融合发展，优化产业业态

一是发展乡村旅游。大力推进西岭雪山冰雪运动城、大邑绿色智造产业功能区建设，跨镇布局建成 6 个国家 4A 级景区。二是打造民宿聚落。通过对安仁（中国博物馆小镇）等 9 个镇实施片区综合开发，加快建设精品林盘，其中安仁中国博物馆小镇被评为四川最美古镇。截至 2021 年 6 月，已在 44 个林盘引入向野而生、咏归川、千里走单骑等国内精品民宿品牌入驻，9 家民宿酒店获评携程五星级。三是开发农创产品。2018 年至 2021 年，依托分水林盘的天府农业品牌创意孵化园策划设计，完成 100 个农业品牌的设计、交易和孵化。引进和孵化企业 100 余家，孵化农业品牌设计近 200 件，开发为人民服务白酒、老坛子泡菜等农产品伴手礼 200 余款。

（三）聚焦资源转化，深挖生态价值

一是坚持生态优先。巩固发展国家生态文明建设示范县和中国天然氧吧成果，修复提升“雪山”生态水系，依法有序整治小水电，还水于河、还瀑布于森林，重现雪山“千年飞瀑”胜景。层层压实河（湖）长制，全县集中式饮用水水源水质达标率 100%，主要河流出境断面水质常年保持国家地表水Ⅲ类标准，排名成都第一。持续实施蓝

天保卫战，2020 年全县空气质量优良率和综合指数均排名成都第一。二是营建美丽乡村公园。跨镇规划建设西岭冰雪世界乐园、安仁—新场历史文化公园、成都古树公园、西江月时尚公园等 12 个美丽乡村公园，用 868 公里乡村绿道、230 公里水系蓝网串珠成链，构建全域大美乡村公园。三是营建大地艺术景观。统筹 107 万亩森林、40 万亩农田、10 万亩药材、10 个国家地理标志保护产品和七河并流的资源优势，打造茂林修竹、美田弥望、特色鲜明大地艺术景观。

（四）聚焦文化传承，擦亮特色品牌

一是拓展冰雪文化。深挖西岭雪山是中国南方最温暖的滑雪场优势，实施雪山保护修复建设“五大工程”，擦亮雪山品牌。二是传承红色文化。深挖西岭雪山是红军战斗过的地方优势，规划建设成都长征文化公园，塑造“雪山精神 · 长征文化”品牌。三是弘扬三国子龙文化。挖掘三国名将赵云的敕葬地子龙祠文化内涵，聘请全球著名的设计师刘家琨团队，对子龙文化园进行整体规划。四是活化公馆文化。依托安仁核心资源禀赋，邀请中国建筑设计研究院李兴钢团队对廖维公馆等 8 座公馆进行修缮，建成中国首个公馆式精品博物馆——华公馆，串联、活化利用杨孟高公馆、刘元琥公馆、刘元瑄公馆、陈月生公馆，打造中国首部大型公馆沉浸式体验剧《今时今日安仁》演出空间。五是传承农耕文脉。引进华侨城集团，围绕传统农耕文化与现代文明有机相融进行项目包装策划，建成安仁南岸美村 · 乡村客厅、锦绣安仁奇境花园、鹭溪森林 · 探险营地等一批特色乡村振兴项目。引进朗基产业集团，建成集稻田综合种养核心区、膳食博物馆等为一体的稻乡渔歌田园综合体项目，“天府第一蒸”入选吉尼斯世界纪录。

（五）聚焦改革创新，增强发展动能

一是推进组织活化。推进“两项改革”[①]，2019 年，围绕优化配置公共资源，将原有 20 个乡镇调减为 11 个镇街，减幅 45%；2020 年，围绕全域公园（乡村）社区建设，将原来 76 个社区调增为 92 个，社区占比由原来的 35% 提高到 63%，实现科学合理布局。二是强化政策引领。出台《大邑县全域川西林盘保护修复十条扶持政策》和《大邑县鼓励人才集聚推动林盘建设助力乡村振兴的十条措施》，设立每年不低于 1 亿元的推进全域川西林盘保护修复发展促进乡村振兴扶持资金和每年不低于 2000 万元的鼓励人才聚集推动林盘建设助力乡村振兴的人才专项资金，撬动社会资本踊跃下乡。三是集成土地资源。对 9 个被撤并乡镇的 703 亩建设用地和 19.27 万平方米闲置资产进行全面清理，跨镇村实施全域土地综合整治 1.6 万亩，留足产业发展空间。

经验启示

“十四五”时期是农业农村发展的重要机遇期。大邑县作为成都市唯一全域川西林盘保护修复示范县，坚持以公园城市理念为引领，让每个林盘都成为城乡融合发展体验区、创新企业孵化地、美丽乡村示范地，为全面推进乡村振兴、建设践行新发展理念的公园城市示范区提供路径探索。

（一）科学规划，推进川西林盘保护修复

联动国际国内一流策划设计机构，按照“本土化、现代化、特色化”的基本原则，高位策划、总体规划、精细设计全域林盘格局，以

① 两项改革：乡镇行政区划和村级建制调整改革。

创意设计和美学表达诠释林盘特质、刷新林盘“颜值”，塑造“开窗见田、推门见绿”的田园风光，展现茂林修竹、美田弥望、蜀风雅韵的秀美画卷，创造沃野环抱、绿林簇拥、小桥流水的良好人居环境，实现生态价值、经济价值、社会价值的高效统一。

（二）生态优先，促进乡村资源保护利用

围绕建设聚居和农业生产型、乡村旅游型、特色产业型、生态景观型“四种类型”川西林盘，一方面全面系统梳理川西林盘资源，摸清数量、规模、面积、人居状况、民居建筑、古树名木、原生树木、古井古桥、文物古迹、河道沟渠、生态湿地，科学优化川西林盘保护修复点位布局；另一方面坚持少拆多改、拆改结合的原则，既讲究舒适性、功能性、科学性的提升，又传承好川西传统文化，不仅留住历史原貌，还要把内在精神留住，把根留住。

（三）精准施治，建设宜居宜业美丽乡村

围绕“田、林、水、院”基本要素，整治打造可进入、可游览、可参与的林盘景观。“整田”就是实施农田景区化改造，形成“一村一景、移步换景、看景辨村”的大美田园形态；“护林”就是保护茂林修竹，为林盘赋予新的美学价值和文化价值；“理水”就是依托都江堰精华灌区等自流灌溉水系，提升水景观，营造临水而居、伴水而息的生态生活环境；“改院”就是按照“乡土化、现代化、特色化”的原则改造林盘建筑，打造特色鲜明、风貌和谐的居住与游憩空间。

（四）功能叠加，推动生态价值创新转化

用林盘生态价值转化促进农商文旅体融合发展，依托绿色生态资源，有机植入文化创意、生活美学等功能设施，推动雪山飞瀑、温泉康养、川西水乡等林盘公园增值。依托林盘产业项目植入推动消费场景、人文场景、赛事场景渗透叠加，实现城市美誉度提升、消费业态集聚的林盘公园综合效益，展现天府农耕文化根脉和记忆的公园林盘场景，推动打造红色演绎、红色研学、红色旅游目的地。

（五）融合发展，探索乡村振兴的新路径

以全域林盘思维和现代农业形态重塑大地景观，引导社会资本、消费生态有序进入林盘领域，着力形成“重点镇＋川西林盘＋精品民宿”互为支撑的旅游目的地和消费场景、生活空间、商业形态融合发展新格局。按照自然和人文资源优势方向、市场方向、消费结构升级方向、技术进步方向，在林盘植入商务、会议、博览、度假、旅游、文创等现代功能业态方面，推动林盘产业错位发展和融合发展，把川西林盘建设成为推动乡村振兴的系统性工程。

专家点评

四川大邑县是一个以科学规划实现林盘保护、建设“乡村公园”的案例。在建设实践中，结合公园城市理念，发展出了“三个结合”“三类模式”“三大场景”等极富经验性和示范性的原则和做法，重塑了乡村产业地理经济，优化了产业业态，实现了资源转化，体现了生态的价值，辅以文化传承，汇聚成为强大的发展动能，对我们如何在乡村振兴中实现乡村资源保护利用、建设宜居宜业的美丽乡村、探索乡村振兴的新路径具有重要的启示。该案例也显示了科学规划在乡村振兴中的重要地位。

周飞舟
北京大学社会学系主任，教育部长江学者特聘教授，博士生导师

拓展阅读

1. 《公园城市的乡村表达——四川成都市以特色镇与川西林盘为载体推动城乡融合发展观察》,《农民日报》2020 年 5 月 8 日。
2. 《深入践行公园城市建设理念创新推进生态价值转化新路径》，大邑县规划和自然资源局官网，2021 年 3 月 18 日。
3. 《用全域大美林盘创新公园城市大邑表达》，新华网，2021 年 5 月 7 日。

四川省乡村振兴局选送
撰稿人：陈建康，大邑县委农办

既要绿水青山 也要金山银山

——贵州省湄潭县以茶兴县典型案例的生动实践

引 言

2021年2月3日至5日，习近平总书记在贵州考察时指出，要牢固树立绿水青山就是金山银山的理念，守住发展和生态两条底线，努力走出一条生态优先、绿色发展的新路子。

——《习近平春节前夕赴贵州看望慰问各族干部群众》，中国政府网，2021年2月5日。

背景情况

湄潭县，隶属于贵州省遵义市，位于贵州省中北部，地处大娄山南麓，乌江北岸，下辖12个镇、3个街道、137个村（居、社区），总人口51.4万。湄潭县是武陵山片区区域发展与扶贫攻坚重点县（2018年9月退出贫困县），因其山川秀丽、生态良好、气候宜人，素有“黔北小江南”“璀璨的高原明珠”等美称。但长期以来，由于地下资源匮乏，工业基础薄弱，致使社会经济发展极弱、百姓致富极难。近年来，湄潭县委、县政府立足于自然、生态、文化、科技等优势，始终把茶产业作为县域经济发展的“第一要务”，探索形成了“优势在茶、特色在茶、出路在茶、希望在茶、成败在茶”的茶产业发展理念，融合推动形成茶产业链，走上了“振茶业、兴百业”的脱贫致富之道。

湄潭是茶的故乡，是中国古老的产茶区之一，有着悠久的茶文化历史，素有“中国名茶之乡”的美誉。湄潭属于典型的“高海拔、低纬度、寡日照、多云雾、无污染”地区，其自然地理环境特别适宜茶树生长。唐代茶圣陆羽在《茶经》中说：“黔中生思州、播州、费州、夷州[①]……往往得之，其味极佳。”《贵州通志》亦载：“黔省所属皆产茶……湄潭眉尖茶皆为贡品。”可见，湄潭茶叶不仅历史悠久，且品质优良。

湄潭的茶依托环境，承载文化，融合技术，依赖人才，构成了湄潭以茶兴县的天时、地利与人和。1939年，民国中央实验茶场落户湄潭，使之一度成为战时中国的茶叶研究推广中心。实验茶场就茶树栽培、育种、防病、制茶等方面展开了研究，培育了一批适应本土气候

① 夷州即为湄潭一带。

图 1　湄潭县万亩茶海

环境的优良品种，开创了湄潭大面积种植茶的先河，更是贵州乃至中国西部近代大面积创建新式茶园的开始。中华人民共和国成立后，实验茶场扩建为贵州省湄潭茶科所和贵州省国营湄潭茶场，成为全国八大重要茶叶出口基地之一。然而，1949 年到 1981 年，湄潭种茶局限于国营茶场，整体规模较小，茶业尚未成为富民产业。1981 年，核桃坝村村支书何殿伦成功引进优良茶树苗木，开发了 4.5 亩良种茶园。在他的带动下，全村在非耕地上新辟良种茶园 1200 亩。核桃坝村农民种茶的成功，点燃了湄潭农民向荒山要地的希望，开启了 40 年来全县广为发展茶产业的起点。同时，湄潭县委、县政府久久为功绘制茶产业发展蓝图，一届接着一届坚持不懈，不断克服困难筹集财力，为茶产业的发展保驾护航，终使湄潭不负往昔荣光，跃升为中国茶产量最大的县之一。

主要做法

湄潭县始终坚持“生态立县、特色兴县、产业强县”的发展战略，坚信“绿水青山就是金山银山”，牢牢守住发展与生态两条底线，紧扣现代山地特色高效农业的发展方向，深化农业产业结构调整。2007年，县委、县政府出台关于《关于加快茶产业发展的决定》，始终坚守“五在茶”理念，把茶产业作为各级党政“一把手工程”，一届接着一届干，大力实施“基地建设、加工提升、品牌打造、市场开拓、三产融合”五大工程。

（一）建设基地，扩大规模，强化效应

2001年，湄潭县仅有茶园2.8万亩，面积小，产量少，没有属于自己的知名茶企，也没有外地企业来投资，导致大多数茶叶以散茶的方式销售至浙江、福建等地。但是这一现象在2007年发生了大逆转，湄潭县依靠基层干部和农技人员，紧紧抓住“全国首批农村改革试验区”和“全国第二批农村改革试验区”的机遇，突破政策限制，大力实施改革，举全县之力，免费提供茶苗、茶叶生产技术培训，广泛发动群众，建基地、树标杆、提质量，逐年扩大农户茶园种植面积。截至2020年底，全县标准化生态茶园面积达到60万亩，与安溪县并列第一。

（二）培育品牌，统一管理，提升名气

随着茶园面积的不断扩大，湄潭县有了更多属于自己的知名茶企和著名茶商标，茶工业亦如同雨后春笋破土而出。为保障茶叶加工企业达到清洁化、标准化生产要求，湄潭制定出台《湄潭县茶叶加工厂（大户）登记颁证管理办法（试行）》。2005年，为解决茶叶品牌繁多的问题，湄潭县邀请张天福、陈宗懋等知名茶专家为湄潭县出谋划策，成立茶业协会，统一管理茶叶公用品牌，注册了“湄潭翠芽”和“遵义红”地域品牌证明商标，制订“湄潭翠芽”“遵义红”等系列产品生产标准，严格湄潭茶叶原产地标记、证明商标认证和使用管理，以此树立两大公共品牌的影响力，并倾力打造“湄潭翠芽”“遵义红”为国家农产品地理标志保护产品。2011 年，“湄潭翠芽”获“中国驰名商标”。2021 年底，该区域品牌价值评估达 114.97 亿元，位列全国茶叶类第 7 位，较 2016 年品牌价值增加 12.8 亿元。

（三）开辟渠道，拓展市场，增加销量

一是重宣传，提升茶叶知名度。在“遵重”“贵遵”等高速路和中央、省、市媒体上投放广告牌，大力宣传湄潭茶；每年组织企业组团赴北京、上海、深圳、重庆、贵阳等地参加茶博会 10 余次，大力推介湄潭茶；组织企业参加全国各类茶叶赛事活动，提升湄潭茶知名度；连续成功举办“贵州茶一节一会”[①]5 次，大力传播湄潭茶好声音。

二是建市场，提高茶叶销量。建立覆盖全县茶区的茶青交易市场 36 个，鲜青可在半小时内进入交易市场，方便茶农茶企销售和收购茶青；建成农业部定点市场——中国茶城，2021 年入驻企业和商户 400 多家，年交易额 30.23 亿元，是全国最大的绿茶交易中心，为各地茶企茶商提供了交易平台；2021 年，湄潭在全国 20 多个省（区、市）地级以上城市设立品牌专卖店、旗舰店、批发部 1136 余家，企业在天猫、阿里巴巴等全国知名网站开设网店 400 余家，积极拓展国内市场。

三是强管理，提升茶叶品质。协助企业开展“雨林联盟”有机认证、“欧盟标准”茶园建设，提高产品质量标准，满足国际需求。抢抓“一带一路”和国家级出口茶叶质量安全示范区成功创建机遇，积极对接国内外市场，鼓励企业进军国际市场。2021 年累计茶企出口备案 117 家，茶叶出口到欧盟、俄罗斯、非洲、日本等地，截至 2021

① “贵州茶一节一会”指中国 · 贵州国际茶文化节暨茶产业博览会。

图 2　法国艺术家走进湄潭茶园

年底，已实现茶叶外贸出口创汇 4362.71 万美元。

（四）延伸链条，提升价值，促进增收

湄潭县把延伸产业链、提升价值链作为提高茶产业整体效益、促进农户稳定增收的重要抓手，大力发展茶叶精深加工、销售和茶旅一体化等二三产业。积极与院士工作站、科研所、院校等科研单位合作，合力攻克茶叶加工技术难关，先后研发茶叶籽油、茶多酚、茶树花、茶花面膜等 15 类综合产品，提高了茶叶深加工附加值。2021 年全县茶叶生产、加工、营销企业及加工大户 781 家，其中国家级龙头企业 4 家、省级 24 家、市级 23 家，年加工能力达 8 万吨以上。湄潭按照“茶区变景区、茶园变公园、茶山变金山”的茶旅一体化发展思路，围绕茶史、茶风、茶韵、茶趣完善茶文化旅游功能，打造“中国茶海”、“象山茶植物博览园”、“贵州茶文化生态博物馆”、“中国现代

图 3　湄潭县七彩部落景区

茶工业遗迹博物馆”、天下第一壶茶文化公园国家 AAAA 级景区、中国茶海、300 里茶桂风情带等景区景点，探索形成以茶促旅、以旅兴茶的城乡统筹发展格局。2021 年，全县接待游客 557.88 万人次、旅游综合收入 51.79 亿元。2022 年，全县预计接待游客 620 万人次，旅游综合收入 57.7 亿元。

（五）制定政策，强化保障，助力发展

湄潭县一张蓝图绘到底，2001 年在全省率先成立正科级机构——县茶叶事业局，专抓茶产业发展。在产业发展实践中不断借鉴、探索、总结，对应不同时期产业发展需要制定对路的产业政策，先后出台了《关于加快茶产业发展的决定》《关于进一步加快茶产业发展实现茶产业转型跨越的意见》《关于 2013—2015 年加快茶产业发展的意见》《湄潭县茶文化提升三年行动工作方案》《关于加快工业发展的意见》等政策性文件，从组织、人才、资金保障等方面助力湄潭茶产业实现跨越式发展。

（六）建立联结，共享利益，巩固拓展脱贫攻坚成果

湄潭县积极推行“企业＋合作社＋农户＋基地”经营模式和利益联结机制，不断提升组织化程度，吸纳茶农，尤其是脱贫户中的茶农，与农户形成利益共享、风险共担的利益共同体。在全国率先推行农村产权制度、农村集体经营性建设用地入市等试验，成功探索了资源变资产、资产变股金、农民变股东的“三变”改革道路。通过“三变”改革，在景区成立茶旅经营主体，鼓励群众将茶园、土地、山林等资产入股，整体开发茶文化旅游。或者成立村集体经济股份制专业合作社，农户将茶园入股，联手应对大市场，推进茶园规模化经营，促使茶园持续增效。

重要成效

（一）产业扶贫贡献大

脱贫攻坚期间，湄潭茶产业覆盖了5个贫困镇、64个贫困村。受益贫困户5404户17800人，占全县贫困人口的40.7%，涉及茶园面积85057亩。随着茶叶基地扩大、加工企业壮大、湄潭茶知名度不断提升、市场占有率不断提高，返乡创业的农民工越来越多。据统计，自2010年以来，全县共有300余名外出农民工返乡创业，由打工仔变成了茶叶商。众多茶叶企业的创办，为全县众多易地搬迁群众、各类剩余劳动力提供了就业岗位。2018年，湄潭县各类茶叶加工企业吸纳返乡农民工就业3000余名，其中建档立卡户1000余名，助推贫困户全部脱贫。2021年，以创建国家农高区为契机，依托“一园三中心”，

大力实施茶叶加工技改升级，提高茶叶精深加工能力；深入推进“欧标”茶园申报进度，在巩固提升现有“湄潭翠芽”“遵义红”等区域公共品牌的基础上，探索建设其他区域性公共品牌，提升茶产业品牌化水平；发挥湄潭生态优势，持续加大绿色食品、有机农产品、农产品地理标志等认证力度。

（二）县域经济增收显

“长得矮矮丫，开出白白花，绿了千千岭，富了万万家”，这就是如今湄潭农村的现实写照。全县茶园分布 15 个镇（街道），涉及 8.8 万户、35.1 万余人。2021 年，全县建成茶叶基地 60 万亩，茶叶总产量达 7.98 万吨、产值 67.43 亿元、综合收入 167.09 亿元，平均每亩茶园收入 6000 余元。2021 年，湄潭县农村居民人均可支配收入达到 1.74

图 4　清晨家园——复兴镇随阳山村

万元，其中 60% 以上来自茶叶收入。2020 年 11 月，湄潭县在第十六届中国茶业经济年会上荣获“全国茶业百强县”第一名，“十三五茶业发展十强县”榜首。

（三）生态环境更优美

茶园面积从 2001 年 2.8 万亩增至 2020 年 60 万亩，无性系良种达 99%，有机茶园 4.85 万亩，创建绿色食品茶园 0.9 万亩，建成欧标茶园 5 万亩。茶园大面积套种桂花树等经济林木 10 余万亩，形成林中有茶、茶中有林、林茶相间的良好生态系统。2021 年湄潭森林覆盖率达 66.04%，其中茶园贡献率超过 10%。满山茶园青翠，满耳婉转茶歌，满目诗画乡村，已成为湄潭美丽乡村典范的别样景致。茶乡湄潭开启了“产业兴、人气旺、环境美、生态好”的新篇章。

经验启示

（一）因地制宜选产业

产业是否有特色，直接关系到脱贫的实际效果。发展产业不能眉毛胡子一把抓，要学会“靠山吃山唱山歌，靠海吃海念海经”。为此，需要深入研究当地自然资源禀赋和比较优势所在，结合地方实际情况，挖掘地方特色资源，找准自身战略定位，按照“宜种则种、宜养则养”的原则，着力在“特”字上做文章，突出自身优势特征，选准主导产业，并在此基础上逐步打造和提升产业的核心竞争力。同时，在产业选择过程中要坚持生态和发展两条底线一起守，绿水青山和金山银山一起建，促进生态产业化、产业生态化，走生态优先、绿色发展之路。

（二）一张蓝图绘到底

农业具有周期长、投入大、见效慢等特点。培育和壮大一项可持续发展的农业项目绝非一朝一夕之功，而是需要花费漫长的光阴来耐心栽培。因此，发展地方主导产业必须立足长远，找准战略定位，并持之以恒地将蓝图转化为现实。一张好的产业蓝图，只要是科学的、切合实际的、符合人民愿望的，就需要领导班子一届接着一届干，将之作为经济发展的重要任务，并以“钉钉子”精神一锤一锤扎扎实实地把它落到实处。这也是让农户和农企能够坚定发展这项产业的信心和决心。

（三）融合延伸壮发展

按照全产业链理念打造和经营产业，积极发展农产品加工，拓展农业生态涵养、休闲观光、文化体验等多种功能，促进三产融合发展，如农业与加工、文化、旅游、康养、医药、教育、大数据等产业深度融合，形成休闲农业、文化体验、乡村旅游和休闲康养、农村电商等乡村新业态新经济，从而拓宽农户就业增收的渠道，增强产业发展的生命力和可持续性，夯实乡村产业兴旺的基础。

（四）创新服务抓管理

面对农产品“有产品没价格、有产品无品牌”、产业附加值低的困境，需要发挥政府服务推动作用，调动企业主体能动性，积极塑造农产品品牌，做好品牌的培育、推介、引导和监督，不断扩大品牌影响力，增加产品附加值，提升产业核心竞争力。同时，需要加强生产标准、商标使用等管理力度，促进产品生产标准化，严格管控产品的质量安全，提升产品的商品属性，为产品实现品牌化提供必要的前提条件。

（五）完善机制保效益

脱贫农户既是产业成果的受益方，也是产业发展的参与方，只有农户主动、积极参与到产业中去，才能真正实现“输血”变“造血”。为此，需要建立更合理的利益联结机制，让农户直接参与项目的制定、执行、监测和评估，让农民从被动的受益者真正转变成为积极的建设者。将共享理念贯穿到产业发展过程中，创新产业带动机制，创新农户、村集体、企业等多方利益联结机制，让农户和村集体分享产业发展红利。农民一旦有了自主权，自己投资发展项目，自己规划村庄发展，就会迸发出充足的干劲和无穷的智慧。

专家点评

经过多年的探索与实践，贵州湄潭茶产业发展走出了一条“生态建设产业化、产业发展生态化”之路，把生态建设、产业发展与群众脱贫致富结合起来。湄潭县委县政府“一张蓝图绘到底”，立足长远，持之以恒、久久为功，一步一步将美好蓝图转化为现实。湄潭县在制度上进行改革和探索，积极推行“企业 + 合作社 + 农户 + 基地”的经营模式和利益联结机制，在各个主体之间形成利益共享、风险共担的利益共同体，同时率先推行农村产权制度改革，成功探索了“三变”改革道路，推进茶园规模化经营，使分散的农户能够联手应对大市场，提升了农户化解市场风险的能力。贵州湄潭茶产业发展的选择，既有历史的传承，也有对于未来产业发展的深刻把握。茶产业是一个朝阳产业，有着广阔的发展前景。贵州湄潭茶产业发展模式的示范意义在于，它从根本上打破了生态与经济之间传统的此长彼消关系，把生态与生计完美地结合在一起，实现了二者“双赢”，真正把“绿水青山”变成了“金山银山”。

刘学敏

北京师范大学地理科学学部教授，北京师范大学资源经济与政策研究中心主任，教育部马克思主义理论研究和建设工程首席专家，博士生导师

拓展阅读

1. 《贵州湄潭依托乡村资源，激发内生动力——做强茶产业 蹚出致富路》，《人民日报》2020 年 10 月 26 日。
2. 《茶业“第一县”是如何炼成的——贵州湄潭乡村产业振兴调查》，新华网，2021 年 6 月 22 日。

贵州省乡村振兴局选送
撰稿人：纪元生，湄潭县乡村振兴局

“绿水青山就是金山银山”的生动实践

——云南省元阳县践行“两山”理念

引 言

2021年10月12日，习近平总书记在《生物多样性公约》第十五次缔约方大会领导人峰会上指出：“绿水青山就是金山银山。良好生态环境既是自然财富，也是经济财富，关系经济社会发展潜力和后劲。”

——《习近平在〈生物多样性公约〉第十五次缔约方大会领导人峰会上的主旨讲话（全文）》，中国政府网，2021年10月12日。

背景情况

元阳县位于云南省南部，红河南岸，哀牢山脉南段。全县国土面积 2212.32 平方公里，最高海拔 2939.6 米，最低海拔 144 米，耕地面积 37.22 万亩，人均耕地仅 0.84 亩，森林覆盖率为 48.87%。截至 2021 年，全县辖 14 个乡镇、139 个村委会（社区）、1234 个自然村，总人口 45.97 万人，其中，乡村人口占总人口的 95.1%，人口密度为每平方公里 207 人，世居哈尼、彝、汉、傣、苗、瑶、壮等七种民族，少数民族占总人口的 89.7%。2011 年，元阳县被列入全国集中连片特殊困难地区县，曾是全国滇西边境集中连片特困地区县、云南省 27 个深度贫困县之一。长期以来，稻田养鱼、养鸭在元阳农村并不少见，但养鱼效益低，不能形成规模，立体种养优势无法得到充分发挥。此外，农产品商品化程度低，稻、鱼、鸭产品贮藏加工能力不足，产业链延伸不够，产品附加值低，种稻效益低，抵御市场风险能力弱，难以调动农民种粮的积极性，粮食安全得不到保障，缺乏长期带动元阳贫困群众脱贫增收的特色产业，农民增产增收最后“一公分”难以打通。

面对守着“金饭碗”过着穷日子的窘境，红河州和元阳县两级党委高度重视哈尼梯田的保护与发展，持续深入贯彻落实习近平生态文明思想，践行“绿水青山就是金山银山”理念，依托哈尼梯田世界文化遗产“金字”名片，充分挖掘千年哈尼梯田蕴含的致富秘诀，把哈尼梯田遗产保护、脱贫攻坚与乡村振兴、文旅融合发展有机结合起来，走出了一条生态效益、经济效益、社会效益共赢的发展路子，既有效解决了守着梯田不能致富的难题，又传承丰富了哈尼梯田文化遗产，助推了乡村振兴。元阳哈尼梯田先后荣获全球重要农业文化遗产、国家湿地公园、国家4A级旅游景区、绿水青山就是金山银山实践创新基地等多项殊荣。在中国共产党成立100周年之际，元阳县“阿者科计划”减贫案例上榜新华社大型纪录片《中国减贫密码》，并登上2021年高考试卷，入选中国共产党与世界政党领导人峰会暖场大片《携手，为人民》。

主要做法

（一）保护优先——像保护眼睛一样守护好哈尼梯田

红河哈尼梯田有着1300多年的历史，是中国山区稻田农耕文明

图1 森林、村庄、梯田、水系“四素同构”的元阳哈尼梯田

的典范，2013年被联合国教科文组织列入世界文化遗产。以哈尼族为代表的各族儿女世代居住于此，为适应山地生活创造了哈尼梯田，哈尼梯田是至今仍在发挥作用的活态文化遗产，是中国传统农耕文明的独特缩影。多年来，红河州及元阳县始终把保护放在第一位置，一是高度重视哈尼梯田循环生态系统的全面保护，通过制定出台《云南省红河哈尼族彝族自治州哈尼梯田保护管理条例》《红河哈尼梯田保护管理规划》，统筹抓好哈尼梯田遗产区森林、传统村落、梯田水系治理等工作，像保护眼睛一样呵护哈尼梯田，守护好哈尼梯田的绿水青山，留住梯田农耕的美丽乡愁。

二是注重哈尼梯田文化和民族文化的传承保护，把传统村落保护、农田水利设施维护纳入遗产区村寨村规民约，恢复传统的木刻分水法和“赶沟人”制度，并配齐100余名沟长，2015年至2021年10月底，先后恢复水田2500余亩，修缮保护遗产区传统民居4005幢；大力弘扬民族文化，建成了哈尼梯田文化传习馆和430支民族文化传承文艺队，培养非遗传承人164人；实施哈尼古歌传承三年行动计划，重点挖掘了《哈尼古歌》《四季生产调》等一批文化精品。

（二）传承发展——千年哈尼梯田的致富秘诀

打响脱贫攻坚战以来，红河州及元阳县认真审视哈尼梯田保护与开发，利用千年哈尼梯田的资源禀赋，在保护哈尼梯田的前提下对千年哈尼稻作系统进行深入挖掘，找寻致富密码。打赢脱贫攻坚战后，元阳县继续优化完善哈尼梯田的保护与开发措施，持续推动农业产业的优化升级。

一方面，结合现代市场发展理念，推广“稻鱼鸭”综合种养模式以增加梯田附加值，即按照哈尼人千年传统农耕智慧，在秧苗下田以后，按照时间节点养鱼、养鸭，使单一的传统农业水稻收益模式转变

图 2　梯田红米系列产品

为“水稻（红米）+ 梯田鱼（泥鳅）+ 梯田鸭（鸭蛋）”的综合收益模式，实现“一水三用，一田多收”。另一方面，在推广哈尼梯田“稻鱼鸭”过程中，注重发挥龙头企业带动作用，以“公司 + 合作社 + 基地 + 农户”的形式，培育元阳县呼山众创农业开发有限公司和元阳县粮食购销公司等本土龙头企业，发展“稻鱼鸭”及梯田红米等产业带动群众增收。元阳县呼山众创农业开发有限公司通过流转土地付租金、招聘务工付薪金、股份合作付股金、保底收购付底金“四金”模式，与农户形成利益共同体。元阳县粮食购销公司则积极引导和鼓励农户种植红米，通过签订合同、免费发放红米种子、订单收购等方式，按保底价每公斤 7 元的收购价优先收购红谷，使农户种植红米的热情高涨。

图 3 哈尼梯田稻鱼双丰收

（三）文旅融合——绿水青山就是金山银山

阿者科村是世界文化遗产红河哈尼梯田遗产区五个申遗重点村落之一，全村上有森林，下有梯田，水沟穿村而过，是集中反映遗产区森林、梯田、村寨和水系“四素同构”千年哈尼梯田文化的典型村落。为了让绿水青山变成金山银山，让群众脱贫致富，从 2018 年开始，元阳县邀请中山大学专家编制“阿者科计划”，并持续探索完善让村集体领办合作社、全村参与乡村旅游和村庄保护的新路子。

“阿者科计划”实行内源式村集体企业主导开发模式，通过组织村民成立旅游发展公司，并由公司组织村民整治村庄，经营旅游产业，公司收入归全村所有，村民对公司经营进行监管。按照“阿者科计划”分红规则，乡村旅游发展所得收入三成归村集体旅游公司，用于公司日常运营，七成归村民。归村民的分红再分四部分执行，即传统

图 4　俯瞰美丽的阿者科村

民居分红 40%、梯田分红 30%、居住分红 20%、户籍分红 10%。这一分红规则鼓励村民保护蘑菇房传统民居和梯田景观，传承梯田农耕文化。通过全民参与的内源式村集体主导开发模式，村民与公司形成了稳定的利益联结，有效调动了村民参与旅游的积极性和保护传统村落、哈尼梯田文化的自觉性，解决了哈尼梯田保护与发展的难题。

重要成效

（一）巩固拓展了梯田儿女的脱贫攻坚成果

元阳县探索出“稻鱼鸭”综合种养模式和“阿者科计划”等，有力促进了梯田周边群众脱贫致富，有效巩固拓展了脱贫攻坚成果。一方面，带动了脱贫人口的增收。截至 2021 年 10 月底，元阳县共实施

“稻鱼鸭”综合种养模式 6 万亩，带动 10953 户脱贫户实现户均增收 2000 元以上；通过龙头企业，共带动农户 23751 户增收，其中脱贫户 5336 户；通过红米产业，7000 余户脱贫户从中受益，实现增收 2000 余万元。

另一方面，带动了村民家门口就业创业。自 2019 年 2 月实施“阿者科计划”以来，到 2021 年 10 月底，村民已参与分红 5 次，户均分红 9820 元，越来越多的村民实现在家门口就业创业，享受到了绿水青山就是金山银山的生态红利，向着美好生活努力奋进。如村民罗美花以前在省外务工，现在在村里旅游公司上班，每月能领到 1500 元左右的工资，实现了在家门口就业，顾家与赚钱“两不误”；村民高烟苗夫妇过去也外出务工，现在返乡创业，办起了“红稻农家”餐馆，日子越过越甜蜜。

图 5　元阳县“阿者科计划”村民分红大会

（二）推动了哈尼梯田可持续发展

哈尼梯田是活态文化遗产，红河州及元阳县秉持“绿水青山就是金山银山”的理念，坚持保护第一，在保护的前提下适度开发，在开发中加大保护，实现了可持续发展。一方面实现了农业产业效益的升级。从2014年开始，元阳县规模化推进“稻鱼鸭”综合种养模式，同样是一亩田，产值由2014年以前单一种植红米的2000元提高到8000元以上，破解了耕种哈尼梯田不能增收的历史难题，探索出生态效益与减贫效益相统一的新路径，让“绿水青山”变成“金山银山”。当地群众高兴地说：“以前种田收入低，现在发展‘稻鱼鸭’后收入比以前高了两三倍，守着梯田能致富。”

另一方面实现了乡村旅游业的发展壮大。元阳县乡村旅游发展势头良好，“阿者科计划”启动以来，已经形成了以哈尼小镇为中心，辐射带动箐口、黄草岭、大鱼塘、全福庄等周边村寨“一心多点”的乡村旅游圈，打造了阿者科、大鱼塘等10个乡村旅游示范村，共发展乡村客栈266家，实现年平均经营收入3000余万元，带动1.5万名群众参与乡村旅游业。

（三）为哈尼梯田生态文化的保护与发展探索了经验

红河哈尼梯田是以哈尼族为主的各族人民利用当地“一山分四季，十里不同天”的地理气候条件创造的农耕文明奇观，沿整个红河南岸的元阳、红河、绿春、金平四县都有分布。申遗成功后的8年来，哈尼梯田“森林、村寨、梯田、水系”“四素同构”的循环生态系统得到有效保护，确保了哈尼梯田永续利用、生生不息。通过哈尼梯田文化以及民族文化的一系列保护、传承、推广措施，哈尼梯田声名远扬，极大地增强了梯田儿女的民族自豪感，提升了文化自信心，从而更好地促进了哈尼梯田世界文化遗产的保护与传承。探索实践哈尼梯田

"稻鱼鸭"综合种养，打造"稻鱼鸭"绿色产业提升梯田亩产值，实施"阿者科计划"，探索村民参与、文旅融合发展模式，是践行习近平总书记"绿水青山就是金山银山"发展理念的活样板，为周边县哈尼梯田保护与发展提供了经验，作出了示范，也为其他地区保护和利用好文化遗产资源，巩固拓展脱贫攻坚成果，全面推进乡村振兴提供了借鉴和参考。

经验启示

（一）要因地制宜发展特色产业

巩固拓展脱贫攻坚成果，全面推进乡村振兴，必须紧紧扭住产业这个重中之重，依托当地资源优势，大力发展特色产业，让优势资源变成优势产业，让优势产业形成优势经济，通过发展壮大特色产业带动群众增收致富，共享发展成果。元阳县正是充分利用哈尼梯田世界文化遗产资源优势，因地制宜，从传统的"稻鱼鸭"种养模式中探寻致富密码，将这一传统种养模式发展成产业，带动群众增收致富。

（二）要走融合发展之路

乡村产业要发展壮大，必须与时俱进，充分借助现代市场经济，走融合发展之路。不仅要实现农业产业内部各相关要素之间的融合，而且要将农业产业与二三产业进行有效的、有机的对接与融合，形成融合发展的整体效益。元阳县通过培育与"稻鱼鸭"项目相关的本土龙头企业，加大招商引资力度，引进有实力、有市场网络、能落地生根的企业，全产业链发展"稻鱼鸭"综合种养模式，将资源优势变为发展优势、市场优势，走生产、销售一条龙模式。同时依托阿者科村等特色村寨，利用哈尼梯田世界文化遗产优势，在发展"稻鱼鸭"产业的同时，大力发展乡村旅游，走文旅融合发展之路。

（三）坚持新发展理念

一方面要坚持"绿水青山就是金山银山"的发展理念，对于生态系统，要始终坚持保护优先。元阳县始终坚持"保护好了哈尼梯田就是保护元阳县可持续发展的根基"的思想共识并付诸实践，把哈尼梯田"四素同构"的生态系统变成了宝贵的自然财富和经济财富。另一方面，要高度重视优秀传统文化的保护与传承，在文化底色的基础上形成内源式的发展，让发展成果惠及更多群众。元阳县正是把世界文化遗产哈尼梯田保护利用与脱贫攻坚、产业发展、乡村振兴相结合，以提高农业综合效益为主攻方向，探索内源式文旅融合发展模式，为遗产地巩固拓展脱贫攻坚成果，全面推进乡村振兴探索了一条具有元阳特色的绿色生态发展新路子。

专家点评

哈尼梯田在2013年第37届世界遗产大会上被联合国教科文组织列入世界遗产名录。如何把梯田遗产保护、脱贫攻坚与乡村振兴、文旅融合发展有机结合起来，走一条生态效益、经济效益、社会效益共赢的发展路子，是一个世界难题。云南元阳经过多年的探索和实践，成功地走出了一条既传承丰富哈尼梯田文化遗产，又脱贫致富助推乡村振兴的可持续发展之路。在经济发展方式上，按照代谢和共生原理发展生态经济，创新性地推广"稻鱼鸭"综合种养形式，极大地提高了单位土地的生产力。在经营模式上，注重发挥龙头企业的带动作用，以"公司+合作社+基地+农户"的形式带动群众增收，企业通过"四金"模式与农户形成利益共同体，尤其是"阿者科计划"，通过全民参与的“内源式”村集体主导开发模式，在村民与公司之间实现了稳定的利益联结，解决了哈尼梯田保护与发展之间存在冲突的难题。元阳的生态经济模式，使哈尼梯田“森林、村寨、梯田、水系”和哈尼文化得到有效保护，是“绿水青山就是金山银山”实践的生动典范。

刘学敏

北京师范大学地理科学学部教授，北京师范大学资源经济与政策研究中心主任，教育部马克思主义理论研究和建设工程首席专家，博士生导师

拓展阅读

1. 《云南元阳“稻鱼鸭”综合种养 走出产业扶贫新路子》，人民网，2020 年 9 月 9 日。
2. 《“阿者科”旅游扶贫实践入选〈中国减贫密码〉》，环球网，2021 年 3 月 1 日。
3. 《云南元阳阿者科登上〈携手，为人民〉中国共产党与世界政党领导人峰会暖场片》，云南网，2021 年 7 月 7 日。

云南省乡村振兴局选送
撰稿人：李文志，红河州乡村振兴局

中学教师“转行”致富“领头羊”

——西藏自治区拉孜县旁吉村第一书记次仁罗布的合作社探索

引 言

2020 年 7 月 22 日至 24 日，习近平总书记在吉林考察时强调，农民专业合作社是市场经济条件下发展适度规模经营、发展现代农业的有效组织形式，有利于提高农业科技水平、提高农民科技文化素质、提高农业综合经营效益。

——《习近平在吉林考察：坚持新发展理念深入实施东北振兴战略加快推动新时代吉林全面振兴全方位振兴》，中国政府网，2020 年 7 月 24 日。

背景情况

西藏自治区拉孜县旁吉村位于雅鲁藏布江畔，周边山林环绕，是一个建在山坡上的村庄，耕地面积十分有限，相对更适合发展养殖业。尽管旁吉村长期致力于发展养羊产业，但由于资金不足、缺乏技术、发展分散等原因，养羊并没有给村民生产生活带来明显改善，因而无法成为支柱产业。

次仁罗布，作为一名初到岗位的中学老师，2011 年服从组织安排到旁吉村驻村，因为驻村工作表现突出，被提拔为拉孜县教育局一名干事，这让他有了更充足的时间和精力投身驻村帮扶工作。驻村期间，次仁罗布坚持把增加村集体收入、带动群众增收致富作为一项重点工作，在最初几年的探索中，他走了不少弯路也碰了不少壁，虽然取得了一些成效，但与带领群众大幅增收的目标相比，仍存在不小差距。2019 年，全区、全市大力扶持村级农牧民专业合作组织发展，次

图 1　2021 年 6 月，旁吉村人工种草地，旁顶合作社组织群众一同播种草种

仁罗布看到了发展机会，立即与村“两委”班子、村民商议，做思想工作，当年 6 月就筹备建立起旁吉村养殖合作社。经过两年多的努力，合作社不仅发展规模越来越大，还实现养殖模式的成功转型，逐渐形成现代化科学养殖模式。次仁罗布也成了旁吉村的模范人物，再次担任扎西宗乡旁吉村党支部第一书记、驻村工作队队长，从最初驻村时与羊群结下“不解之缘”开始，一名“教书先生”变成了“养羊师傅”。

主要做法

（一）下定决心，齐心协力谋筹建

回想当初创建合作社时，次仁罗布十分激动：“当接到文件要兴办合作社的时候，我内心无比激动，认识到兴办合作社对于旁吉村来讲是一件大事、幸事；很快县里组织了各类合作社相关培训会议，在学习了培训会议内容后，我加紧收集区内外关于兴办合作社的工作经验，后来又在县委统一组织下，实地参观了解了其他县优秀合作社的典型做法，这让我更加坚定了带领村民创办合作社的决心”。但是，筹建农牧民专业合作社并不是一件简单容易的事情。由于地理位置特殊、资源有限，旁吉村集体经济相当弱小，更没有什么主导产业，群众增收困难，凝聚力也相对较差。筹办合作社初期，持怀疑态度的“杂音”很多，村“两委”也是犹豫不决，担心大家不精不专，导致运营亏损，白白浪费国家和群众的钱。面对怀疑和担忧，次仁罗布组织了一次短期培训，让村“两委”更深入地认识建立合作社的现实意义和发展前景。培训之后，村干部都表示全力支持、积极配合，大家积极商讨合作社组建、运营、利益分配和风险规避等问题。

图2　2021年6月，旁吉村已修建好的水塘

为确保组建合作社工作得到群众支持，次仁罗布带着队员挨家挨户进行走访调研。在了解村民对组建合作社的意愿和需求后，通过详细介绍合作社的入社条件、规章制度和发展运营规划，以及村民最关心的利益分配等问题，逐步打消了村民的顾虑。在全面了解、综合考虑拉孜县产业发展规划、市场需求、群众需要后，经与村“两委”反复商议，最终确定兴办养羊合作社，并取名为西藏拉孜县扎宗乡旁顶养羊农民专业合作社（以下简称旁顶合作社）。

次仁罗布经常说：“兴办合作社是党中央为振兴农村、发展农村经济而作出的重要决策，是党对我们农村群众的关心关怀，我们必须要抓住机会，迎难而上，搭上这一顺风车，实现村集体经济更好更强发展。”根据合作社条例，次仁罗布会同村“两委”在第一时间召开了社员大会，正式选举了合作社的理事、监事，确立合作社组建、运营章程和建设地址。之后，提交了合作社申请并经上级部门调研论证，方才启动了立项计划。

（二）坚定信心，身体力行解难题

旁顶合作社建设初期，各种困难不期而遇。首先面临的就是资金问题，要建设一定规模的养殖基地，仅靠国家扶持村集体经济的50万元远远不够。为此，次仁罗布积极争取，多方寻求帮助，最终获得53.2万元县农业农村局建设资金、20.72万元强基惠民资金支持，使扶持资金规模达到了123.92万元。合作社建立且资金到位后，开源节流，用好项目资金，确保各笔资金都用在刀刃上成为关键问题。为节约资金，次仁罗布根据前期学到的经验，在充分考虑基地厂房的采光、饮水、排水，以及库房、圈舍等因素的基础上，亲自动手设计了旁顶合作社养殖基地建设方案和相关改建方案。在建设过程中，大到房型设计，小到材料购买，他都亲自参与、亲自谋划、亲自把关。这份工作热情也深深感染了全村群众，在他的动员和带动下，合作社社员和懂技术的农牧民纷纷加入进来，干在一起、吃在一起，共同完成了平整土地、砌墙挖渠、安装围栏等基础设施建设。经过近三个月的不懈努力，2019年12月，旁顶合作社第一个养殖基地——旁吉村养殖基地正式投入使用。

考虑到养殖规模需不断扩大，次仁罗布和村"两委"、村民商量决定将当地一家未投入运营的养鸡场也利用起来，让闲置的基础设施继续发挥作用、造福群众。2020年4月，养殖场顺利完成土地平整、圈舍改造、挖渠引水等环节并投入使用，成为旁顶合作社第二个养殖基地——顶村养殖基地。

作为一名西藏的驻村干部，翻山越岭是生活常态，周边人经常与次仁罗布打趣，说道："奋斗了十来年，终于买上了与众不同的'私

图3　2021年5月，旁顶合作社组织群众焊接、铺设人工种草引水管道

家车’。”其实大家都知道，他买过两辆车都是皮卡车，主要是为了解决合作社的运输问题。对此，次仁罗布是这样说的：“我是驻村干部，跑来跑去是常有的事，都只是代步工具而已，皮卡车既方便自己又方便合作社，一举两得呀！”黝黑的皮肤也挡不住他的“美”，这位“转行”搞发展的老师通过实实在在的行动赢得了大家的尊敬。

（三）秉持初心，迎难而上促发展

旁顶合作社建成后，如何运营又成了一大难题。实现合作社规范高效运营不是一件容易的事，涉及方方面面。比如，如何提高羊群的出栏率、如何保障羊群的饲草、如何确保销路畅通，等等。起初，次仁罗布确实有些担忧，但他始终坚信，只要多学习、多研究，脚踏实地走好每一步，这些困难都不是问题，都能被逐个破解。

一是技术引领保产量。在有序完成村民入股事务后，次仁罗布开始着手规划如何同步提升合作社的经济、生态、社会效益。考虑到旁吉村的养殖业正处于转型关键时期，生产方式逐渐从原来的小规模散养向大规模标准化养殖靠拢，在和社员商议后选择了“专业养殖+基地+农户”的生产经营模式。刻苦的学习成就了次仁罗布扎实的专业技术，在他的带领下，合作社养殖工作实现了科学分群、科学饲喂、科学防疫、科学配种，以及畜群结构的调整。同时，积极引进优质种羊，通过与当地藏系绵羊进行科学配种，实现了良种繁育，怀胎率达到98%以上，年产羔数近800只。

图4　2021年6月，旁顶合作社组织群众对复耕的荒地进行引流灌溉

二是人工种草降成本。解决羊群饲草、饲料问题是养殖工作的重中之重。根据前期运营结果统计，合作社在饲草、饲料方面支出的成本高达几十万元，这严重限制了合作社的发展。次仁罗布认为，养殖业的发展不仅要依赖自然资源，更需要依赖于人工和科技手段，开耕荒地和复耕原弃耕地，实施人工种草是非常必要和可行的。他将自己的想法及时反馈给合作社社员大会，经会议研究通过后，立即着手实

施。于 2021 年 5 月开始组织社员和群众对村委会附近约 600 亩空地进行开垦，修建了 1 座蓄水池和 4 座水塘、铺设近 2170 米的引水管道；6 月，对顶自然村面积约 230 亩的弃耕地进行复耕，修建了 1 座蓄水池和 3 座水塘、铺设了 1490 米的引水管道；平整、回填顶自然村养殖基地附近约 80 亩的空地，用于种植燕麦草和紫花苜蓿草，这些草种也是次仁罗布在综合考量了自然环境、植物属性和绵羊营养需求后精心选定的。实施人工种草项目还涉及许多辅助性材料，为了节约开支，他和社员们多处辗转对接、积极沟通争取，正是被这份工作精神所感动，周边乡镇主动帮助联系施工点，将工程建设遗留下的少许建筑材料给予旁顶合作社。开着皮卡车，运输着周边施工队提供的钢筋、水泥、木条等，此时的次仁罗布心里美滋滋的。在和社员、村民的共同努力下，项目相关的围栏、水渠、水塘等建设项目逐个顺利完成。

三是多措并举展销路。市场销路畅通是实现合作社发展的关键所在，曾经的旁顶合作社销售方式比较单一，主要为整只售卖给本地群众。为了扩大销售市场，次仁罗布积极向其他养殖合作社推广旁顶合作社改良的精品种公羊；通过动态监测市场需求变化，科学合理组织社内完成宰杀工作，确保羊肉卖得出、卖得好，合作社羊肉全面销往市、县各大农贸市场，供不应求；通过积极对接、广泛宣传，成功与日喀则市某公司签订销售合同，与一些餐饮企业达成定期供货协议，使产销对接更加畅通。

重要成效

（一）实现养殖大规模标准化和销售多元化

如今的旁顶合作社在次仁罗布的带领下，养殖方式从小规模散养

图5 2020年9月，旁顶合作社旁吉村养殖基地良种繁育、科学饲喂

向大规模标准化养殖靠拢，销售渠道和方式逐渐从单一走向多元。旁吉村人工种草地长势喜人，预计每亩年产草量将达到400斤。旁顶合作社羊群规模从2019年12月建社时的1669只扩大到2021年12月的2653只，母羊达到了2094只，占比近80%，为接下来实现“两年三胎”“7个月出栏，9个月怀胎”目标打下了坚实基础。2021年底合作社不负众望，出栏绵羊738只。同时，合作社产品销售渠道除了本地群众购买外，还包括其他养殖合作社、农贸市场以及餐饮业等；除了整只出售，出售商品还包括精品种公羊以及宰杀后的各部位肉，品类多样。

（二）促进农民就业和极大提升经济效益

旁顶合作社吸纳了村庄劳动力，并收获了巨大的经济效益。2021年合作社实现经营收入91.43万元，为社员分红40.23万元；合作社饲养岗位、放牧岗位按照优先聘请当地群众的原则，全部聘请当地脱贫群众，2021 年累计带动 14 名脱贫群众就业，实现人均增收 1.64 万元，实现了村民足不出村、能干会干、就近就便稳定就业增收。截至 2021 年 12 月底，按照每公斤 3 元的市场饲草价格，旁吉村 531 亩人工种草地实现了近 32 万元的经济效益，切实满足了合作社饲草需要。同时，种草项目还解决了当地 95 人的短期就业问题，人均增收 3000 元左右。尤其是，次仁罗布于 2021 年 6 月试验种植的 2 亩玉米田，收效格外明显，单亩产量达 2000 斤，2 亩收益共 6000 余元，为持续拓展效益，2022 年次仁罗布带领合作社进一步扩大玉米种植面积，达 41 亩。人工种草的广泛推广，不仅有效解决了合作社饲草问题，还有力带动了群众增收。

图 6　2021 年 6 月 17 日，旁顶合作社玉米试验田，次仁罗布指导村民种植玉米

（三）激发干部群众继续发展的信心和动力

合作社产业培育的成功，使得旁吉村的农牧民群众和当地干部的获得感、幸福感明显增强，提升了他们进一步发展的信心。“金杯银杯，不如老百姓的口碑；金奖银奖，不如群众的夸奖。”面对合作社

取得的成绩，次仁罗布说：“大家的表扬和支持不仅是对我本人工作的认可，更是对旁吉村七百多名群众的肯定，我会珍惜这份肯定和荣誉，接下来继续带领村民积极投身于实现合作社持久性发展，主动学习他人经验，克服困难，进一步提高牲畜的产量与质量，开拓市场，帮助村民走向致富的道路，走向更加美好的未来。”

经验启示

（一）群众“能富”比“想富”更重要

脱贫群众既是乡村振兴的受益主体，同时也是乡村振兴的实践主体。从摆脱贫困迈向全面实施乡村振兴战略，激发内生动力始终比给钱给物更为重要，脱贫发展的第一步就是要让脱贫群众发自内心地渴求改变和致富，也就是自己“想富”。但是仅仅有真诚的愿望还不够，更为要紧的是要找到致富的路径并能够为之付出努力，这就提出了“能富”的要求。次仁罗布带领下的旁顶合作社不仅激发了群众的自我发展主动性，找到了稳定可靠的发展方向，更是让村民能够参与，方才有了致富的好光景。

（二）基层干部“善为”比“有为”更重要

旁顶合作社这一诞生在群众中的高质量“成果”，得到了当地党委政府和广大群众高度认可，成为拉孜县村级合作社的一个标杆和模范工程。合作社的建成落地、作用发挥，离不开党的富民惠民政策，离不开各级党委、政府的关心支持，也离不开次仁罗布不遗余力的监督指导和身体力行。成千上万驻村干部和基层干部长期在基层发光发热、奉献青春，但如何才能帮在群众心坎上、扶在长远处，带领群众一步一步奔向更美好的未来，还需要下一番功夫认真思考。从一名中学老师，到带领村民增收致富的“领头羊”，从帮助贫困群众发展村级合作社，到带动全村发展主导产业逐步走向富裕之路，次仁罗布一方面依靠的是作为一名共产党员的坚定理想信念，作为当代青年人勇于开拓进取的精神；另一方面依靠的是时刻秉持精益求精的工作态度，善于抓住问题关键、精准施策，善于调动群众积极主动性，实事求是、脚踏实地走好每一步发展之路，真正善做善为、善做善成。

（三）村级合作社有“技”比有“钱”更重要

村级农牧民专业合作社作为基层乡村的主要经济组织，在推动农村经济发展、改善农村居民生活水平和质量上具有重要作用。而要壮大合作社经济，实现合作社健康稳定发展，必须拥有过硬的“看家”本领，才能真正“管长远”。次仁罗布带领村民实施大规模标准化养殖，积极改良羊种推动人工种草等，形成了一整套举措，为合作社长期健康发展打下了坚实基础。在巩固拓展脱贫攻坚成果同乡村振兴有效衔接的关键时期，必须把目光放得更加长远，坚持创新优先，强化科技引领，切实加强产业的后续管理，提升产业质量。

专家点评

西藏拉孜县旁吉村的案例告诉我们：（一）无论是脱贫攻坚还是推动脱贫攻坚成果同乡村振兴有效衔接，培育乡村发展带头人都是至关重要的。旁吉村摆脱贫困加快发展的历程，实际上是村第一书记次仁罗布带领群众因地制宜创办农牧民专业合作社，借此发展集体经济、增加农民收入的过程。（二）应该注意调动一切积极因素参与乡村振兴。村第一书记次仁罗布最先是一名中学老师，通过驻村帮扶，才成长为乡村振兴带头人的。（三）推动脱贫攻坚与乡村振兴有效衔接贵在因地制宜循序渐进、贵在坚持攻坚克难实现可持续发展。从解决创办合作社的资金问题，到推动合作社高效运营，再到解决合作社的技术和市场拓展问题，都反映了次仁罗布秉持初心、迎难而上促发展的努力。

姜长云
国家发展改革委产业经济和技术经济研究所副所长，研究员

拓展阅读

1.《次仁罗布：基层干部变“养羊大师傅”》，中国文明网，2021年9月6日。
2.《拉孜县这个合作社又分红了》，拉孜县人民政府官网，2021年1月6日。

西藏自治区乡村振兴局选送
撰稿人：鲁芳婷，拉孜县乡村振兴局

稳岗就业助增收 巩固成果促振兴

——陕西省宝鸡市脱贫人口稳定就业实践

引 言

2020 年 3 月 6 日，习近平总书记在决战决胜脱贫攻坚座谈会上强调：“要加大就业扶贫力度，加强劳务输出地和输入地精准对接，稳岗拓岗，支持扶贫龙头企业、扶贫车间尽快复工，提升带贫能力，利用公益岗位提供更多就近就地就业机会。”

——《习近平：在决战决胜脱贫攻坚座谈会上的讲话》，新华网，2020 年 3 月 6 日。

背景情况

稳岗就业是巩固拓展脱贫攻坚成果的重要支撑，是全面推进乡村振兴的重要任务。宝鸡市坚决贯彻落实习近平总书记在全国脱贫攻坚总结表彰大会上的讲话精神，始终把脱贫人口稳岗就业摆在优先位置，以“十大提升行动”为统揽，按照“发展拓岗、培训赋能、输出转移、公岗兜底、服务稳岗”的思路，以聚焦脱贫人口“就业规模稳定、劳务输出不减”为目标，准确把握面临的新形势，目标不变、任务不减，强化部门协同，健全长效巩固拓展脱贫攻坚成果机制，精准帮扶脱贫人口，稳就业、稳增收、促振兴。

主要做法

（一）激活力拓岗位，带动充分就业

坚持把加快发展作为解决脱贫人口就业问题的根本出路，立足优势，多渠道开发就业岗位，多举措实现充分就业。一是拓宽就业渠道。围绕老工业基地转型升级，打造汽车及零部件、优势装备制造等优势产业集群，努力增加就业岗位。强化工业园区吸纳，通过项目建设用工、工厂务工、园区公益岗位安置等多种方式促进就业。截至 2021 年 10 月，全市 602 个市级重点项目、50 个工业园区共增加岗位 5.6 万个，吸纳 4.2 万脱贫人口就业。

二是拓展就业容量。出台《加快县域经济高质量发展争先进位十条措施》，加快推进“一村（镇）一品、一县一业”，每个县区打造 1—2 个产业，最大化承载就业。围绕“3+X”产业布局，大力发展农业园区、产业基地、合作社和家庭农场，通过园区务工、合作社带

图 1　扶风县群众在家门口村镇工厂实现就近就业

动、反包倒租等方式促进产业就业融合发展。2017 年至 2021 年 10 月，全市建成“嵌入式”产业基地 285 个、现代农业园区 207 个、合作社 1035 个，带动 6.29 万脱贫人口稳定增收。

三是拓开就业门路。加大创业载体建设，2021 年起，持续提升 2020 年创建的 12 个县级和 91 个镇级创业中心标准化建设水平，推动创业带动就业。大力发展村镇工厂（社区工厂）吸纳就业，让“闲房变厂房、农民变工人、无业变有业”。引导“弱劳力”“半劳力”居家从事来料加工、电子商务等，多渠道灵活就业。

（二）树品牌抓培训，促进精准就业

坚持把培训作为脱贫人口就业的关键，以职业技能提升行动为抓手，突出中期培训，实现培训、就业“二合一”。一是创新模式。在抓好短期实用技术培训的基础上，重点抓好为期 3 个月左右的中期技

能培训，以宝鸡技师学院和县区职教中心为基地，以用工市场需求紧俏的专业为主导，以脱贫劳动力为对象，让脱贫人口系统接受具有地方特色、贴近市场需求的职业技能培训。

二是精准培训。围绕中青年脱贫人口、未继续升学的初高中毕业生等群体的需求，突出汽修焊接、电子商务等专业培训和“西秦大姐”“千阳苹果师傅”等特色培训，打造“宝鸡技工”劳务品牌。开发“职培云”宝鸡学习平台，线上培训满足学员随时随地学习需求。建立校企订单、定向、定岗培训机制，有效提升培训就业率。

三是健全机制。2021 年，市人社局、乡村振兴局、财政局联合出台《宝鸡市中期技能培训提质增效八大行动实施意见》及实施细则，改进培训方式、加大工作力度，将中期技能培训与企业转型升级、乡

图 2　学徒朱文虎参加中期技能培训

村振兴、县域经济发展相结合，实施企业发展技能助力、重点项目技能攻坚、乡村振兴技能提升、新业态技能拓展、部门联动技能倍增、县校合作技能培优、“互联网＋培训”技能提速、质量提升年技能增效八大行动，进一步整合培训项目和资金，统一组织、各计其功。对参训学员“免培训费、住宿费、书本费”，对参训脱贫人口每人每天给予50元的生活和交通费补贴。建立中期技能培训项目库，扩大覆盖面。将培训与就业挂钩，对培训机构按照就业率的高低实行阶梯式培训补贴政策，切实提高培训实效。

（三）保基本扩公岗，兜底安置就业

坚持挖掘资源潜力，扩展公益岗位，全市年均投入各类资金1.05亿元，根据不同岗位特点分类管理，充分发挥公益岗位保基本、兜底线的作用。一是用活“管护岗位”。探索建立通村公路、小型水利、公厕等农村公共基础设施“1+7”[①]管理办法，镇、村两级成立农村公共基础设施管理所（站），推行管护标准、管理制度、管护装备、绩效考评“四统一”。2021年，宝鸡市又将公益性扶贫资产全部纳入管理范围，形成“1+10”[②]管理机制、解决就业难题。二是用好“公益专岗”。按照“因事设岗、以岗定人、按需定员、就业帮扶”的思路，在各级机关事业单位或财政拨款社会组织，开发一批工勤服务类公益专岗，专门安置脱贫人口。三是用足“乡村公岗”。把城镇公

① “1”是《宝鸡市关于加强农村公共基础设施管理助力脱贫攻坚的意见》，“7”是《宝鸡市通村公路养护管理办法》《农村小型水利工程管理办法》《农村公厕管理办法》《农村互助幸福院运行管理办法》《村卫生室管理办法》《农村公共文化设施的管理办法》《农村体育健身设施管理办法》。

② “1”是《宝鸡市关于加强农村公共基础设施管理巩固拓展脱贫攻坚成果促进乡村振兴的意见》，“10”是《宝鸡市通村公路养护管理办法》《农村小型水利工程管理办法》《农村公厕管理办法》《农村互助幸福院运行管理办法》《村卫生室管理办法》《农村公共文化设施的管理办法》《农村体育健身设施管理办法》《农村电力设施暂行办法》《农村生活垃圾管理办法》《农村生活污水管理办法》。

益性岗位延伸到农村，在全市每个行政村都设立一批保洁保绿、扶老护理等公益性岗位，用于安置脱贫人口或边缘易致贫人口就地就业。

（四）建机制强保障，实现稳岗就业

建立健全乡村振兴、人社部门联动机制，就失业动态监测和稳岗就业帮扶机制，“零就业”户“一对一”重点就业帮扶机制等，构建乡村振兴、人社部门牵头抓、县区部门直接抓、镇村帮扶干部合力扶的组织体系，形成条块结合、上下协作、合力推进的工作局面。一是压实责任强推进。认真贯彻“五级书记”抓乡村振兴、“四个不摘”要求，市县成立实施乡村振兴战略领导小组，建立一办八组工作机制，设立稳岗就业工作专班，实行联席会议和研判协调推进机制，市、县、镇、村四级联动，常态化调度。将脱贫人口稳岗就业作为巩固拓展脱贫攻坚成果同乡村振兴有效衔接的重点任务，纳入日常督促检查和年度考核，确保各项任务全面落实。

二是细化政策抓落实。不折不扣落实中省援企稳岗、技能培训、就业补贴、创业扶持等政策，优先将脱贫人口稳在企业、稳在岗位。结合市情实际，坚持平稳过渡、做好配套、扩面提质，细化制定外出务工、就地就近就业、创业贷款等具体扶持措施，2017 年至 2021 年 10 月，累计兑现脱贫人口就业帮扶资金 1.64 亿元，惠及 19.1 万人次。

三是跟进服务重实效。坚持实名登记、动态管理，设立村级劳动保障助理员，摸清脱贫人口就业底数，建立台账，即时更新，不断提高信息质量。推动公共就业服务向镇村拓展，精心组织“春风行动”等线上线下招聘活动，做好转移就业跟踪服务，在江苏省设立劳务输出基地，免费为脱贫人口提供职业介绍、劳动维权等服务，让脱贫人口安心就业。

四是精准帮扶保清零。由乡村振兴、人社部门牵头，镇街负责，组织村组干部、第一书记、驻村工作队、中心户长和村级劳动保障助理员等力量，以行政村（社区）为基本单元，以脱贫户、边缘易致贫户为重点对象，每月常态化开展就失业监测排查和稳岗就业帮扶工作，对监测发现的疑似返贫致贫风险户和“零就业”家庭，落实技能培训、务工信息推送、公益岗位安置等就业帮扶措施，确保“零就业”家庭动态清零。对脱贫人口中的失业人员，开展“一对一”帮扶，提供1次职业指导、3次适合的岗位信息、1次免费培训，促进失业人员实现再就业。

图3　全国脱贫人口稳岗就业工作现场会

重要成效

（一）激发了群众增收新动能

坚持把务工就业作为脱贫人口稳定增收的主要来源和渠道，通过加大就业帮扶，建立了“一对一”就业联系帮扶制度，逐户逐人掌握脱贫人口就业和培训需求，建立帮扶台账，帮扶干部面对面向帮扶对象宣讲转移就业、技能培训等政策和培训用工信息，推进就业意愿、就业技能与就业岗位精准对接，让群众走出家门、走上岗位，通过劳动就业创造收入，拓展增收空间，为乡村振兴注入新的动能。截至 2021 年 10 月，全市农村劳动力转移就业 94.6 万人，其中脱贫人口务工就业达 26.19 万人，脱贫人口务工就业人数超过上年全年水平。

（二）打造了技能脱贫新模式

通过组织实施中期技能培训，使脱贫劳动力在预期时间内接受职业技能系统培训，让群众掌握了一技之长，增强了就业能力，激发了内生动力，有效提高了“赋能造血”功能，形成了“中期培训 + 稳定就业 + 长效增收”的宝鸡新模式，被联合国粮农组织、世界银行等 7 个国际组织评选为全球减贫案例征集活动最佳案例。2017 年至 2021 年 10 月，免费培训脱贫人口 5 万余人次，开展中期培训 6629 人，其中脱贫人口 2843 人，中期培训后就业率超过 65%。

（三）搭建了创业就业新载体

依托中省扶持村镇工厂发展的政策，形成了返乡人员创办、本地优势产业培育、招商引资、苏陕协作四种途径，大力发展村镇工厂（社区工厂）和就业帮扶基地吸纳就业。截至 2021 年 10 月，全市建成了村镇工厂 122 家、就业帮扶基地 159 家、非遗扶贫就业工坊 13 家，吸纳就业 2.6 万人，其中脱贫人口 4855 人次，有效解决了不愿离家、不能外出的劳动力的就业困难，打造了“村内生活、村内就业”的就地就近就业模式，为一大批农村能人实现了创业梦。宝鸡市发展村镇工厂带动就近就业模式荣获“第二届全国创业就业服务展示活动优秀项目奖”。

（四）形成了转移就业新格局

建成以“秦云就业”小程序、“宝鸡就业”APP 等为主阵地的信息平台，利用现代信息手段常态化提供政策宣传、岗位信息推送等服务，精准、快捷化满足脱贫人口就业需求。以“春风行动”等招聘活动为主导，以“抖音”直播带岗和“就业大喇叭”等新媒体为辅助，形成了线上线下相结合的用工服务模式，为求职者和用人单位搭建求职招聘平台。深化苏陕劳务协作，形成了稳定的跨省定向输出转移就业机制，有效拓宽就业渠道，帮扶脱贫人口实现跨省转移就业。

（五）建立了兜底保障新机制

构建了以农村公益性岗位为主、农村基础设施管护公岗为辅、机

图 4　公益专岗招聘会

关事业单位公益专岗为补的公益岗位体系，解决了无法离乡的脱贫劳动力就业问题，实现了“托底”就业。截至 2021 年 10 月，全市开发管护岗位 7409 个，安置脱贫人口 5012 人；累计开发公益专岗 1922 个，安置脱贫人口 1535 人次；共设置乡村公益性岗位 8100 个，安置脱贫人口 5359 人。

经验启示

（一）必须多措并举，让脱贫人口稳岗有保障

在巩固拓展脱贫攻坚成果同乡村振兴有效衔接的关键期，政府应制定常规性政策文件和应急举措，可以从财税、金融、社保等多方面着手，为企业纾难解困，对脱贫人口给予扶助，稳住就业基本盘。同时，各脱贫地区应结合实际，制定具体的政策举措、落实意见，确保稳岗就业工作有序扎实推进，保障企业开工率和复岗率全面稳固。

（二）必须培训技能，让脱贫人口就业有底气

图 5　农村妇女技术培训

帮扶必先扶智，重视培育脱贫人口自力更生的意识和观念，坚持引导脱贫人口依靠勤劳双手和顽强意志实现增收致富。在技能培训方面，应打破短期技能培训时间短、培训实践偏少、培训师资和场地条件受限、培训与就业结合不紧密等瓶颈，开展中期技能培训，采取“学中做、做中学”一体化教学方式，使脱贫人口接受系统的技能培训，掌握一技之长，提高就业技能，扩宽就业渠道，从根本上激发脱贫人口增收致富的主动性，实现“培训一人，就业一人，全家稳定脱贫”的目标。

（三）必须精准帮扶，让脱贫人口就业有着落

地方政府帮扶举措应层次分明，精准对接脱贫人口。一方面，按照县有帮扶团、镇有帮扶组、村有工作队、户有帮扶责任人的“四有”工作思路，建立就业帮扶责任体系。另一方面，精准掌握脱贫人口就业状况和技能培训需求，按户按人建立帮扶台账，面向帮扶对象宣传转移就业、技能培训、自主创业等政策和培训用工信息，推进就业意愿、就业技能与就业岗位精准对接。引导脱贫人口依靠劳动就业增加收入，增收致富。

（四）必须各方联动，让脱贫人口就业有信心

稳岗就业作为一项庞大的系统性工程，必须将行政力量与市场手段相结合。一是按照就业优先的思路，加大援企稳岗支持力度、确保重点企业用工、稳定劳动关系、做好人力资源服务有关工作、加强对脱贫人口等重点群体的政策支持等一系列政策措施，找准稳就业的着力点。二是坚持将专场招聘会开到镇村，采取“政策进农户、政策赶集市、政策大篷车”等群众喜闻乐见的方式，把政策信息送到群众身边，切实增强脱贫人口就业信心。

专家点评

陕西省宝鸡市以“就业规模稳定，劳务输出不减”为目标，以“十大提升行动”为统揽，按照“发展拓岗、培训赋能、输出转移、公岗兜底、服务稳岗”的思路，精准帮扶脱贫劳动力稳定就业。坚持把加快发展作为解决脱贫劳动力就业问题的根本出路，多渠道开发就业岗位。坚持把培训作为促进脱贫劳动力就业的关键，以职业技能提升行动为抓手，突出中期培训，实现培训、就业“二合一”。坚持挖掘资源潜力，扩展公益岗位，发挥公益岗位保基本、兜底线的作用。坚持建立健全乡村振兴和人社部门联动机制、就失业动态监测和稳岗就业帮扶机制和“零就业”户“一对一”重点就业帮扶机制。通过采取这些措施，探索出一条在新发展阶段促进脱贫劳动力稳定就业的成功之路。

叶兴庆
国务院发展研究中心农村经济研究部部长、研究员

拓展阅读

1. 《宝鸡：闲置资产咋就成了“香饽饽”》，宝鸡市乡村振兴局官网，2020 年 12 月 11 日。
2. 《宝鸡扶风：村镇工厂激活乡村振兴“一池春水”》，宝鸡新闻网，2021 年 9 月 28 日。

陕西省乡村振兴局选送
撰稿人：乔丽娟，宝鸡市乡村振兴局
邓智勋，宝鸡市人力资源和社会保障局

“四坚持四强化”做实做好民生工程大文章

——甘肃省徽县深入推进农村厕所革命的实践

引言

2021年7月，习近平总书记对深入推进农村厕所革命作出重要指示强调，近年来，农村厕所革命深入推进，卫生厕所不断推广普及，农村人居环境得到明显改善。“十四五”时期要继续把农村厕所革命作为乡村振兴的一项重要工作，发挥农民主体作用，注重因地制宜、科学引导，坚持数量服从质量、进度服从实效，求好不求快，坚决反对劳民伤财、搞形式摆样子，扎扎实实向前推进。各级党委和政府及有关部门要各负其责、齐抓共管，一年接着一年干，真正把这件好事办好、实事办实。

——《习近平对深入推进农村厕所革命作出重要指示》，新华网，2021年7月。

背景情况

徽县位于甘肃省东南部，西秦岭南麓，嘉陵江上游，东邻陕西，南通巴蜀。徽县历史悠久，人杰地灵，被誉为“秦陇锁钥，巴蜀门户”。全县辖13镇2乡，213个行政村，10个居委会，总面积2722平方公里，耕地面积56.84万亩，常住人口18.98万人，有汉、回、满、苗等10个民族。长期以来，徽县农村厕所使用不方便、不文明问题突出。进入徽县乡村，处处可见“厕所”，但多是土坯搭建，而北部乡村则多是木材搭建的木楼式旱厕。农村厕所夏天蚊虫飞舞、臭气熏天，冬天寒冷难以久待。2019年1月，徽县深入贯彻落实习近平总书记关于“厕所革命”的重要指示精神和中央、省市安排部署，把农村厕所革命作为实施乡村振兴战略、改善农村人居环境、促进民生事业发展的重要举措，牢固树立“小厕所大民生”理念，坚持政府引导、农民主体、因地制宜、科学规划、分类施策，多方筹措资金、强化政策扶持、加大重点攻坚、突出建管结合，取得了显著成效，全县农村环境面貌得到极大改善。

主要做法

（一）坚持精准发力，强化高位推动

把深入推进农村厕所革命作为巩固提升脱贫成效、提高群众幸福指数的重要举措，深入研究、科学谋划、稳步推进。一是结合实际明思路。县委、县政府多次组织考察团赴河北、安徽、浙江等地考察学习厕所革命、污水处理等农村人居环境整治先进经验，在借鉴先进经验、结合县情实际、深入调查研究的基础上，确定了“党政引导、群

众主体，镇村主抓、部门配合，由易到难、抓点示范，点面结合、整县推进"的厕所革命工作思路，为高标准推进厕所革命提供了有力支撑。二是聚焦目标定规划。紧盯农村厕所革命重点任务，成立徽县农村"厕所革命"专项工作组，制定《徽县农村厕所革命专项实施方案》，明确了目标任务、总体原则、实施步骤、保障措施等。三是压实责任聚合力。坚持县委、县政府主要领导亲自抓、总统筹，县级分管领导组织实施、督查指导，乡镇党政"一把手"牵头推动、主抓落实，形成了县、乡两级指导推动、职能部门密切配合、镇村干部深入开展、群众主动参与的工作合力。

（二）坚持保障先行，强化政策扶持

从资金投入保障破题，创新实施县财政拨一点、乡镇配一点、社会帮一点、村社担一点、群众筹一点的"五个一点"多元投入保障机制。一是财政扶持。按照新建户每户补助 2400 元、改建户每户补助 1200 元的资金扶持标准，落实"厕所革命"补助资金 5592.76 万元，及时足额下拨中央省市县财政奖补资金，积极推进"厕所革命"建设进程。二是乡镇配套。对于家庭困难却有改厕意愿的群众，采取乡镇配套的方式帮助群众进行改建。三是社会捐赠。积极争取到青岛胶州市对口援建"厕所革命"的 4 个整村推进项目；省交通银行为榆树乡帮扶村捐赠 48.6 万元，帮助全村 41 户群众新建了高标准、无害化卫生厕所；市粮食和物资储备局为帮扶大河店镇木皮岭村捐赠"厕所革命"建设资金 20 万元，县委党校为帮扶牡丹村捐赠"厕所革命"建设资金 1.5 万元。四是村级分担。各村根据村社实际，从村级集体积累中支出部分资金，支持村社内困难群众"厕所革命"建设工作。五是群众自筹。教育引导群众转变思想，通过投工投劳、自筹资金、义务捐赠物资等方式，主动参与到"厕所革命"建设中，截至 2021 年

图 1　榆树乡火站村新建卫生户厕

10 月底，群众累计投工投劳投资折合 6129.8 万元。

（三）坚持示范带动，强化质量标准

坚持“整村推进、分类示范、自愿申报、先建后验、以奖代补”的原则，将农村厕所革命、生活污水治理、粪污资源化利用统筹部署、同步推进。在户厕选址上，坚持先规划后实施，合理利用自然地形条件，凸显地方特色文化，确保新建户用卫生厕所选址与村庄规划有机结合、建设布局与乡村建设需要相匹配，厕屋整体风貌与乡村特点、民居风貌统一协调。在模式选择上，坚持从实际出发，充分尊重群众意愿，因地制宜，“宜水则水、宜旱则旱”，不搞“一刀切”，创新实施卫生厕所建改“四种模式”：一是在北部高寒阴湿山区及偏远、分散农户以卫生旱厕为主，推广使用双瓮漏斗改良模式、双坑交替式等不同水平的无害化卫生旱厕；二是在污水管网未覆盖、居住分散或是水源地保护区，推广三格化粪池式、双瓮化粪池式改厕模式；三是在

供水方便、有排污管网和污水处理站的村庄和易地搬迁新村，推广使用水冲式厕所；四是支持农户将厕所与洗漱、沐浴相结合，通过安装洗漱洗澡设备，做好墙面地面防水处理，实现一室多用，推广“卫生厕所 +”模式。

图 2 徽县新建三格式砖混型户厕

在技术指导上，按照“先动员、再培训、后建设”的原则，明确改厕技术规范标准要求，交流改厕经验做法，开展分类技术培训，每个整村推进村都有 2 名到 3 名改厕“明白人”，确保群众在改厕过程中，每村都有技术明白人现场指导。在质量标准上，严格执行农村改厕标准要求，总体要求是有门有窗有灯、无蛆无蝇无臭、有防冻设施，确保一年四季正常使用。坚持“四统一、四自主”原则，即坚持统一补助政策，群众自主决定改厕规模；坚持以村为单位统一改厕标准，群众自主选择施工队伍；坚持由乡镇指导统一采购设备，群众自主选择规格品牌；坚持政府统一验收，乡镇自主指导培训。

在后期验收上，按照“一户一档、一村一档”要求，分级建立县、乡、村完整的户厕改造台账资料，做到“村有册、乡有簿、县有档”，确保每座户厕“看得见表格、拿得出照片、说得清情况”，并对照验收标准规范和程序，严把验收关、奖补政策关，确保建设质量。在粪污资源利用上，采取“分户改造、集中处理”与单户分散处理相结合等方式，建立粪污收集运输体系，探索出分散户配套抽污车处理、集中连片户配建粪污集中系统处理或城镇污水处理管网集中处理、项目辐射乡村厕所粪污与畜禽养殖粪污资源化利用等多种粪污资源化利用处理模式。建成厕所粪污无害化处理与资源化利用示范点 2 个，服务辐射 4 个乡镇 19 个行政村 4200 户群众。

（四）坚持建管并重，强化长效治理

把建管结合与宣传引导作为推进农村“厕所革命”的“发力点”，

图 3　厕所粪污无害化处理与资源化利用示范点

坚持以学促改、比学赶超，最大限度地调动干部群众的积极性、主动性。一是加强宣传推广。充分利用新媒体、乡村宣传栏等阵地，组成服务队 287 个，逐户逐人深入宣传改厕政策，激发群众参与“厕所革命”的积极性，实现了从“等着干”到“主动干”的巨大转变，形成了“争着干、抢着干、比着干”的良好氛围。二是坚持督查问效。坚持一周一通报、一月一调度的工作机制，将“厕所革命”列为重点督查督办事项，纳入乡镇年度工作目标考核内容，建立考核奖惩机制，加大督查检查，倒逼工作落实。三是健全长效机制。强化建管并重，建立日常监管和保洁机制，将抽污车纳入村级公益性事业管理体系，由专人负责，上门服务，在乡镇政府指导下，通过召开村民代表大会或共管共享理事会会议，根据服务村民距离和粪污量，每次收取 30—50 元服务运行费用，探索出受益群众合理收费机制。落实村级

图 4　徽县卫生公厕

公益性设施共管共享资金每年每村 2 万元。加强对已建成污水处理系统的管理，从村级公益性设施管护基金中列支污水处理站电费及管网维护等费用。将农村公厕纳入村级公益性设施实行共管共享，每村至少确定 1 名公益性岗位，负责厕所维护、粪污清运，确保“专人管理、卫生干净”。

重要成效

（一）农村环境显著改善

通过全面拆除乱搭乱建的简易厕所，新建改建无害化卫生厕所，厕屋变得安全整洁，以前脏乱、简陋的旱厕变成了干净方便的无害化卫生厕所，粪污及粪水四处横流的现象一去不复返。截至 2021 年 10 月底，全县 213 个村 46064 户，实有改厕基数 41980 户，完成卫生户厕改造 23576 户，农村厕所改厕率为 56.2%。实施厕所革命整村推进 116 个，行政村卫生公厕覆盖率达到 100%；建成 14 个农村污水处理站，垃圾集中处理 3 处，垃圾焚烧炉 4 个。实施厕所革命后，土坯搭建和木材搭建厕所从此成为了历史，有效解决了农村厕所夏天蚊虫飞舞、臭气熏天，冬天寒冷难以久待的问题，蚊虫没了，难闻的味道也没有了，农村环境和村容村貌有了极大的改善。

（二）农民生活质量显著提高

通过实施厕所革命，新建改建干净整洁的无害化卫生厕所，农民群众的家庭卫生条件有了极大改善；农村公厕建设使群众告别无厕所可用而不得不“就地解决”的尴尬历史，村庄生活环境更加整洁、更加舒心。同时，徽县抓住厕所革命的时机，因地制宜，科学规划，合理利用自然地形条件，凸显地方特色文化，探索出符合本地实际、具

图5 徽县“卫生厕所+”模式户厕室内

有地方特色的卫生厕所建改“四种模式”，将新建户用卫生厕所工作融进村庄规划，实现厕屋整体风貌与乡村特点、民居风貌统一协调，使群众获得整洁美观的生活环境和便捷卫生的生活条件。厕所革命的实施，还有效推动了群众卫生健康意识和健康状况的同步改善。干净整洁的卫生厕所使群众告别了“又脏又臭”的旧旱厕，激活了群众爱干净、讲卫生的主动性，从而有效提高了群众健康水平。厕所革命极大改变了徽县农村的面貌，小厕所促进了社会文明大进步，群众生活幸福感实现巨大的跃升。

（三）党群干群关系更加密切

徽县把深入推进农村厕所革命作为巩固提升脱贫成效、提高群众幸福指数的重要举措，深入研究、科学谋划、稳步推进。在实际工作中，坚持高位推动，压实工作责任，充分尊重群众意愿，实现了工作有力、质量过硬、群众满意。通过多种形式积极宣传厕所革命有关政策，使群众全面了解厕所革命这一民生工程，推动厕所革命稳步实施。通过加强技术培训和经验交流，培养了一批政策“明白人”，始终在厕所革命工作第一线宣传政策，解疑答惑，及时解决工作中的新问题、新困难。同时，厕所革命的实施，也让群众亲眼目睹了各级干部为民办实事的忙碌身影，亲历了干部群众一起抓厕所革命的过程；让各级干部深入了解了群众急难愁盼的问题，与群众交流交心，加深了对群众的感情，增强了群众观念。通过厕所革命，党群干群关系更加密切，凝聚起了接续奋斗、乡村振兴的强大合力。

经验启示

（一）坚持高位推进是前提

厕所革命是一项涉及面广、内容繁多的复杂工程，必须高位推动才能有效落实。徽县县、乡、村“三级书记”身担“一线总指挥”，挂帅上阵，亲自谋划、亲自部署、亲自督促，不仅抓全盘、抓统筹，而且具体抓、抓细节。在积极学习借鉴先进经验的基础上，结合县情，明确改厕思路，压实工作职责，党员干部带头示范，全力做实做好这一关系千家万户、群众切身利益的民生工程。真正把好事办好，实事办实。

（二）坚持公开透明是关键

农村改厕的基础工作是要把“厕所革命”作为改陋习、倡文明的重要内容进行广泛宣传教育，必须加大健康教育和改厕惠民政策宣传力度，提高政策透明度，为群众算好健康账，才能有效教育引导群众逐步转变陈旧观念和不良生活习惯。徽县通过召开会议、张贴宣传标语、出动宣传车、组建服务队等形式，充分利用新媒体、村级公示栏等平台，逐户逐人将“厕所革命”的政策措施、补贴标准以及改厕好处进行宣传，做到家喻户晓，引导群众参与到厕所建改工作中来，实现“要我改”到“我要改”的转变，提高群众参与度，赢得群众的支持。

（三）强化质量标准是根本

质量好坏直接影响厕所革命的成败，影响群众的直接利益，必须严格按照改厕技术规范标准要求，坚持好字当头、质量优先，才能确保无害化卫生厕所建得好、用得久。徽县采取以会带训、观摩交流、场地指导等形式，明确关键环节技术要领，加强技术培训，严把产品质量关、施工监督关、竣工验收关。每一个整村推进村都有 2 名到 3 名改厕“明白人”，确保群众在改厕过程中，每村都有技术明白人现场指导，防止返工复工现象的发生。探索出一系列符合本地实际的工作方法。同时，发挥群众智慧，因地制宜，因户施策，结合社会经济发展，探索出了改厕新模式，大力推广三格式水冲卫生户厕等，改厕成效受到群众的高度肯定。

（四）落实奖补政策是保障

奖补落实情况直接影响群众参与厕所革命的动力与能力，必须根据当地群众实际投入情况、每户卫生改厕成本、家庭劳力条件等客观现实制定妥善的奖补措施，才能确保厕所革命能够广覆盖、高效率。徽县积极落实中央省市奖补政策，筹措县级配套资金，采取以奖代补、先建后补等方式，实行“一宅一厕”奖补，在验收合格后按照新建户每户 2400 元，改建户每户 1200 元等标准给予补助。积极发挥财政资金撬动作用，引导社会资本、金融资本参与农村改厕，并根据家庭实际情况，采取政府统建与自建相结合的方式，解决了有改厕需要无劳力的矛盾问题。通过多元奖补举措，厕所革命取得了积极成效。

专家点评

小厕所大民生。厕所是影响群众生活质量和健康状况的重要因素。但是推进厕所革命，既要考虑技术和经济可行性，也要考虑群众意愿，逐步转变群众如厕生活观念，既不能着急，又不能懈怠。甘肃省徽县按照“由易到难、抓点示范，点面结合、整县推进”的工作思路，通过高位推动、政策扶持、质量标准、长效治理“四个强化”，扎实推进农村厕所革命，有效改善了农村环境和村容村貌，提升了农民生活质量，进一步密切了干群关系，让各级干部增强了群众观念，让群众亲眼目睹了各级干部为民办实事的忙碌身影，凝聚起了接续奋斗、振兴乡村的强大合力。实践证明，只要切实从群众需求出发，尊重群众意愿，充分调动群众积极性，干群一心、合力攻坚，就能克服各种困难挑战，不断推进各项事业稳步发展。

金文成
农业农村部农村经济研究中心主任

拓展阅读

1. 《小厕所彰显大文明——徽县推进“厕所革命”改善农村人居环境纪实》，《甘肃经济日报》2019 年 10 月 16 日第 3 版。
2. 《徽县：“厕所革命”助力乡村振兴》，《甘肃经济日报》2021 年 7 月 6 日第 5 版。

甘肃省乡村振兴局选送
撰稿人：王继红，徽县乡村振兴局
张涛涛、付林，徽县农业农村局

巩固脱贫攻坚成果 擘画乡村振兴蓝图

——青海省互助土族自治县班彦村关于乡村振兴的探索

引 言

2021 年 3 月 7 日，习近平总书记在参加十三届全国人大四次会议青海代表团审议时强调，要推进城乡区域协调发展，全面实施乡村振兴战略，实现巩固拓展脱贫攻坚成果同乡村振兴有效衔接，改善城乡居民生产生活条件，加强农村人居环境整治，培育文明乡风，建设美丽宜人、业兴人和的社会主义新乡村。

——《习近平在参加青海代表团审议时强调：坚定不移走高质量发展之路 坚定不移增进民生福祉》，中国政府网，2021 年 3 月 7 日。

背景情况

青海省互助土族自治县五十镇班彦村曾是一个贫困村，“班彦”意为“富裕与幸福”。2015 年以前，全村 8 个社中第五、六社的 129 户 484 人居住在被当地人称为“脑山”的沙沟山上，生存条件恶劣，村上不通自来水，村民吃的是窖水，一条 7 公里长的山路要走两个多小时，遇上雨雪天气，上山下山更是举步维艰。行路难、吃水难、上学难、就医难、娶媳妇难……这些“难”，曾长期困扰着班彦村山上村民。2015 年，班彦村全村精准识别建档立卡贫困人口 193 户 732 人，贫困发生率达 52.3%，是青海省海东市脱贫攻坚的主战场之一。

2016 年，随着党中央、国务院易地扶贫搬迁工程的全面启动，长期生活在大山上的班彦村村民喜迁新居，搬入班彦新村。同年 8 月 23 日，是互助县五十镇班彦村村民难忘的一天。这一天，习近平总书记冒雨前来看望搬出大山的乡亲们，他指出，移民搬迁是脱贫攻坚的一种有效方式。移民搬迁要充分征求农民群众意见，让他们参与新村规划。近年来，班彦村“两委”班子、扶贫（驻村）工作队和广大党员群众始终牢记习近平总书记的谆谆教导和殷殷嘱托，把对习近平总书记的感恩和爱戴转化为创造美好生活的实际行动，深入贯彻落实省、市、县、镇党委政府的决策部署，精准务实、团结奋进，开拓创新、攻坚克难，走上了脱贫致富的康庄大道。

2017 年，班彦村退出贫困村行列，全村所有建档立卡户全部脱贫清零。2020 年，村集体经济收入累计达 106 万元，全村农民人均可支配收入达到 11419 元，比 2015 年底的 2600 元翻了 4 倍。2021 年 2 月 25 日，班彦村被中共中央、国务院授予“全国脱贫攻坚楷模”称号。此外，班彦村还成功入选第二批全国乡村旅游重点村名录，先后被评为中国美丽休闲乡村、第二批国家森林乡村、中国少数民族特色村寨、省级乡村振兴战略示范村、省乡村旅游重点村、市级乡村旅游示范村和民族团结进步创建工作示范点等。如今，班彦村已成为村貌整洁、能源清洁、产业聚集、绿色环保、乡风文明、感恩奋进的时代新村。

主要做法

（一）围绕推进组织振兴，不断夯实基层战斗堡垒

组织振兴是乡村振兴的重要保障。班彦村党支部始终坚持以习近平新时代中国特色社会主义思想为指导，以“组织体系建设三年行动”为契机，推进党支部标准化规范化建设，扎实开展“促百分百达标、迎党百年华诞”以评促建活动，着力提高基层组织建设质量；精心组织开展庆祝建党100周年系列活动，凝聚正能量、提振精气神；扎实推进党史学习教育，以“感恩奋进”为主题，采取集中学习、畅谈变化等形式推进“四史”学习教育。大力发挥党组织战斗堡垒作用和党员先锋模范作用，打造了五十镇班彦村“携支部共建、促乡村振兴”主题党建品牌，打造了“党恩惠泽，奋进班彦”主题教育基地，综合运用观摩、讲授、体验等教学方法，展示班彦群众在党旗引领下决战脱贫攻坚决胜全面建成小康社会的坚强决心，切实推动乡村振兴工作提质增效。

（二）围绕推进产业振兴，大力发展特色农业

产业振兴是乡村振兴的物质基础。班彦村立足资源优势，不断做大做强“八眉猪”、盘绣研发、酩馏酒酿造、光伏发电、节能温室、牛羊养殖、生态农庄及农家乐、电商服务等“八大产业”。一是在新

图1　五十镇班彦村盘绣产业及培训基地

村东面建设八眉猪集中养殖小区，引导群众大力发展八眉猪养殖产业。二是投资240万元，新建盘绣园，成立土族盘绣产业协会。三是投资200余万元，建设班彦酩馏酒坊。四是投资1600万元，建设2.0MWp屋顶分布式光伏扶贫发电项目。五是投资100余万元，新建5座节能温室大棚。六是以“合作社+农户”形式，投资100余万元，在搬迁旧址建设养殖场一处。七是投资300余万元，建设集农事体验、植物认知、休闲观光、培训、采摘、摄影为一体的生态农庄；投资50余万元，扶持7户发展农家乐、4户发展民宿产业。八是打造电商服务平台并建设10间商铺，优先租赁给10户脱贫户从事农特产品销售。

（三）围绕推进生态振兴，持续巩固美丽乡村建设

生态振兴是乡村振兴的重要支撑。班彦村积极争取多项项目资金实行生态振兴。一是累计投入项目资金2000余万元，配套实施了

图 2 五十镇班彦村 2.0MWp 屋顶分布式光伏扶贫发电项目

“三化三通”工程，完成水、电、路、气等基础设施建设，清洁能源使用率达到 100%，村容村貌焕然一新。二是投资项目资金 1300 余万元，修建班彦新村集中养殖区和污水处理站一处，解决了群众生产生活排水排污等问题。三是投资项目资金 1750 余万元，在班彦新村后山栽植了 3500 亩感恩林、连心林，投资 210 万元实施了村庄绿化工程，大力推进村庄道路和庭院绿化，实现了荒山荒坡及村庄周边绿化美化。四是实施了天然气入户工程。五是扎实开展人居环境整治三年行动工作，积极开展河道治理，改造提升班彦“感恩泉”，对周边及全村“六乱”现象进行彻底清理整治，实施了整村内外风貌打造、346 户厕所革命、乱点整治等，全面提升了村庄形象。

（四）围绕推进文化振兴，接续焕发乡村文明新风

文化振兴是乡村振兴之魂。班彦村立足实际，结合当地特色实行文化振兴。一是大力发展民俗接待、土族轮子秋及安昭舞展演等文化

旅游产业。以新时代农民实践站、农民大讲堂为平台，通过“8·23”感恩纪念活动、春节等民间节日，持续深化习近平新时代中国特色社会主义思想和中国梦的宣传教育，组织开展班彦酩馏酒展销、“青绣”盘绣大赛、香包大赛以及“安昭舞”“轮子秋”表演等，使土族民俗文化艺术得到传承和发展，让群众尽享“文化大餐”。二是发挥村规民约、红白理事会等作用，深入推进移风易俗，促进乡风文明。三是将班彦村史馆打造为全省爱国感恩教育基地、青海师范大学“思政课实践教育基地”、青海省农村干部学院教育示范点等。2021 年以来，累计接待省内各地前来观摩教学共 400 余班次 12000 余人（次），承接培训班 20 期，培训学员 1000 余人（次）。四是建设村级图书阅览室，打造村民学习政策、传播科学、转变思想的新领地。截至 2021 年 10 月底，村级图书阅览室藏书达到 72 种（类）2425 册。

（五）围绕推进人才振兴，不断加大内培外引力度

人才振兴是乡村振兴的关键。班彦村在挖掘、培养村内本土人才的同时，不断引进外来人才，多措并举全力推进人才振兴。一是建立班彦村盘绣园，吸纳省级非物质文化遗产盘绣传承人张卓麻什姐等人“入驻”盘绣园，大力开展盘绣培训，拓宽群众增收渠道。自 2018 年以来，盘绣园累计培训绣娘 370 余人（次），带动 145 户，其中脱贫户 93 户，实现增收。2019 年，盘绣园被全国妇联命名为“全国巾帼脱贫示范基地”。二是培养农业致富能手。积极响应国家一系列惠农政策，培养出吕志平、吕安木见四让等创业致富能手和吕志慧、吕志全等勤劳致富带头人。三是大力开展职业技能培训，通过举办挖掘机、烹饪、青绣培训班，实现了全村 70% 以上青壮年劳动力掌握专业技能，有效促进了盘绣制作、劳务输出等产业的发展，群众增收渠道进一步拓宽。2019 年举办“挖掘机驾驶员技术培训班”，培训人员 50

人；2020 年举办“青绣培训班”，培训人员 50 人；2020 年开展“烹饪培训班”，培训人员 50 人；2020 年举办“安昭舞及声乐培训班”，培训人员 14 人。自 2016 年以来，全村注册成立了种植、养殖农民专业合作社 4 个，流转土地 400 余亩，累计实现就近就业 300 余人次，人均增收超过 2000 元。四是鼓励本村大学生返乡创业，实现优秀人才从乡村流出再到返回乡村的良性循环。2021 年，班彦村已设立 3 名大学生公益岗位，吸纳 3 名大学生（张秀花、李生宝、李占龙）入岗，服务于班彦村各项村级事务。

重要成效

（一）产业发展稳步提升

班彦村现主导产业为种植和养殖，产业发展成效显著。种植业

图 3　五十镇班彦村盘绣园内对村中妇女开展盘绣技能培训

方面：一是种植规模不断扩大。2021年，全村种植小麦600亩、油菜890亩、蚕豆1000亩、马铃薯909亩、蔬菜414亩，亩均年创收2500元。二是产业链不断完善。在2018年，投资建设5座节能果蔬采摘温室大棚，种植小番茄、辣椒等特色果蔬，吸收劳动力20余人，形成休闲观光与大棚采摘结合的产业链，村集体经济年收益约3万元。

养殖业方面：一是在2017年，投资建设综合养殖场，带动5户农户发展养殖业，现养牛200余头、羊100余只，村集体经济年收益达4万元。二是在2016年，投资建设八眉猪养殖小区，引导群众大力发展八眉猪养殖产业，现全村养殖生猪400余头，户均增收约3000元/年。此外，自2016年以来，班彦村通过主导产业与“新六产”的大力发展，解决剩余劳动力200多人，实现村民年均增收3000元。同时，大力开发公益性岗位，通过转移就业，增加群众收入。截

图4　五十镇班彦村八眉猪养殖产业

至2021年10月，班彦村已脱贫劳动力245人全部实现转移就业，其中跨省外出3人，省内跨区域转移就业135人，县内就业107人。安排保洁员、护林员等公益性岗位，实现了26名脱贫群众的就近就业。

“自从养殖八眉猪以来，我们家的收入增加了不少。养殖的圈舍都是统一修建的，干净又卫生，猪的成活率都高了。下一步我还要扩大养殖规模，进一步提高家里的收入，让家里人生活得更幸福。”养殖户吕志伟充满信心地说道。

（二）乡风文明蓬勃发展

以“8·23”习近平总书记视察班彦村纪念活动日为主导，组织开展篮球比赛，拔河比赛，盘绣比赛，花儿，安昭舞擂台赛，精品农作物展销，“好婆婆、好媳妇”评选等主题鲜明、形式多样的文化活动，不断推动乡村文化发展。2021年8月23日，班彦村被确立为中央广播电视总台农业农村节目中心乡村振兴首个观察点。此外，通过开办“农民大讲堂”，进一步宣传习近平新时代中国特色社会主义思想，积极引导全村群众“感党恩、听党话、跟党走”。此外，全村大力发展民俗接待、土族轮子秋及安昭舞展演等文化旅游产业，培育文艺团队和排练传统歌舞节目，经常性开展文艺活动和群众性文化工作，既丰富了群众文化生活，也使“安昭舞”“轮子秋”等民间艺术不断发展壮大，在全村范围内形成了健康向上的精神风貌。

班彦村基层干部表示：“班彦村有很多优秀的传统文化值得弘扬和传承。通过举办多种多样的文化活动，既可以丰富群众的文化生活、展示班彦村群众良好的精神风貌，还能坚定广大人民群众的‘文化自信’，实现‘文化振兴’。”

（三）试点项目遍地开花

班彦村于2017年底实现了贫困户全部脱贫，2019年底实现了绝对贫困动态清零，村集体经济成功破“零”，群众生活水平和幸福指数成倍提升。2018 年，班彦村被国务院扶贫办确定为全国贫困村定点观测点。2019 年 7 月 19 日，班彦村成功举办全国人口较少民族率先脱贫、率先奔小康现场推进会。2020 年 9 月 19 日，中央广播电视总台财经节目中心大型融媒体行动《走村直播看脱贫》来到班彦村，专题报道了班彦村盘绣制作、酩馏酒酿造、光伏发电等新村产业扶持项目成为“换穷业”的造血壮体项目情况。2020 年 9 月 21 日，中央电视台新闻联播隆重播出了《走向我们的小康生活》，全面展现班彦村脱贫攻坚成果。2021 年 8 月 10 日，中央电视台农业农村频道节目摄制组在班彦村录制了《乡村演说家》节目，让优秀村民现身说法，激励广大人民群众勠力同心、努力奋斗，为建设社会主义现代化强国凝聚磅礴力量。“多亏了党的好政策，现在村上的产业越来越兴旺，我们

图 5　五十镇班彦村的酩馏酒产品及其获奖证书

的生活也越来越好。作为年青一代，我们要以习近平总书记的殷殷嘱托为指引，不忘初心、砥砺奋进，紧抓机遇、开拓进取，为实现全村经济社会高质量发展贡献智慧和力量。”致富能手吕志平说道。

经验启示

（一）产业深度融合发展是实现乡村振兴的关键举措

乡村振兴离不开农村产业融合发展。产业是乡村振兴的核心载体，各地的资源禀赋不同，产业融合的路径也不一样。经过不懈努力，班彦村结合当地实际，利用资源禀赋，鼓励群众自身发展具有地域特色的优势产业，其中既有第一产业主导型，如特色种植、养殖等；也有第二产业主导型，如盘绣制作、酩馏酒酿造等；还有第三产业主导型，如生态农庄、教育培训等。为此，实现农村产业融合发展，关键是根据本地的资源禀赋，挖掘具有竞争力的特色产品，发展具有区域特色的主导产业，重视产业链和价值链的拓展，实现一二三产业的深度融合，提升乡村产品的附加值，增强乡村产业的抗风险能力。

（二）人力资源开发是实现乡村振兴的重要支撑

人才是振兴乡村的关键，破解乡村发展人力资源瓶颈，关键是要改变人才由农村向城市单向流动的局面。但从城乡融合发展的背景来看，乡村发展的空间相较有限，更多的人、财、物向城市集聚是大趋势，因而乡村人力资本开发应立足乡村振兴需求，明确目标人群。班彦村以新型职业农民、非物质文化遗产传承人、创新型管理人才为重点，实施精准的人才培养和引进战略，为有意愿在乡村发展的各类人才能够大施所能创设良好发展环境。另外，把整体乡村人口作为战略资源，通过让全体有条件的村民接受各类专业技术型培训，促进全员素质稳步提升，让人的全面发展成为乡村振兴的基石。

（三）乡风文明建设是实现乡村振兴的重要路径

文化振兴核心是乡风文明，乡风文明是乡村振兴在精神层面最直观的表现形式。班彦村着力推动社会主义核心价值观融入乡村生活，驻村工作队走村入户宣传落实政策，解决脱贫群众实际困难；结对帮扶干部坚持按月下乡走访一次以上，积极开展帮扶活动；社会治安防控体系不断完善，乡村治理效能明显提升；“8・23”感恩纪念活动、酩馏酒展销、“青绣”盘绣大赛、香包大赛以及“安昭舞”“轮子秋”表演等活动如火如荼开展，群众的获得感、幸福感和安全感稳步攀升。因此，实现文化振兴，应深化乡村文明创建，推动移风易俗，发挥村民议事会、红白理事会等的作用，引导村民自我管理、自我教育、自我服务，破除陈规陋习，传播现代文明理念，培育健康生活方式，形成积极、健康、向上的乡村社会风气和精神风貌。

专家点评

青海省互助土族自治县五十镇班彦村作为易地扶贫搬迁新村，全面推进乡村“五大振兴”，特别是在特色产业发展、人力资源开发、乡风文明建设方面开展了卓有成效的工作，带动了农民收入大幅度增长。2020年，全村集体经济收入突破百万元，农民人均可支配收入比2015年翻了四倍。2021年，班彦村被中共中央、国务院授予“全国脱贫攻坚楷模”称号，成功入选第二批全国乡村旅游重点村名录。班彦村的巩固拓展脱贫攻坚成果和全面推进乡村振兴案例，生动展示了住在青海大山里的乡亲们，把对习近平总书记的感恩和爱戴转化为创造美好生活的实际行动，在当地政府的带领和支持下，精准务实、团结奋进，开拓创新、攻坚克难，走上了脱贫致富的康庄大道。

王亚华

清华大学公共管理学院教授、博士生导师、副院长，清华大学中国农村研究院副院长，教育部青年长江学者，教育部新世纪优秀人才，北京市中青年社科理论人才

拓展阅读

1. 《土炕变成电热炕　班彦新村日日新》,《国家电网报》2021 年 3 月 17 日。
2. 《班彦村跻身央视乡村振兴观察点》,《海东日报》2021 年 8 月 24 日。

青海省乡村振兴局选送
撰稿人：鲁胜宝，中共互助土族自治县五十镇委员会
祁楚钧，互助土族自治县五十镇乡村振兴办

深入实施“两个带头人”工程 为全面推进乡村振兴培育领航人

——宁夏回族自治区固原市
推进乡村人才振兴的探索

引 言

2020年12月28日至29日，习近平总书记在中央农村工作会议上指出，要建设一支政治过硬、本领过硬、作风过硬的乡村振兴干部队伍，选派一批优秀干部到乡村振兴一线岗位，把乡村振兴作为培养锻炼干部的广阔舞台。要吸引各类人才在乡村振兴中建功立业，激发广大农民群众积极性、主动性、创造性。

——《习近平出席中央农村工作会议并发表重要讲话》，中国政府网，2020年12月29日。

背景情况

实施“两个带头人”工程是宁夏固原市在全面打赢脱贫攻坚战期间形成的创新做法。2015 年 9 月以来，面对农村党员干部文化偏低、能力偏低、群众公认度偏低的“三低”难题和村里无干部可选的窘境，市委在全市实施以选优配强村党组织带头人、培育壮大脱贫致富带头人队伍，坚持打破身份、行业、地域等界限选配村党组织书记，鼓励优秀企业经营管理人员、下岗职工、县乡机关和企事业单位退休、提前离岗干部职工中的党员回村任职创业，带动群众以发展经济、脱贫致富为内容的农村“两个带头人”工程，开启抓党建促脱贫攻坚的新征程。经过 6 年多的不懈努力，形成“在村党组织领导下，群众跟着带头人走，带头人跟着产业走，产业跟着市场走”的产业发展格局，为全区打赢脱贫攻坚战提供了“固原样本”。在新时期新阶段，“两个带头人”工程为全面推进乡村振兴培育了“领航人”。

主要做法

（一）“选”准打基础，配强带头人队伍

坚持把选准带头人作为基础工作，选“优”村党组织“领头雁”、选“准”乡村振兴“排头兵”。

一是精英化选优村党支部书记。农村富不富，关键看支部，支部强不强，要看“领头羊”。结合村“两委”换届，进一步选优配强村“两委”班子，换届后村党支部书记平均年龄下降 0.3 岁，大专以上学历提高 8.2 个百分点，书记、主任“一肩挑”较上届提高 73.1%，实现“一降两升”。通过“三推两考一培养”（自我推荐、群众推荐、

组织推荐，村党支部考察、乡镇党委考察，定岗培养）方式培养村级后备干部3525名（其中村党组织书记后备人选974名），安排到村支书、村主任助理、村民小组长、网格员等岗位锻炼成长。

二是全覆盖选派第一书记。一方面，组织部门从区、市、县三级抽调优秀干部，向全市千人以上的移民安置区、国家及自治区乡村振兴重点帮扶县（区）的脱贫村、红色村及软弱涣散村（社区）全覆盖选派。新一轮选派807名驻村第一书记和1011名工作队员，优化驻村力量，拓展工作内容，逐步转向全面推进乡村振兴。另一方面，严格落实组织部门备案管理、县乡党委和村党组织日常管理、派出单位跟踪管理责任。第一书记和工作队员考核结果作为评先评优、提拔使用、晋升职级、评定职称的重要依据，连续3年年度考核为优秀等次的，年内给予提拔或晋升职级。按时足额拨付伙食补助、乡镇补贴、

图1　原州区致富带头人姚选带领群众发展冷凉蔬菜产业

工作经费，驻村工作节假日、双休日往返交通费按照相关规定给予报销，每年安排 1 次体检，办理保额不低于 30 万元的人身意外伤害保险，切实解决后顾之忧，激励担当作为。

三是“四个一批”选准致富带头人。致富带头人是农村的能人，代表着农村先进的理念和生产力，坚持政治标准和带富能力并举，通过在新型农业经营主体中培育扶持一批、在外成功创业人员中召回一批、依托特色产业发展引进一批、鼓励事业单位工作人员到村任职创业一批的“四个一批”举措，截至 2021 年 12 月底，累计培育农村致富带头人 7754 名，进一步壮大发展产业致富增收的引领力量。焦建鹏是西吉县吉强镇龙王坝村在外创业成功后乡村党组织召回的 1 名“80 后”致富带头人，2001 年大学毕业后，他就在县城搞办公耗材生意，十多年来积累了一定财富，成了村里唯一的小老板。苦于村上缺少能人，村党支部主动对接焦建鹏回乡创业。基于村上有搞乡村旅游

图 2　焦建鹏向创业青年讲解创业经历

的商机和对家乡的感情，焦建鹏决然回到了村上，在村党支部和群众的支持下，逐步建成集观光、旅游、餐饮和农家体验为一体的生态旅游村。在村党支部和他的带动下，乡亲们的日子蒸蒸日上，龙王坝村也因此被评为中国最美休闲乡村、全国生态文化村、中国最美乡村游模范村，2017 年央视农民新春联欢会西部主会场就设在龙王坝。

（二）“育”实强素质，提升带头人本领

坚持把育实带头人作为提升带头人自身素质和带动能力的重要措施来抓。

一是强化教育培训。坚持走出去、请进来、实地学相结合，2016 年以来，先后选派 3687 名“两个带头人”到江苏、湖南等地“取经”求教，学习别人“把产业链拉得更长、把产品做向更高端”的经验，开阔视野，增强带动能力。依托全市 93 个农村实用人才实训基地，全方位加强带头人带富技能培训。

二是强化保障激励。根据产业类型和发展规模，将致富带头人分成三类——A 类：带动能力强，带动群众 30 户以上，B 类：带动能力较强，带动群众 10 户至 29 户，C 类：有一定带动能力，带动群众 3 户至 9 户，分类别指导支持。建立 5 亿元产业担保基金，为带头人滚动发放贷款 36.13 亿元。2021 年以来，区市县累计投入资金 1.7 亿元，全面保障村干部待遇，全市村党组织书记年均报酬达到 5.6 万元，人均增资 1.5 万元，评定为 5 星级的隆德县凤岭乡李士村党支部书记年任职补贴达到最高的 7.3 万元。

三是优化培育环境。强化乡村党组织育才责任，在深化农村土地制度改革、集体产权制度改革中，为乡村能人做好土地经营权承包、项目对接、改善交通基础设施、市场信息交流等方面的服务工作。优化带头人发展环境，让真正愿意留在乡村、回报乡村、在乡村发展的人留得安心。

（三）“融”好促提升，推动带头人转化

坚持把融好带头人作为提升基层党组织组织力、增强政治功能的有效途径，畅通“两个带头人”相互融合转化渠道，为选拔村党支部书记提供源头活水。

一是努力把村党组织书记和农村党员培育成致富带头人。大力支持村党支部书记和农村党员领办农业合作社、家庭农场，发展特色产业，力争使有劳动能力的农村党员都有脱贫致富项目、每个村都有党员致富带头人。截至2021年12月底，全市村党组织书记中致富带头人达到578名，占村党组织书记总数的72.9%，党员致富带头人3094名。

二是注重将致富带头人培养成村党组织带头人。坚持顺势利导，加强致富带头人政治引领，引导致富带头人向党组织靠拢，将其中的优秀分子培养为入党积极分子、发展为党员、列为村级后备干部，进而培养成村党组织班子成员。2021年以来，新培育致富带头人568名，1941名致富带头人进入了村“两委”班子，为选优配强村党组织书记注入了新鲜血液。

（四）“用”活出实效，发挥带头人作用

坚持把用活带头人作为落脚点，发挥带头人示范引领作用，促进先进更先进、先进带后进、后进赶先进，使广大群众在理念、自信、胆量方面转变提升，集众智、汇众力、带众贫。

一是引导群众“富脑袋”。充分发挥村党组织在组织宣传动员党员群众方面的政治核心作用，2019年以来，利用新时代文明实践中心，举办“两个带头人”巡回讲堂886场次，培训群众4.9万人，村党支部带头人广泛组织本村群众走出去观摩学习，“农民讲给农民听，农民做给农民看”，群众换脑子、学样子、找路子、鼓袋子的热情空前

图3 养蜂致富带头人陈泽恩为养殖户现场讲解养殖技术

高涨。

二是带动群众“富口袋”。探索出龙头企业引领型、专业组织带动型、技术指导服务型、托管分红互助型、转移就业带领型、金融扶贫支持型等跨村跨乡跨区域示范带动模式，群众通过以土地、资金、劳力等入股的形式附着在产业链上，实现了稳定增收致富。

重要成效

固原市“两个带头人”工程，在基层党建和产业发展二者之间找到了结合点，以产业为纽带、为载体，把基层党组织政治力量、村民群众力量、能人市场主体力量这三种力量凝聚到产业链上，取得了显著的成效。

（一）加强了党组织与群众的联系

2020年以来，全市深入推进基层整合审批服务执法力量改革，全市62个乡镇全部建立党建办公室，配强工作力量。组织开展党员联系群众、党员户挂牌、设岗定责等活动，确定党员联系户8.8万户，累计帮助群众解决“急难愁盼”问题9000余个。严格执行“四议两公开”等民主管理机制，梳理划定乡村治理权属清单，为乡镇下放权力83项，95%的村建成“家门口”服务站，747名村党组织书记通过法定程序担任集体经济组织负责人。

（二）壮大了村集体经济

2021年度，全市村集体经济收益9383.29万元，收益10万元以上的村占43.4%，89个村分红653.6万元，直接受益群众6.7万人。齐永新是隆德县凤岭乡李士村的党支部书记、致富带头人。2018年开始，他便带领全村党员群众在乡村振兴的道路上先行先试，坚持把非遗文化变成产品，把生态资源变成优势，积极发展手工酿醋、石磨杂粮、荞枕加工等传统业态壮大集体经济，打造了“凤岭八珍”“六盘油翁”等品牌，建成了集电商、物流、购销于一体的农业综合服务站。截至2021年底，村集体经济累计实现净利润164.7万元，已为群众分红92.4万元，带动群众户均增收4500元。其本人先后荣获“全国脱贫攻坚奋进奖”“全国劳动模范”等称号。

（三）带动了群众脱贫增收

“两个带头人”工程的实施使脱贫群众的观念转换、就业机会、项目参与、经营利益在产业链上得以体现，脱贫人口的精准脱贫目标、优惠政策享受在产业链上得以实现，促进了固原市10万户39.4万人口的高质量脱贫，带动全市建档立卡脱贫人口抱团发展、致富增收，开启乡村振兴新征程。

图 4　隆德县致富带头人齐永新带领群众多元化发展壮大集体经济

经验启示

（一）党建引领乡村振兴方针政策是遵循

党的方针政策是推进各项工作的根本遵循，在实施农村“两个带头人”过程中，始终坚持把习近平总书记关于巩固拓展脱贫攻坚成果同乡村振兴有效衔接、全面推进乡村振兴的重要论述学深悟透，深入践行中央和自治区党委一系列关于抓党建促乡村振兴的方针政策，进一步选育配强村干部队伍，促进乡村本土人才回流，打造一支“不走的驻村帮扶工作队”，保证农村“两个带头人”工程有支撑、有方向。

（二）党建引领乡村振兴尊重实践是根本

路子对头不对头，鞋子合脚不合脚，基层最有发言权。在农村，一方面，党组织带头人和致富带头人是相互促进、相互推动工作进展的合作伙伴，与此同时致富带头人要做大做强，必须要有群众的广泛参与；另一方面，从群众角度看，致富带头人是身边的成功案例，跟着身边的成功榜样走，消除了好项目与群众行动间的“中梗阻”。“两个带头人”工程的实施既符合党组织的要求，又符合致富带头人的利益，还能满足群众的致富愿望，只有把代表农村先进生产力发展方向的政治力量、经济力量和群众力量结合起来，农村才有发展、群众才能致富，才能取得“皆大欢喜”的效果。

（三）党建引领乡村振兴创新突破是动力

创新是不竭动力，创新是力量源泉。农村“两个带头人”工程实施过程中，始终坚持边推进边总结边提升，以创新精神推动工作，如对农村致富带头人分A、B、C三类进行培养、选派机关干部到村担任“农村两个带头人”壮大农村致富带头人队伍、举办农村“两个带头人”巡回讲堂、专门为“两个带头人”建立5亿元产业担保基金、探索六种帮带群众模式等。创新举措切实增加了新动能，有力推进了“两个带头人”工程深入实施。

（四）党建引领乡村振兴狠抓落实是保证

思路对头，坚持不懈狠抓落实就能取得效果。农村“两个带头人”工程实施过程中，市委、市政府将“两个带头人”工程作为乡村振兴的重要工程，列入县乡党政领导班子目标效能考核，列入县乡党委书记抓党建述职评议。全市上下一盘棋，建立市、县、乡、村四级上下联动机制、部门单位联席协调机制、帮扶单位包抓推动机制、职能部门调研督导机制。下足功夫多方位狠抓落实，“咬住青山不放松”，促进农村“两个带头人”工程落地生根、开花结果、焕发活力。

专家点评

固原市的案例是加强党建引领、促进乡村人才振兴的样板。“两个带头人”工程是符合农村实际、接地气的人才振兴战略。经过6年多的努力，固原市形成了“在村党组织领导下，群众跟着带头人走，带头人跟着产业走，产业跟着市场走”的产业发展格局，为全区打赢脱贫攻坚战提供了“固原样本”，也为全面推进乡村振兴培育了“领航人”。“两个带头人”是组织带头人、致富带头人。在固原市的实践中，一方面把村党组织书记和党员培育成致富带头人，另一方面又将致富带头人培育成村党支部带头人，加强了党组织与群众的联系，壮大了集体经济，带动了脱贫增收，是一个成功的案例。

周飞舟

北京大学社会学系主任，教育部长江学者
特聘教授，博士生导师

拓展阅读

1. 《“三大三强”行动·“两个带头人”工程》，中国民族网，2019年5月7日。
2. 《深入实施“两个带头人”工程着力培育平罗头闸镇发展“新力量”》，平罗党建网，2019年11月5日。

宁夏回族自治区乡村振兴局选送

撰稿人：白国东，固原市委组织部
陈宇青，固原市乡村振兴局

因地制宜　突出优势
走出一条具有本地特色的
乡村振兴路

——新疆维吾尔自治区阿图什市阿孜汗村打造宜居宜业宜游的“仙果新香村”纪实

引　言

2020 年 9 月 25 日至 26 日，习近平总书记在第三次中央新疆工作座谈会上指出，要推动工业强基增效和转型升级，培育壮大新疆特色优势产业，带动当地群众增收致富。

——《习近平在第三次中央新疆工作座谈会上发表重要讲话》，中国政府网，2020 年 9 月 26 日。

背景情况

阿孜汗村位于克孜勒苏柯尔克孜自治州阿图什市松他克镇以西，距阿图什市中心 2.5 公里，紧邻博古孜河。辖区总面积 1.6 平方公里，有 733 户 4127 人，10 个村民小组，农业户籍 633 户 3662 人。全村人均耕地面积 0.35 亩，林果面积 1477 亩，其中有无花果 1084 亩。脱贫攻坚期有建档立卡贫困户 221 户 1129 人，已于 2019 年底全部脱贫。2020 年全村集体经济经营收入 30.5 万元，农牧民人均可支配收入 10682.31 元。阿图什市栽培无花果的历史悠久，被称为“无花果之乡”。无花果是新疆的名优特色果品，据 2017 年阿图什市林业局调查，阿图什市松他克镇阿孜汗村百年以上的无花果树有 761 株，其中“最老”的无花果树已有 450 年的历史，如今还枝繁叶茂，果实累累。

图 1　立于村口的精神堡垒

图 2　维吾尔族姑娘正在采摘无花果

2020 年 5 月 27 日，在自治区、克州党委、政府的正确引导下，阿图什市依托资源优势，提出了“一村一品、一户一特色”发展理念，江苏昆山市对口支援新疆阿图什市前方工作组和自治区市场监督管理局驻阿孜汗村“访惠聚”工作队充分调研、精心谋划，围绕“一村一品、一户一特色”的原则，建设阿孜汗“仙果新香村”项目，加快形成“一轴、两环、四区、六组团”[①] 的总体空间布局，全力将阿孜汗村打造成阿图什市乡村振兴的示范点和农村人居环境卫生整治的示范区。

① “一轴”是无花果文化景观轴；“两环”是无花果园漫步绿环和乡村风情骑行绿环；“四区”是入口综合服务区、非物质文化体验区、无花果文化体验区和无花果种植采摘区；“六组团”是旅游服务组团、歌舞文化体验组团、工匠文化体验组团、馕文化体验组团、无花果加工组团和无花果休闲组团。

主要做法

（一）“4+”齐力促振兴三产联动助兴旺

阿孜汗村紧盯无花果特色林果优势，大力发展种植、加工、餐饮和旅游业，探索三产联动、城乡融合、生态和谐的科学发展模式。

一是“无花果＋种植业”，提质培优创新品。利用中国无花果之乡的地缘优势，充分发挥百岁园450年（树龄）无花果品质优势，打造2520平方米无花果新品培育智能温室大棚和千亩无花果生态示范区。

二是“无花果＋加工业”，提质增值促增收。阿孜汗村坚持集中力量办大事、优势互补创规模，多方协调“变5家为1家”，集聚4家无花果合作社、1家打馕合作社的力量，组团形成集群化生产加工区，创新产品，丰富种类，打造无花果产业链。结合新疆维吾尔族古

图3　安居尔文化广场满足村民和游客休息、饮食、娱乐表演等多种需求

老馕文化，开发出新品无花果馕，深受疆内外广大消费者的喜爱。同时，注重“老产品精品化”，通过在品质、包装、宣传上下功夫、做文章，持续精品化新疆特产无花果酱、果脯、果干等老产品。

三是“无花果＋餐饮业”，民族美食创亮点。由政府出资，选择民宿、烤肉店、刨冰店等7个引领示范点位，重点打造、树立标杆，激发周边村民干事创业的热情。2020年5月至2021年7月，共打造完成木栈道烤肉店、安吉尔香鸽汤等特色餐饮，创新无花果烤肉、无花果烤包子、无花果大盘鸡、无花果刨冰、无花果香鸽汤等阿孜汗特色美食，在传承民族美食文化的同时，使农民收入大幅增加。

四是“无花果＋旅游业”，生态旅游促发展。2020年至2021年，集中各方力量累计投入5218万元，其中，阿图什市投入1300万元，江苏昆山援疆工作组投入3820万元，自治区市场监督管理局投入98万元。重点在阿孜汗村打造了全长为1.6公里的无花果民俗风情街，配套建设了游客中心、安居尔文化广场、2公里漫游木栈道等公共设施以及大宫度假村和阿孜汗无花果旅游园2个特色精品民宿。这使游客在赏美景、品美食的同时也能感受到独特的民族风情。2021年，阿孜汗村已成为抖音、快手等社交媒体平台上的热门旅游地和网红打卡地。

（二）加强培训育人才回乡创业添动力

乡村振兴，关键在人。阿孜汗村大力培养本村人才，通过多种渠道加强专业技能人员培训，改善营商环境，吸引人才回村留村建设村。

一是激发本村存量人才活力。摸排阿孜汗村存量人才，对有丰富种植技术的本土人才或技术人才建立人才库。通过人才精细化管理带动本村村民自主创业，实现30余名村民在村创业。二是吸引疆内外人才返乡创业。通过规划先行、逐步推进，让更多年轻人看到实施乡村振兴战略的重大机遇。2021 年已陆续有 26 人从疆内外回村发展。三是采取“送出去”的方式培养管理人才。阿孜汗村积极配合各级的技术人才培训，以增强农民的就业本领，同时结合乡村振兴发展战略，通过“送出去”的方式培养管理经营人才。经培训 2021 年已有 28 家餐厅陆续营业。

（三）打造宜居新环境，建设美丽新乡村

生态振兴是乡村振兴的重要支撑。乡村振兴，生态宜居是关键。良好的生态环境是农村最大的优势和宝贵财富。一是推进环境“清洁”行动，塑造新环境新农村。通过全民共商形成《阿孜汗村卫生公约》，组建 2 组 10 人卫生质保队，开展天然气进村入户，设置垃圾收运点，修整村民果园干打垒土墙外立面，清洁整理羊牛舍所，平整清理近百亩无花果果园土地，推进“厕所革命”等系列举措，提升乡村环境卫生水平。二是开展整理“美化”行动，打造宜居美丽乡村。通过增加景观构筑物、墙绘等手段增强阿孜汗村的景观性，以木板、鹅卵石等材质对田间约 5 公里道路进行生态化铺装；对房屋及围墙外立面喷真石漆，做统一修整美化；对主街道及漫游木栈道沿线民房悬挂五彩缤纷的景观花架 200 余个；购置各类花车 20 台；设置转角文化长廊 2 个；建设述说爱党爱国祝福语的祝福墙 1 面。在游客中心、文化广场周围附近，栽种月季 60 棵，景观树 40 余棵，栽种紫丁香、波斯菊等花卉 180 余株，设置木墩盆景 70 余个，利用花钵、陶盆等栽种玫瑰、绿萝、迎春等植物装点居民房屋建筑外立面，为美丽乡村再添风采。三是推动全村“亮化”行动，照亮幸福美丽乡村。2021 年，在阿孜汗路沿线安装 86 盏路灯，在重点点位安装景观照明灯 50 盏、壁灯 30 盏，在 2 公里木栈道安装景观照明灯 130 盏，全面提升乡村景观效果，推动阿孜汗夜间经济发展。

图 4　木栈道安装的景观照明灯

重要成效

（一）人居环境有效改善，宜居成效显现

一是人居环境整治效果明显。全民共商形成《村规民约》《阿孜汗村卫生公约》等各项规章制度，完善奖励惩治制度。每家每户房前屋后各负其责，清理道路两侧秸秆垃圾，规整庭院内外杂乱物品，提示责任区内往来游客，进一步改善了人居环境，增强了村民主人翁意识，强化了各族群众爱党爱家乡的行动自觉。二是整洁宜居的美丽乡村建设成果初显。截至 2021 年 9 月，阿孜汗村共完成 148 户村民天然气入户，完成改厕 97 户，新增垃圾收运点 10 个，修整村民果园干打垒土墙外立面约 2000 多立方米，清洁整理羊牛舍所 20 余个，平整清理近百亩无花果果园土地，更换 4000 余米无花果园原木围挡，全

村面貌焕然一新。

（二）**就业岗位明显增加，宜业成效显著**

一是“以点连线、以线促带、以带兴面”打造示范引领点，成效凸显。阿孜汗村通过“以点连线、以线促带、以带兴面”，重点打造的7个示范引领点位作用逐渐凸显，成为标杆，村民经商办企业热情持续高涨。截至2021年10月，阿孜汗村集体商铺租金由2020年每年500元/平方米上涨到800元/平方米，商铺由2020年的30个扩大到40个，新增10个，其中，建成3个、在建7个，累计新增住改商用房20间，居民新增租赁性收入约1万元/户，累计新增就业岗位30个，日均引导消费约3万元。二是脱贫群众的稳定就业，得到有效解决。例如，阿孜汗村吾孜克仁达西打馕部是由5户家庭，共5个人组成的一家农民集体合作社，具体商品种类有窝窝馕、大馕、苞谷面馕等，每天可以卖出1500—2000个馕。

（三）**特色旅游凸显，宜游成效初见**

一是吃在阿孜汗，特色美食引游人。无花果特色餐饮，每天食客络绎不绝，带动受益户1500余户。每年6月至10月，吸引周边乃至全国各地的游客来采摘新鲜无花果。二是住在阿孜汗，精品民宿忙不停。大宫度假村和阿孜汗无花果旅游园是2个集采摘、餐饮、休闲娱乐为一体的特色精品民宿，其装修风格独具维吾尔族民族特色，吸引了全国各地的游客。大宫度假村八九月生意火爆时收入可达10万元。阿孜汗无花果旅游园在其6月至8月的旅游旺季时，招待游客众多，为村集体经济带来了18万元的收入。三是玩在阿孜汗，休闲娱乐两不误。阿孜汗村的主题餐饮、音乐酒吧、无花果加工厂、手工艺制品店等特色小店比比皆是，建设可供游客停留拍照、剪裁成卷田园景观框景30余个，游玩网红打卡点随处可见。2021年，阿孜汗村的游客

图 5　村口的网红打卡点

达 10 万人，是 2020 年游客人数的 4 倍，吸引中央广播电视台 CCTV-13、新疆广播电视台、江苏卫视等 30 多家疆内外媒体来阿孜汗村进行直播、报道，旅游增收达 500 万元。此外，2021 年，阿孜汗村还获评了中国美丽休闲乡村。

经验启示

（一）全面推进乡村振兴战略，探索地方新发展理念

始终以习近平新时代中国特色社会主义思想为指导，牢固树立和贯彻落实新发展理念，围绕聚焦产业兴旺、生态宜居、乡风文明、治理有效、生活富裕的总要求，因地制宜制定相应的顶层设计与规划。阿孜汗村立足城郊乡区位优势和特色林果产业优势，围绕“一村一品、

一户一特色”的原则，以阿孜汗“仙果新香村 幸福阿孜汗”为主题，重点打造民俗文化旅游业、民族特色餐饮服务业、优质无花果种植业和无花果农副产品加工业，加快阿孜汗村产业发展，以此助力乡村振兴。这不仅改善了村民生活环境，美化、优化乡村形象，增强了村落吸引力，促进了投资建设，带动了农副产品的流通与升值，同时也为阿孜汗村村民提供了更多的就业岗位，解决就业、推动创业。

（二）整合发挥资源优势，推动一二三产业融合

阿孜汗村采取“无花果 + 种植业”“无花果 + 加工业”“无花果 + 餐饮业”以及“无花果 + 旅游业”的“4+”优势资源整合模式，使阿孜汗村的“无花果”这一特色资源得到有效利用，打造了集无花果种植、加工贸易、餐饮与旅游度假等为一体的一二三产业融合发展的

图 6　乡村漫游木栈道的入口处

新格局。在整合优势资源的过程中，综合地理优势、传统文化，依托生态旅游和农林业种植，因地制宜地延伸产业链，推动一二三产业融合，带动农村业态转型，促进村民增收、提高村民生活质量，建立起村民长效增收机制。

（三）厚植资源优势，突出地方特色

阿孜汗村在各级党委政府与江苏昆山援建团队、自治区市场监督管理局的帮助下，深挖本土优势，以“仙果新香村　幸福阿孜汗”为主题，按照“一户一设计、一户一特色”的理念，有计划、分步骤地对整个区域开展综合环境提升及特色风貌改造，积极打造阿孜汗村无花果风情街，让越来越多村民吃上旅游饭，过上好日子。在发展乡村特色产业时，需要有更多的创新做法，善于从优势产业和优势资源切入，不断织密促进农民增收的“致富网”，以此带动发展，推动产业转型，带动农民就近就业。以此提高乡村人口吸纳能力，提高乡村经济活力，提升乡村风貌，改善农村人居环境，增强乡村公共服务支撑能力，推动乡村高质量发展。

专家点评

新疆阿图什市栽培无花果历史悠久，被称为“无花果之乡”。该市阿孜汗村充分发挥无花果特色林果优势，为助力脱贫发挥了重要作用。同时，该村还立足无花果特色林果优势，大力发展种植、加工、餐饮和旅游业，探索三产联动、城乡融合、生态和谐的科学发展模式，打造了集无花果种植、加工贸易、餐饮与旅游度假等为一体的一二三产业融合发展的新格局。围绕无花果特色林果优势产业，阿孜汗村还注重大力培养本村人才，加强专业技能人员培训，提供就业岗位，增

添创业新动力，并通过生态环境改善，提升乡村景观，使全村面貌焕然一新。2021 年，该村获评中国美丽休闲乡村。

杜志雄

中国社会科学院农村发展研究所党委书记，二级研究员，博士生导师，获得文化名家暨“四个一批”人才及国家“万人计划”哲学社会科学领军人才称号，享受国务院特殊津贴专家

拓展阅读

1. 《习近平在第三次中央新疆工作座谈会上发表重要讲话》，中国政府网，2020 年 9 月 26 日。
2. 《阿孜汗村无花果产业带动贫困户摘帽：“糖包子” 变身 “金果果”》，《人民日报》2020 年 1 月 3 日。
3. 《筑巢引凤，仙果之村气象新》，人民网，2021 年 10 月 16 日。

新疆维吾尔自治区乡村振兴局选送
撰稿人：周希，阿图什市松他克镇乡村振兴办

支部领创新产业 多元增收助振兴

——新疆生产建设兵团第五师89团2连党支部“四轮驱动”发展连队经济助推乡村振兴

引言

2020年9月25日至26日，习近平总书记在第三次中央新疆工作座谈会上强调，要健全完善防止返贫监测和帮扶制度机制，接续推进全面脱贫与乡村振兴有机衔接，着重增强内生发展动力和发展活力，确保脱贫后能发展、可持续。要加大政策支持力度，创新体制机制，坚持就近就地就业和有序转移输出就业有机结合。

——《习近平在第三次中央新疆工作座谈会上发表重要讲话》，中国政府网，2020年9月26日。

背景情况

新疆生产建设兵团第五师 89 团 2 连总人口 146 户 463 人，由汉族、土家族、哈萨克族、回族、撒拉族、蒙古族、满族、维吾尔族等 8 个民族组成。连队耕地面积 6767.03 亩，主要种植棉花，人多地少的矛盾比较突出。近年来，部分职工子女陆续回到连队承包土地，使原本紧张的土地更加捉襟见肘。长期以来，如何让职工群众增收成了连队党员干部最为揪心的头等大事。

2014 年 8 月 10 日，兵团党委组织部下发关于开展兵团连队经济试点工作的通知。89 团党委主动作为，在全团范围内开展了“大众创

图 1　新建 89 团 2 连党群活动中心

业、万众创新”工作，鼓励基层连队积极探索新产业，大力发展连队经济。

89 团 2 连党支部适应新常态，推进基层党组织建设和乡村产业振兴“同频共振”，积极响应上级党委的号召，紧紧抓住产业发展“牛鼻子”，探索“基层党组织 + 合作社 + 职工 + 产业发展”新模式，于 2014 年 9 月成立了以生猪养殖、储藏和销售为一体的双河市五元养殖专业合作社。采取“民主管理、联农带农、利益联合、促进增收”四轮驱动理念，扛住市场低迷、非洲猪瘟、新冠肺炎疫情等不利影响，形成“现代化规模种养业 + 二三产业融合发展 + 劳务工资 + 土地流转经营 + 入社投资”的“五元”模式，实现农业经营方式的转变和突破，巩固拓展脱贫攻坚成果，助推乡村振兴建设。

主要做法

（一）强化基层阵地建设，提升组织优势和动员能力

89 团 2 连党支部自加压力，坚定扛起政治责任，自觉打造“最强党支部”。团场综合配套改革以来，2 连党支部坚持“以实绩论英雄”，在连队党员中推选能人担任党支部书记，建立“两委”后备人才选拔机制，推进连队“两委”班子年轻化、知识化、专业化。2018 年，2 连建成了 870 平方米的标准化党群活动阵地，有效保障和一体推进了组织生活正常化、职工学习经常化、民兵训练常态化。同时，立足“小支部、大服务”的思路，充分发挥党支部在新时代连队建设中的领导核心作用，狠抓“三会一课”“四议两公开”等制度落实，发挥基层党组织战斗堡垒作用。

（二）培育壮大新型经济，引领多元发展和增收致富

党支部立足实际、突出特色、大胆创新、积极探索，培育连队经济主体，使党组织成为引领经济发展的排头兵。农民合作社是广大农民群众在家庭承包经营基础上，共同成立的自愿联合、民主管理的互助性经济组织。89团2连党支部适应新常态，响应上级党委的号召，在探索中发展连队经济，成立五元养殖专业合作社。

一是支部支持解顾虑。在五元养殖合作社成立之初，职工群众担心亏损，不愿意投钱入股。89团2连党支部为合作社建制度、立规定、定措施、做宣传。由党支部书记带头，5名党员自愿入股25万元。39名职工群众看到有党员带头，打消了疑虑，纷纷参加入股，共计入股资金960万元。在合作社经营中，党支部充分发挥战斗堡垒作用，在危急关头想方法、找出路，扛住了一次次的市场冲击，引领合作社走出低谷，凝心聚力给职工群众吃了定心丸。

二是能人牵头建猪场。合作社成立的目的就是为了“联农带农”，增收致富。2014年8月，在党支部确定成立合作社发展养殖业后，及时召开职工大会，以投票的形式，共同决定发展生猪养殖。在党支部的号召下，由有生猪养殖经验的冉树林、赵平等5名职工牵头，自筹资金25万元，以老旧养猪场为基础，申请成立五元养殖专业合作社。社员们各负其责、各施所长，自组施工队建圈舍，相互商量进行养殖，自己找渠道买饲料、卖生猪。在当时89团99%的农业收入均来自棉花种植的情况下，5名能人凭靠自己摸索，迈出发展养殖业、实现多元增收的第一步，为连队多途径发展经济提供了助力。

三是依规管社保发展。“民主管理”是“四轮驱动”发展理念的基础。合作社创新管理模式，坚持“民办、民管、民受益”原则，在完善管理制度方面，由能人管理，连队党支部指导、服务、帮助合作

社规范制度建设。合作社通过社员大会选举产生理事会、监事会共同管理合作社，聘请专业专职财务人员管理财务，做到账目清晰透明、公正公开。先后制定生产管理、安全管理、追溯管理、财务管理等 12 项制度，并严格执行。在确保防疫安全方面，合作社对出入人员、车辆、物资等进行严格生物安全管控，加强生猪基础免疫工作，建立健全疫苗疫病监测管控台账，对饲料、兽药、疫苗等进行随机抽检，确保使用产品合格，产出商品合质合规。

四是联合共建寻出路。“利益联合”不仅指合作社作为一个农工组建合作的经济体，因彼此共同利益，将入股社员紧紧团结在一起，而且还能作为一个产业主体，与龙头企业强强联合，达到共赢互利。为进一步提升合作社发展能力，适应市场需求，2019 年，合作社与

图 2　合作社与天康集体合作建立养殖培训基地

新疆最大的畜牧业集团公司——天康集团进行合作，优化养殖人员结构，引进优良种猪，开拓销路，强化场区防疫，实现产供销一条龙发展。同时，在合作社建立天康养殖培训基地，进行工作人员技术培训和专业人才的引进，大幅提升了生产效能和管理效率。

五是拴心留人助稳定。五元养殖专业合作社在不断壮大过程中，积极吸纳更多的职工群众入社发展，着力拓宽职工群众就近就便就业增收渠道。鼓起来的“钱袋子”不仅能“拴心留人”，稳定现有民兵力量，而且能吸引更多有才之人、年轻干将充实到维护连队和谐稳定的队伍中。这为深化团场综合配套改革成果，强化土地、职工、民兵“三位一体”机制，提高维稳戍边“看家本领”，更好地履行兵团屯垦戍边的历史使命奠定了坚实的物质基础。

图 3　年出栏 3 万头的现代化标准生猪养殖妊娠舍一角

（三）深化生态振兴，打造新时代美丽乡村

89团2连党支部积极推进美丽连队建设，切实当好“生态卫士”。2020年，合作社投资5000万元，在远离居住区的位置，新建一座年出栏3万头的高标准生猪养殖场，形成高标准、大规模、现代化、生态化生猪养殖体系。养殖场全面实行粪污无害化处理，积极发展种养殖相结合的循环经济，新建发酵池、沼气池和储存池，通过干湿分离设备将沼液、沼渣还原田地，既肥沃了土壤，也保护了生态环境。2020年，五元养殖合作社从净利润中提取230万元用于基础设施建设。同时，持续开展人居环境整治、爱国卫生运动，实行“门前三包”卫生管理责任制，推动美丽乡村从“一时美”向“持久美”蝶变。

重要成效

在89团2连党支部的引领下，五元养殖专业合作社不断发展壮大，2017年被评为“新疆兵团级示范合作社”；2020年在“全国养殖企业诚信调查”活动中荣获“中国生态健康养殖3A级诚信示范社”；2021年6月被评为“国家农民合作社示范社”。89团2连党支部在积极探索基层经济发展方面取得了显著成绩，2019年被评为兵团“先进基层党组织”；2021年6月，被评为国家“先进基层党组织”。

（一）产业规模不断壮大

一是合作社生产规模不断扩大。2020年，新疆生产建设兵团第五师双河市推进100万头生猪养殖项目，五元养殖专业合作社积极响应号召，投资5000万元，建设一座3万头高标准生猪养殖场，新的养殖场于2021年1月正式投入生产。二是合作社经营范围不断扩展，从猪肉扩展到牛羊肉，产业链从生猪养殖向饲料加工、生态循环

图4　2连党支部荣获“全国先进基层党组织”称号

农业、肉食加工业延伸拓展。三是合作社产值不断增加。合作社社员由2014年注册时的19人发展到2021年10月的212人；猪场投资从最初的225万元增加到2021年的1600万元；产值从2015年底0.05亿元增加到2021年1亿元。2020年，合作社实现生产总值4500万元，获利2000万元。2021年10月底，合作社能繁母猪存栏量1800头，育肥猪存栏数22300头，已出栏7584头，销售收入1890万元，极大促进连队经济发展，巩固拓展脱贫攻坚成果，助力乡村振兴。

（二）巩固提升民族团结

2020年，89团2连复制五元养殖专业合作社经营管理模式，成立了以母牛繁育和肉牛养殖为主的煦沃养殖专业合作社。合作社占地18亩，圈舍3栋，饲料棚800平方米，青贮池3200立方米，到2021

图 5　2 连党支部书记杨忠华与社员观察将要出栏的肥牛

年 10 月底发展社员 41 名。为了促进民族团结，引导少数民族群众共同发展，合作社积极鼓励引导 16 名少数民族群众入股，并将养殖场交由 6 名少数民族群众经营。2021 年，合作社存栏 637 头生产母牛，上半年销售肉牛 850 头，销售额 1330 万元，纯利润 102 万元，大大拓宽了少数民族职工群众增收路径，促进了少数民族职工共同增收致富，架起民族团结同心桥。

（三）促进群众就业增收

五元养殖专业合作社是老旧养殖场改建的，自 2014 年合作社成立以来，各功能区不断的建立和完善，参与盖建的都是 2 连的职工群众，到 2018 年，先后有 2000 余人次参与，创收 40 万元。周围困难职工利用农闲时间就近到合作社打工，仅半年可创收 1.5 万元。为保障合作社正常运营，可提供就业岗位 14 个，辐射带动周边 3000 余户农户共同致富。2020 年合作社社员户均纯收入 20 万元，合作社股东每人分红 46.4 万元，连队职工家庭最高收入达 120 万元，职工鼓起了钱袋子、过上了好日子。

（四）帮扶助民回馈社会

合作社积极开展帮扶救助工作，注入专项扶贫资金，为弱势群体和低收入家庭给予固定分红，从根源上保障他们脱贫后不返贫。为弱势群体提供就业岗位 14 个；参与合作社建设的低收入家庭，每人月平均工资 4500 余元；合作社注入扶贫资金 17.5 万元，2018 年、2019 年、2020 年连续三年为 20 户低收入家庭固定分红 2.45 万元。注入民政助残资金 10 万元，2018 年、2019 年、2020 年连续三年为 10 名残疾人固定分红 2 万元。合作社在保证本金的情况下，每年都会支付固定分红。合作社全力打好巩固拓展脱贫攻坚成果保卫战。

新冠肺炎疫情期间，合作社全力保障博州地区供应生猪 254.158 吨，稳定了区域猪肉市场；同时向疫情保障部门捐赠价值 2 万元的猪肉；向全团农业连队捐赠玉米饲料 1.8 吨，用于帮助连队居民饲养家禽、牲畜；为在疫情防控期间值班值守工作人员送去价值 3 万多元的慰问物资；为 26 人提供了就业岗位。

经验启示

（一）坚持党建引领，提升产业发展的组织化

党的领导是乡村振兴的根本优势和根本保障。坚持党建引领，要积极发挥党员带头作用，搭建脱贫地区增收致富的平台，把党的政治优势转化为发展优势。党员干部要带头致富，将合作社优秀骨干成员

发展成党员，让党员参与到合作社的经营管理中，进一步促进连队经济健康高效发展。合作社的发展壮大，靠的是党支部的引领，但也离不开广大群众的信任与支持。合作社从艰难抉择中起死回生，能够不断发展壮大，是因为能人和社员群众团结一心，群策群力起到关键作用。

（二）坚持多方合作，增强经营管理的专业化

发展特色产业、加强利益联结是巩固拓展脱贫攻坚成果同乡村振兴有效衔接的关键，其中，最为核心的是产业发展的专业化程度。加强技术引进和强强联合，成立种养殖培训基地，培养、引进专业人才，优化合作社人员结构，提升生产和管理效率。同时，注重完善合作社的经营管理模式，在规模扩大的基础上，实现统购、统销规模化管理，不断增强合作社经营管理的专业化、科学化，带动农村新型经济发展再上新台阶，进一步巩固拓展脱贫攻坚成果，全面推进乡村振兴。

（三）坚持民生本位，助力增收渠道的多元化

实现群众增收致富是产业发展最直接、最生动的体现。推进共同富裕的目标下，实现增收致富对增收的渠道和程度都提出了更高要求。以群众需求为导向，遵循就近、就便、多元就业的原则，合理拓宽群众收入渠道，充分带动不同状况脱贫户增收。要进一步夯实企业和“大户”帮带责任，引导脱贫户通过场地出租、入股分红、就近就业等形式增加租金、股金和薪金收入，使脱贫群众更多享受产业发展成果。

（四）坚持绿色发展，实现乡村振兴的长效化

产业振兴的重点在于遵循绿色发展理念，实现产业的循环高效和可持续发展。以整体产业规划为依托、优势地域产业为主导，立足于绿色发展理念，建立产业发展的长效机制，大力发展循环经济。通过

优化产业结构、加强技术创新等方式，提高资源利用率，减少污染排放，统筹推进农村生态保护和经济发展，推动全面乡村振兴。

专家点评

新疆生产建设兵团第五师89团2连党支部适应新常态，积极响应上级党委的号召，紧紧抓住产业发展“牛鼻子”，以“民主管理、联农带农、利益联合、促进增收”四轮驱动为理念，以融“基层党组织+合作社+职工+产业发展”为特征，以选用能人创办集生猪养殖、储藏和销售为一体的双河市五元养殖专业合作社为载体，实现了基层党组织建设和乡村产业振兴的“同频共振”。即使是在市场低迷、非洲猪瘟、新冠肺炎疫情等不利影响下，仍然探索出“现代化规模种养业+二三产业融合发展+劳务工资+土地流转经营+入社投资”的“五元”发展模式，实现了农业经营方式的转变和突破，巩固拓展了脱贫攻坚成果，也助推了乡村振兴。他们的理念、做法和成就值得重视和总结。

杜志雄

中国社会科学院农村发展研究所党委书记，二级研究员，博士生导师，获得文化名家暨“四个一批”人才及国家“万人计划”哲学社会科学领军人才称号，享受国务院特殊津贴专家

拓展阅读

1. 《创新“党建+”模式，引领群众奔富路——记全国基层先进党组织五师八十九团二连党支部》，搜狐网，2021 年 7 月 18 日。
2. 《党建引领 筑牢根基堡垒》，兵团网，2021 年 5 月 25 日。
3. 《富民兴边铁二连　党旗高扬映初心——记“全国基层先进党组织”兵团八十九团二连党支部》，人民网—新疆频道，2021 年 7 月 29 日。

新疆生产建设兵团乡村振兴局选送

撰写人：龚莲，第五师 89 团 2 连

附 录

巩固拓展脱贫攻坚成果同乡村振兴有效衔接优秀案例入围名单

1. 北京：续红色基因　促绿色发展　创金色未来——密云区金巨罗村探索生态发展新路径
2. 天津：以生态文明推动转型发展　以绿色发展引领乡村振兴——西青区辛口镇坚定不移走好乡村绿色发展之路
3. 河北：道德存银行　善举促文明——丰宁满族自治县创新“道德银行+爱心超市”显成效
4. 山西：智慧赋能创新意　勠力同心蹚新篇——原平市北三泉村探索积分化管理新模式
5. 内蒙古：网格化监测　立体式帮扶　织密防止返贫动态监测帮扶网——扎赉特旗筑牢防返贫防线实践探索
6. 辽宁：小苗圃助推大巩固——昌图县鴜鹭树镇发展苗圃产业助力巩固拓展脱贫攻坚的实践
7. 吉林：边穷山区乡村蝶变　海兰江畔桑黄绽放——和龙市打造农业发展新名片
8. 黑龙江：“五抓”齐动　高歌奋进谱新篇——哈尔滨市双城区希勤满族乡落实“五大振兴”促发展
9. 上海：激活“一亩三分地”——金山区待泾村集体土地作价入股新探索
10. 江苏：聚焦“三生”凝合力——泗洪县以空间治理助力乡村振兴
11. 浙江：乡贤带富基金构建民间兜底困难帮扶体系——台州市路桥区创新社

29. 青海：以茶卡盐湖特色民宿为画笔 书写致富经——乌兰县易地扶贫搬迁后续帮扶的新举措
30. 宁夏：健全“评贷用还” 解决贷款难题——盐池县创新小额信贷新方式
31. 新疆：坚持“四个不摘” 夯实脱贫攻坚成果——麦盖提县多措并举筑牢群众发展基础
32. 新疆生产建设兵团：致富路上有“牛”招——图木舒克市51团奶牛养殖产业侧记

后 记

2021年是“十四五”开局之年，我国迈入全面推进乡村振兴新阶段，开启全面建设社会主义现代化国家、实现第二个百年奋斗目标新征程。为此，中国扶贫发展中心组织开展了案例征集评选工作，从各省、自治区、直辖市和新疆生产建设兵团推荐的157个案例中选出了32个优秀案例，旨在为全国提供模式范例和经验借鉴。

中国扶贫发展中心黄承伟主任对本项目的实施和本书的编写作出了总体策划与设计，确保了案例评选和研究工作的科学性前瞻性。曾佑志副主任对编写框架和具体思路等工作提出了许多中肯的意见和建议，推动团队工作更加高效。杜志雄、叶兴庆、姜长云、金文成、周飞舟、田毅鹏、王亚华、刘学敏等8位高水平业内专家学者分别对32个案例作了精彩点评。区域发展处王菁副处长和高勇、丁漫沁、韦东阳、梁爱有等同志全程参与了项目案例的征集、遴选、修改等工作，并承担了大量的协调、沟通和日常管理工作，付出了大量心血。31个省（自治区、直辖市）和新疆生产建设兵团乡村振兴局以及各级有关部门和单位给予了大力支持和积极配合，按照相关规范要求起草案例初稿，提供相应图片和素材，部分省份还对研究团队的实地核查和调研给予了有力支持。在此，对各位领导和工作团队等各方人士的辛勤付出表示衷心的感谢!

因各种原因，本书难免有疏漏之处，敬请批评指正。

本书编写组

2021 年 12 月